A (r)evolução das mulheres

A (R)EVOLUÇÃO DAS MULHERES

MINDY MCGINNIS

Tradução
Lavínia Fávero

PLATAFORMA 21

TÍTULO ORIGINAL *The Female of the Species*

Plataforma21 é o selo jovem da V&R Editoras

EDIÇÃO Flavia Lago e Fabrício Valério
EDITORA-ASSISTENTE Marcia Alves
PREPARAÇÃO Raquel Toledo
REVISÃO Raquel Nakasone
DIREÇÃO DE ARTE Ana Solt
DIAGRAMAÇÃO Ana Solt
CAPA E DESIGN Ana Solt

Dados Internacionais de Catalogação na Publicação (CIP)
(Câmara Brasileira do Livro, SP, Brasil)

McGinnis, Mindy
A (r)evolução das mulheres / Mindy McGinnis ; tradução Lavínia Fávero. -- São Paulo : Plataforma21, 2017.

Título original: The female of the species.

ISBN: 978-85-92783-29-7

1. Ficção juvenil I. Título.

17-04622 CDD-028.5

Índices para catálogo sistemático:
1. Ficção : Literatura juvenil 028.5

VERGARA & RIBA EDITORAS S.A.
Rua Cel. Lisboa, 989 | Vila Mariana
CEP 04020-041 | São Paulo | SP
Tel.| Fax: (+55 11) 4612-2866
plataforma21.com.br | plataforma21@vreditoras.com.br

Para as vítimas.

1. ALEX

É assim que eu mato uma pessoa.

Descubro seus hábitos, decoro seus horários. Não é difícil. A vida dele consiste em paradas rápidas na loja de tudo por um dólar, onde compra o mínimo necessário para manter seu ciclo capenga em movimento. O boné enfiado na testa, cobrindo os olhos para não ser reconhecido.

Mas ele é. É uma cidade pequena.

Observo essas breves interações. Que se desenrolam em segundos, do *Sou pago para sorrir para você* ao relaxamento dos músculos faciais quando o reconhecimento bate, a leitora de preços fazendo *bip-bip* em uma tentativa vã de quebrar o silêncio quando a comida passa por ela.

Conheço bem esse padrão, mas observo mesmo assim. O pão, o queijo, o vinho e as bolachas água e sal que às vezes ele esfarela e deixa para os pássaros – uma minúscula migalha de bondade que o torna ainda mais odioso. Porque se há uma versão sua que alimenta os passarinhos à medida que o inverno chega, há também a decência que ele prefere deixar de lado quando faz outras coisas. Outras coisas que também alimentam os pássaros. E os falcões. E os guaxinins. E os coiotes. Todos os animais que comeram bocados da minha irmã, destruindo qualquer chance de provar que foi ele quem a matou.

Mas não sou um júri, não preciso de provas.

Conheço esta estrada, que leva para fora da cidade. Ele vai virar à direita, onde a ponte está interditada há uma década, depois seguir a trilha de cascalho que vai para a esquerda e cada caminho se torna mais decrépito do que o anterior. De duas pistas para uma, de asfalto para cascalho, e depois só terra. Terra que leva à floresta.

Sei de tudo isso porque vi todas essas coisas todos os dias, por meses. Sou só uma garota tentando entrar em forma para o verão, me livrando das últimas gordurinhas do corpo infantil à medida que minha feminilidade aflora. E pareço tão limpinha. Tão nova, esperançosa e em comunhão com a natureza enquanto peno para subir o morro; e depois exuberante, quando desço o outro lado voando, o cabelo ao vento, desfrutando da minha merecida recompensa. É isso que os outros pensam quando me veem.

As poucas pessoas que aqui vivem acenam para mim quando eu passo. Sem jeito, no começo, mas depois me reconhecendo. À medida que os dias vão ficando mais quentes, uma senhora mais velha espera, perto da entrada, com um copo de limonada. Ela sabe exatamente a que horas vou passar pela sua casa, o meu suco está sempre gelado e os cubos de gelo batem nos meus dentes.

Faço isso primeiro para a minha presença lá *naquele* dia não parecer estranha. Acabei gostando de como minhas pernas se tornaram puro músculo e de como meu cabelo fica com cheiro de vento mesmo horas depois. Gosto da limonada também. Quase fico ansiosa para encontrar a senhorinha. Mas jamais permito que isso me distraia.

Porque não estou aqui para entrar em forma e fazer novos amigos.

É assim que eu mato uma pessoa.

E é um processo simples, de verdade. As mãos dele hesitam por um segundo quando me vê parada perto da entrada de carros da sua casa. Sim, ele é um dos que acenam. Sentado na varanda quase o dia inteiro, um homem de meia-idade que poderia ser bonito se a gente não olhasse nos seus olhos e identificasse o que se esconde por trás deles. Todo dia o sol nasce, a garrafa de vinho se esvazia e ele fica sentado ali, perguntando onde foi que sua vida deu errado, até o sol se pôr de novo.

Eu sei exatamente onde foi. Explicarei para ele.

Ele é solitário. Então, quando paro pela primeira vez, quase me sinto mal quando seu rosto se ilumina. Quase. Porque, logo depois daquele sorriso puro, de ser humano que anseia pela companhia de outro ser humano, seus olhos baixam pela minha regata, onde meus peitos sobem e descem enquanto recupero o fôlego. E não somos mais dois seres humanos.

Somos macho e fêmea.

Sozinhos na floresta.

E eu minto, digo que estou cansada, que preciso sentar um minutinho. E uma parte dele sabe que não deveria fazer aquilo. A parte que esmigalha bolachas água e sal e dá para os passarinhos sabe que ele não deveria me tirar do sol e me levar para a escuridão da sua casa. Mas o outro lado *quer* fazer isso.

E é muito mais forte.

Eu vou, sorrindo quando ele segura a porta de tela para que eu passe. O sorriso enruga meu nariz, chamando a atenção para as minhas sardas, que todos dizem que me tornam tão bonitinha. Adentro as sombras, desejando não ouvir quando ele encosta a porta de tela.

Então me viro e conto quem sou.

É assim que eu mato uma pessoa.

E não me sinto mal por isso.

2. JACK

A Alex Craft tem uma coisa: a gente esquece que ela está lá.

Não lhe dei muita atenção até virarmos calouros do Ensino Médio, quando fui, meio de saco cheio, ajudar nos grupos de busca pela irmã dela. Gostávamos de fingir que éramos adultos, da sensação de estarmos fazendo algo de verdade, apesar de a maioria de nós ter esquecido de verificar a pilha das lanternas e do Park ter um saquinho no bolso que acabou com a nossa busca assim que saímos do campo de visão dos adultos de verdade.

A Branley chegou até a levar um lanchinho, como se a gente fosse acampar ou algo do gênero. Para ser justo, depois de esvaziar o tal saquinho, ficamos completamente felizes, e ela se tornou nossa heroína, exatamente como queria. Sentou no meu colo aquela noite, feliz de se esfregar bem onde sabia que eu gostava. E eu não a impedi. Nunca impedi a Branley de nada. Ainda não aprendi a fazer isso.

Nossa heroína era a garota que trouxe Doritos para matar nossa larica e, a alguns metros de onde estávamos sentados, um herói de verdade encontrou o corpo. Partes dele, pelo menos. Nem notamos aquele monte de lanternas juntas até a menina com quem o Park ficava fazer barulho bem quando ele conseguiu acertá-la no lugar certo, e as lanternas se viraram na nossa direção.

Pensei muito nisso nos três anos desde que esse fato aconteceu, em como eu devo ter parecido naquela luz. A Branley com a camiseta "Encontrem Anna" levantada até os peitos, eu de calça arriada, nós quatro de olhos vermelhos e com a maior cara de "ai, que merda".

O cara na nossa frente tinha um jeito meio maltrapilho, de barba suja e chapéu, e usava uma jaqueta larga. O tipo de cara que, na minha cabeça, teria dado risada e dito para a gente mandar ver enquanto nos iluminava com a lanterna. Mas ele nem olhou para a Branley ou para a menina que estava com o Park enquanto elas se vestiam às pressas. Em vez disso, olhou direto para mim e disse: "Porra, saiam daqui, seus cuzões".

Eu estava tão concentrado em me vestir que achei que todo mundo tinha ficado puto por nossa causa, que estavam de cara amarrada e apontando as lanternas para o chão porque não queriam saber – ao certo – o que a gente estava fazendo. Mas não era isso.

A mão dela estava para fora da terra, com o osso aparecendo, a pele mordida por cima do pulso. Congelei com o zíper da calça na mão. Naquele momento, ainda não sabia que, logo depois da área ser isolada com as fitas da polícia, pedaços do corpo da Anna Craft seriam encontrados por toda parte. Achei que era uma cova rasa da qual ela tinha tentado sair, e eu, a poucos metros de distância, tentando grudar outra menina no chão.

– O que foi? – disse a Branley, olhando nos meus olhos como sempre, sem perceber que tinham encontrado aquilo que a gente devia estar procurando.

Deixei a menina ali. Fiz exatamente o que o cara mandou, virei as costas e, porra, saí dali. Corri porque um dos rostos naquele círculo de luz era o da Alex Craft, uma menina com quem estudei a vida inteira, uma menina que, às vezes, a gente não vê. Naquele momento, eu a vi, quando ela se abaixou para tocar os dedos sujos de terra da irmã, como uma criança que tenta desenterrar um brinquedo que ficou atolado na caixa de areia. E, desde então, não consegui mais deixar de vê-la.

É nisso que eu penso quando ela passa por mim no primeiro dia do nosso último ano do Ensino Médio, com o cabelo castanho esvoaçando, o rosto ainda coberto por aquela máscara séria que vi naquela noite, como se estivesse grudada nela para sempre.

Será que a Alex ouviu o cara me chamando de cuzão?

Queria saber se ela concorda com ele.

Porque eu, com certeza, concordo.

3. EFEPÊ

Tenho nome, mas todo mundo me chama de Efepê porque sou a FP: Filha do Pastor. Estou pensando nisso porque meu nome – ou, pelo menos, meu apelido – deveria estar em algum lugar da foto que a Sara acabou de me mandar, um *print* de tela do celular do meu namorado que ela tirou quando ele estava desmaiado durante uma festa. Um *print* de tela falando de sexo, uma conversa cada vez mais picante, que devia ser entre *Adam* e *Efepê*, mas era entre *Adam* e *Branley*.

Atiro o celular no banco do passageiro e me concentro em tentar não chorar enquanto espero a mulher do abrigo de animais chegar e abrir a porta. Minha perna sobe e desce, numa tentativa de descontar a raiva, e a chave do carro fica batendo no meu joelho. Arranco a chave da ignição quando olho para o chaveiro de contas que diz “Efepê & Adam p/ Sempre”. Tem contas de letrinhas, bolas de futebol americano e corações, está meio desbotado em certos pontos, de tantos anos de fricção para entrar e sair do bolso da minha calça *jeans*.

Anos.

– Filho da puta – digo. Depois arrebento o cordão preto que segura as contas. Letrinhas, corações e bolas de futebol americano saem voando pelo carro inteiro.

Não devia ter falado essa expressão, porque sou filha do pastor. Mas eu também não devia beber cerveja nem saber que cheiro um pau tem, então falar palavrão é o menor dos meus pecados. Meu celular faz um barulho, um barulho que me fazia pegá-lo no meio da noite, ofegante e feliz. Um barulho que fazia meu coração ir parar na boca. Só que agora, com certeza, aquele órgão está indo para o outro lado, e saio do carro para não ter que olhar para a tela acesa, com o nome dele e coraçõezinhos dos dois lados. Algumas contas rolam, e uma delas vai parar embaixo do meu pé quando saio do carro.

É o "&".

Mais pedacinhos do chaveiro caem no cascalho, e ouço outro carro chegando. Enfio as mãos nas mangas do meu moletom de capuz porque está mais frio do que deveria (valeu, Ohio), e estou pronta para entrar no abrigo de animais e começar minha Vivência do Último Ano.

No meu boletim, irá constar VUA – Voluntária no Abrigo de Animais, o que, provavelmente, vai ser seguido por um 10, bem alinhado com todos os outros. Tenho uma ideia bem diferente do que consiste uma Vivência do Último Ano, e o Adam devia fazer parte disso. Até agora.

Bato o pé, tentando me convencer de que faço isso para aquecer meu corpo, e que aquele coraçãozinho de conta que virou um pó bem fino não tem nada a ver com isso. O outro carro para do lado do meu, mas não é a mulher do abrigo. É outra aluna e levo um tempinho para reconhecer quem é quando ela sai do carro.

Na verdade, isso é meio que uma mentira. Sei exatamente de quem se trata, mas não lembro seu *nome*. Então fico parada ali, com os punhos cerrados enrolados no moletom, batendo o pé no chão, e digo:

– Oi, Anna. Você também é voluntária aqui, para a VUA?

Ela me olha por um segundo, e me dou conta do que acabei de fazer.

– Eu sou a Alex – diz ela.

– Eu sei, claro. Sim, óbvio que sei – digo, as palavras se embaralhando umas nas outras. – É que...

– É que, quando vocês olham para mim, sempre pensam na minha irmã mais velha e o cérebro de vocês aciona o nome dela.

– É – concordo, totalmente sem graça por ela ter se apresentado de um jeito tão direto, como se eu fosse jurada de uma feira de ciências e não uma menina que tivesse acabado de lhe dar um soco no estômago.

– É – repete ela, depois anda na direção do abrigo. Que, no caso, já estava aberto.

Fico observando a Alex se afastar de mim, com a postura ereta, e penso que vai ser uma longa Vivência do Último Ano. Depois escuto meu celular tocar de novo, insistindo em fazer o barulho do Adam, e fico pensando naquelas mensagens que ele trocou com a Branley Jacobs, e aquelas palavras saem pela minha boca de novo:

– Filho da puta.

Está frio a ponto de o ar fazer uma fumacinha na frente da minha boca e, apesar de ter escovado bem os dentes de manhã, ainda sinto o cheiro de cerveja choca. E então a palavra e a cerveja ficam pairando juntas no ar, e meu pai provavelmente ficaria muito desapontado comigo neste momento. E também porque sei que cheiro um pau tem. Ou, pelo menos, o cheiro que o pau do Adam tem.

Mas só o dele.

4. ALEX

É mais fácil gostar de bichos do que de gente, e há um motivo para isso.

Quando os bichos cometem algum erro imbecil, a gente dá risada. O gato que calcula mal o pulo. O cachorro que fica admirado demais com um objeto comum. Essas coisas são engraçadas. Mas, quando uma pessoa não entende alguma coisa – ou calcula mal e pisa no freio tarde demais –, ela é culpada. É burra. Está errada. Professores e policiais existem para resolver isso, e deixam uma longa trilha de papelada para ilustrar essa burrice. As falhas. As provas e os fatos desse tipo de coisa. Temos sistemas inteiros feitos para ajudar a decidir quem é o quê.

Às vezes, os sistemas não funcionam.

Tem famílias que passam as tardes do fim de semana em abrigos de animais, mesmo quando não estão procurando um bicho de estimação. Vêm ver aqueles que não são desejados, que não são amados. Os cães e gatos que não entendem porque são essas duas coisas. Que recebem carinho e são penteados, que são levados para passear e ganham comida, são mimados e beijados. E depois voltam para suas gaiolas e, às vezes, rolam algumas lágrimas. Carinhas peludas que olham por trás das grades podem ser insuportáveis para muitas pessoas.

Troque essas carinhas por um rosto humano, e a reação muda.

E o motivo é que as pessoas deveriam saber como agir.

Mas nossa lógica é falha a esse respeito. Um cachorro que morde é um cachorro morto. No meu primeiro dia no abrigo, já vi um sendo levado para "dormir", o que é uma expressão enganosa. "Dormir" implica que você pode escolher acordar. Assim que seus corpos passam do estado de inconsciência para algo mais profundo, quando seus sistemas começam a entrar em colapso, eles se revoltam um pouco, brigam em um nível molecular. Chutam. Choram. Não querem ir. E isso acontece porque suas mandíbulas se fecharam sobre uma mão humana, por um breve instante. Talvez uma única vez.

Mas as pessoas têm segundas chances. Têm o benefício da dúvida. Por mais que tenham uma inteligência mais avançada e *saibam* o que fizeram e SAIBAM que isso era errado.

O abrigo vai promover um mutirão de castração no mês que vem. Uma das minhas tarefas hoje de manhã é pegar a correspondência, lutando contra o desejo de atirar uma pedra no carro que passa voando, cujo motorista uiva para mim. A caixa de correspondência está cheia de formulários de candidatos ao mutirão, a maioria cães, mas também tem alguns gatos. Rhonda, a mulher que administra o abrigo, me faz separá-los entre cães e gatos, machos e fêmeas.

A Rhonda bufa quando vê tantos cães machos na lista.

– As pessoas não aprendem – diz.

– Como assim? – pergunto.

– Todo mundo acha que, se castrarem um macho, ele vai ficar menos agressivo, mas são as fêmeas que mais mordem. É um instinto básico, de proteger o próprio útero. Isso acontece com todos os animais: as fêmeas da espécie são mais letais do que os machos.

– Com exceção dos humanos – diz outra voluntária.

O telefone toca. Eu atendo, dizendo:

– Abrigo de animais dos Três Condados, Alex falando – em vez de responder para a menina: – Você não sabe do que está falando.

Que era a resposta que eu tinha na ponta da língua.

A Rhonda recebeu uma ligação falando de um cachorro perdido visto na divisa do condado, então pegou a carrocinha e disse para a gente "tomar conta do acampamento". Não há muito que tomar conta neste acampamento por enquanto. De manhã, vêm um monte de passeadores voluntários e esposas que gostam de gatos mas "não têm permissão" para ter um em casa. Todas essas pessoas foram, aos poucos, dispensadas. Eu e a outra menina ficamos esperando os últimos quinze minutos que faltam para irmos embora, eu no balcão, fingindo olhar os formulários dos candidatos à castração para não precisar puxar papo, e ela de quatro, enfiando os dedos na gaiola, onde nossa única coelha vive, que tínhamos arrastado até a sala de espera na esperança de que alguém fosse se condoer e levá-la para casa.

A porta se abre, batendo na parede com tanta força que derruba três cartazes de "Gato perdido" e um panfleto com informações sobre a doença de Lyme. Uma mulher de cara vermelha e sobrancelhas permanentemente franzidas até se encontrarem em cima do nariz entra, e começa a falar antes mesmo de olhar para mim.

– Alguém atirou um saco cheio de filhotes de cachorro pela janela do carro na estrada 9 – diz ela.

– Na estrada 9? – pergunto, nem tanto para esclarecer, mas porque sei que vou irritá-la e não gosto do jeito como fala comigo. Ou melhor, não fala comigo, só grita na minha direção, já meio que virada para a porta, pronta para sair.

– Sim, na estrada 9 – dispara. – O que você acha que eu disse?

A outra menina tira os dedos da gaiola do coelho e fica de pé, mas não se aproxima de nós. Fica parada lá no fundo, como se, caso eu precisasse de ajuda, ela poderia dizer algo, mas era melhor eu não contar com ela. Isso também me incomoda, então, neste momento, não estou feliz com nenhuma das duas pessoas presentes no recinto.

– Em que altura da estrada 9? – pergunto, puxando um pedaço de papel para anotar.

– Logo antes da curva – responde a senhora. – O cara diminuiu um pouco e jogou o saco pela janela.

– E como a senhora sabe que eram cachorros? – pergunto.

– Como? – diz ela, as sobrancelhas finalmente se separando um pouco, indo para cima.

– Tive que desviar para não bater – diz ela, a voz um pouco mais tranquila. – Deu para ver pelo jeito como o saco rolou, sabe? Como se tivesse algo lá dentro tentando sair.

– Podiam ser gatinhos – falo.

– E qual a diferença? – a senhora quase grita. – Vim aqui no abrigo para informar que tem um saco de cachorrinhos, ou de gatinhos, ou o que quer que seja, jogado na estrada 9, e você não está fazendo nada a respeito.

– Por que a senhora não parou? – pergunto, sentindo minhas engrenagens internas mudarem discretamente do modo argumentação para o modo combate: é uma máquina bem lubrificadada.

– Quê? – Ela está furiosa, com a respiração curta, que não fornece oxigênio suficiente ao seu cérebro.

– A senhora desviou do saco. Se deu ao trabalho de nos informar. Então por que não parou e fez alguma coisa?

– Meus filhos estão dentro do carro – diz ela. – Não queria que eles vissem nada que não deviam. Olha, estou fazendo tudo o que está ao meu alcance. Tenho pena desses cachorrinhos...

– Tenho certeza de que eles apreciam a sua pena – digo.

Ela desistiu de bancar a boazinha. Vejo as engrenagens dela se mexendo e sei que a provoquei demais. Não caí na sua conversa de boa samaritana, e ela não vai concordar com o meu raciocínio.

– Quem é o seu supervisor? – pergunta ela, olhando em volta, como se de repente tivesse se dado conta de que era a única adulta do lugar.

– Deus – respondo.

5. EFEPÊ

– Deus?

Fecho a porta do passageiro do carro da Alex, e ela meio que sorri ao dar a partida. O abrigo está trancado, e o cartaz na porta foi virado para o lado onde diz "Fechado". Uma nuvem de poeira pesada contamina o ar, causada pela senhora da minivan, que saiu a toda velocidade pela estrada como se a gente tivesse soltado um cão raivoso em cima dela. A Alex deixou uma mensagem no celular da Rhonda, dizendo que a gente ia conferir "um saco jogado se mexendo" na estrada 9 – sem especificar se era um saco de cães ou de gatos.

– Tecnicamente, é verdade – diz ela, respondendo à minha pergunta.

– Então você acredita em Deus?

Tive vontade de me chutar assim que fiz essa pergunta, porque, para começar, não é a melhor forma de quebrar o gelo e, em segundo lugar, eu tinha acabado de me encaixar na fôrma de filha do pastor da qual estou fazendo de tudo para me livrar.

Mas a Alex revida com uma pergunta que eu não estava esperando:

– Você acredita?

Acho que nunca ninguém me perguntou isso. Todo mundo acha que sim, assim como acha que eu não tenho *lingeries* safadas nem tatuagem.

– Acredito – respondo, e isso de fato é verdade. Não gosto de ser FP, mas também não sou mentirosa.

– Por quê?

Senti meu colar de penas imaginário se eriçar, como se eu fosse um daqueles cachorros que tentam parecer maiores. Não conheço a Alex, não sei se gosto dela, e não tenho vontade de defender algo tão importante quanto minha crença em Deus na nossa primeira conversa. Estou prestes a dizer algo nesse sentido para ela, mesmo que seja a versão reduzida – "vai se foder" –, mas me seguro. Todas as coisas ruins que eu poderia dizer ficam guardadas na minha cabeça porque me pareceu uma pergunta sincera, nem uma sílaba tinha tom de deboche, que é o que estou acostumada a ouvir. E acho que, se vou trabalhar com a Alex no abrigo, vamos ter que conversar em algum momento. É melhor acabar com a conversa-fiada logo.

Levo um instante para pensar em uma resposta de verdade e não uma decoreba no estilo "Jesus me ama", onde digo que acredito em Deus "porque está escrito na Bíblia". Sei que tenho algo a dizer, mas quero encontrar as palavras certas, então fico olhando para fora enquanto a Alex vai em direção à estrada 9.

Pegamos o único semáforo da cidade no verde e vamos para o norte, passando por três bares e duas pizzarias antes de chegar à zona morta – uma dupla de ruas pavimentadas com placas (Quinta e Sexta), mas que não têm nada além de becos sem saída. Os urbanistas ficaram um pouco animados demais nos anos 1990 a respeito do que a nova fábrica de calculadoras poderia trazer para a comunidade. No fim das contas, tudo o que ela tinha a oferecer era um contrato que não foi cumprido e um grande edifício que ficou vazio depois de dois anos.

Ah, e algo como um suprimento vitalício de calculadoras para a escola. Mas aí alguém as programou para escrever SEIOS quando eram ligadas (50135, de cabeça para baixo), e as máquinas foram dispensadas em um leilão. Em um terrível capricho do destino, uma igreja da cidadezinha ao lado as comprou em uma campanha para arrecadar suprimentos escolares e, pelo jeito, um monte de alunos do quinto ano se deu bem no primeiro dia de aula de matemática. Mas nada nessa digressão está me deixando mais perto de responder à Alex sobre por que acredito em Deus, e ela meio que está me olhando de lado enquanto dirige.

– Acho que é porque, quando estou muito chateada, se eu me acalmar e ficar bem quieta, consigo sentir... *alguma coisa.*

Lágrimas se acumulam nos meus olhos quando digo isso, porque só Deus sabe que tenho andado muito chateada ultimamente, e que aquele sentimento de conforto à minha volta, que me vem sem motivo nenhum que eu possa especificar... bem, é isso. Dá vontade de chorar. Mesmo quando você é uma menina que está tentando se livrar do estigma de ser FP.

Mas, mesmo assim, é uma resposta de merda.

Então fico surpresa quando a Alex assente com a cabeça, como se estivesse entendendo tudo.

– Você também sente? – pergunto.

Ela encolhe os ombros.

– Não, não desse jeito. Mas as coisas acabam se encaixando no lugar certo quando precisam.

– Legal – digo, e o nosso grande encontro de almas termina por aí.

A Alex pega a estrada 9, e enxergamos o saco ao mesmo tempo. É um saco de lixo preto tipo industrial, e ondas de calor visíveis saem de dentro dele. A Alex para o carro e liga o pisca-alerta – mas não sei por que ela se dá a esse trabalho. Estamos cercadas por campos de milho aguardando a colheita e não vimos outro veículo desde que passamos o último bar da cidade. Saímos do carro.

Tenho certeza, antes de chegarmos ao saco, que não há esperança. O troço não se mexe, e esse é um dos motivos. Mas também tem um fedor de urina no ar e um cheiro levemente metálico de sangue fresco. Nem sei se quero ver o que tem dentro do saco, mas a Alex não pensa duas vezes. Abre-o sem pestanejar, e ambos os cheiros ficam mil vezes mais fortes quando faz isso.

Viro o rosto.

Ouço o farfalhar do saco enquanto a Alex confere para ver se estão mesmo mortos, e depois um "zip", quando ela puxa as duas tiras do saco e dá um nó duplo nelas.

– Três cachorrinhos – diz ela. – Dois com o pescoço quebrado e um morto por asfixia.

Olho para os dois lados da estrada e só ouço as espigas de milho secas roçando umas nas outras e o tique-taque persistente e regular dos pisca-alertas da Alex.

– Não tinha chance alguma de alguém vê-los por aqui.

– Não – diz a Alex, pegando o saco e colocando com cuidado no porta-malas. Em seguida, fecha a tampa.

– Mas, pelo menos, aquela mulher ficou com pena deles.

Voltamos para o abrigo, a Alex em silêncio, e eu, furiosa. Fecho a boca bem apertada, o ar entra e sai pelo meu nariz em sopros curtos. Só consigo pensar na picape correndo pela estrada, nas mãos que pegaram aqueles corpinhos e colocaram no saco, depois os jogaram fora como se fossem lixo.

Filhotes são vida e amor. O corpo inteiro deles é macio – o pelo, a pele, as patinhas novas e delicadas. Irradiam calor de um jeito que a ciência pode explicar, mas que vai além disso. O calor da afeição sai dos seus olhos e faz as bundinhas balançarem loucamente assim que veem uma pessoa – nem ligam para quem seja. São amor em forma de bicho. E alguém foi capaz de tocá-los, colocá-los em um saco e matá-los.

Chegamos a um cruzamento no meio do nada, com um campo de milho de um lado, e um celeiro caindo aos pedaços do outro. É um daqueles lugares que tem placas de

PARE de todos os lados sem nenhum motivo, porque nunca, na história do condado, quatro carros pararam ali ao mesmo tempo. Mas, neste instante, tem mais um carro lá, uma senhora mais velha em um Buick. Ela faz sinal para irmos em frente, e a Alex faz sinal também; seus dedos tamborilam de leve em cima do volante.

Minha respiração está presa no peito. Ainda penso nos cachorrinhos espremidos, tentando confortar uns aos outros naquele saco de lixo quente, os gritinhos que devem ter dado para avisar ao motorista que estavam com medo. O quanto ficaram pasmos quando perceberam que o cara não se importava. E o som que o saco deve ter feito quando bateu no chão. Por um segundo, fiquei imaginando o que eu teria feito se tivesse uma picape no cruzamento, e me permiti afundar nesse pensamento.

Imagino uma picape enferrujada, um cara de camiseta com as mangas cortadas. Penso que ele baixaria o vidro, um ar vago de dúvida no rosto até eu abrir a porta, arrastá-lo para fora e chutá-lo no estômago uma porção de vezes, até ele fazer o mesmo som que os cachorrinhos devem ter feito.

É uma fantasia. Sei disso. Sou uma criatura pequena – tenho um pouco mais de um metro e sessenta – e, nos dias que preciso levar mais do que dois livros para casa, fica difícil de levantar a mochila. Não sou grande. Não sou forte. Não sou intimidadora. Nunca vou encher ninguém de porrada e, mesmo que tivesse essa oportunidade, não faria isso.

Mas é bom imaginar.

6. JACK

Sou o cara que os outros querem ser.

Vejo como olham quando faço uma cesta de três pontos, ouço o urro coletivo vindo das arquibancadas quando marco o *touchdown* decisivo e dou uma série de cambalhotas – e que se foda o árbitro por jogar a bandeira de falta por "comemoração excessiva". Posso fazer tudo isso e arrasar antes, durante e depois, pois sei que vou receber pelo menos uma foto de peitos pelo celular naquela noite. E, depois, na segunda-feira, posso ir para qualquer aula e fazer um discurso, gabaritar uma prova ou falar uma língua estrangeira sem piscar porque sou completo. Ganho as meninas, ganho os troféus e, com certeza, vou ser orador da turma, por ser o primeiro da classe.

Só que... não.

A Alex Craft que é.

Estou sentado ao lado dela na sala da orientadora com a boca tão aberta que quase perco também a chance de ser o segundo da classe, aquele que abre a cerimônia.

– Não entendi – digo, pela terceira vez. – Fiz os quatro pontos.

– A Alex também – diz o orientador. – E ela fez matérias que têm mais peso do que as suas.

– Mas eu quero... – E fecho a boca nessa hora, porque tenho consciência que é mais do que um querer, é uma *necessidade.*

Se eu não conseguir uma bolsa de estudos, não vou fazer faculdade. Vou ser mais um veterano daqueles que dizem que vão primeiro tirar um ano de folga, mas na verdade terminam atrás de uma chapa de hamburgueria juntando dinheiro para pagar a faculdade do filho, tentando entender que porra aconteceu. E aí meu filho vai fazer a mesma coisa e, quando eu me aposentar, posso ceder meu lugar no *drive thru* para meu neto. Consigo manter meu corpo em forma em qualquer lugar, mas meu cérebro vai apodrecer nessa cidadezinha de merda porque sou pobre demais para sair daqui se não for de carona.

Estou tão focado em mim que nem sei se ouço quando a Alex diz:

– A senhora devia dar logo a bolsa para ele.

A Alex, que poderia escrever um livro sobre as injustiças da vida. Aquele cara lá na floresta três anos atrás é que tinha razão: sou um cuzão.

A srta. Reynolds junta as sobrancelhas.

– O primeiro lugar na classe não é algo que se dê, Alex. Tem que fazer por merecer.

– Não faz sentido que eu ganhe isso. Não vou fazer faculdade.

E agora a boca da orientadora fica espremida, e ela diz:

– Nós conversamos sobre isso, e...

– Por que você não vai fazer faculdade? – pergunto, interrompendo a srta. Reynolds, me virando para olhar, olhar de verdade, para a Alex. Acho que nunca fiquei tão perto dela e, quando ela se vira, vejo como seus olhos são verdes.

Ela encolhe os ombros.

– Não consigo conceber minha vida fora daqui.

– Aaaaah táááá – digo, olhando para a orientadora. Ela sorri para mim, me encorajando a falar, mas suas sobrancelhas ainda estão juntas, de preocupação.

– É muito simples – explica a Alex, com toda a paciência, dividindo as palavras entre nós dois. – Nós dois merecemos. Ele quer. Dá para ele.

O jeito como ela fala faz isso parecer tão simples que tenho certeza de estar com cara de "viu só?". Mas a orientadora dá um suspiro e balança a cabeça.

– Não posso simples e arbitrariamente decidir quem vai ser o orador da turma.

– A senhora está interpretando mal o sentido de "arbitrário" nessa conversa – diz a Alex.

A srta. Reynolds fecha os olhos e belisca a ponta do nariz. Tenho a sensação de que ela já teve muitas e muitas conversas com a Alex que terminaram assim. Quando levanta o rosto, está de novo com a sua cara de profissional.

– Muita coisa pode mudar até o fim do ano – diz ela. – E, Jack, você precisa lembrar que o segundo lugar não é pouca coisa.

O que, para mim, soa como: Não é nada provável que a Alex faça alguma coisa errada, e você precisa começar a se acostumar com a nova realidade.

Alex e eu saímos da sala juntos, e me encontro em uma situação estranha que só quem mora em cidade pequena consegue entender. Conheço a Alex Craft. Conheço no sentido que poderia reconhecê-la em todas as minhas fotos de escola desde o Jardim da Infância. Conheço porque as pessoas não vão embora desse lugar, e nossos pais se conhecem – caramba, tenho quase certeza de que a minha mãe namorou o pai dela. Conheço porque todo mundo conhece todo mundo por aqui, e especialmente a Alex, porque a irmã dela é o único motivo para uma equipe de reportagem ter aparecido nesta cidade, pela primeira e única vez.

Conheço a Alex Craft. E não tenho nada a dizer a ela.

Mas quero encontrar algumas palavras que a façam olhar para mim de novo, porque gostei do jeito que seus olhos verdes ficaram no meio de todas aquelas sardas. E o meu lado que vai para a aula de inglês avançado gostou do fato de ela ser inteligente, ao mesmo tempo em que meu lado que destroça calouros na hora de jogar queimada meio que se sente excitado de pensar que estou competindo com ela por alguma coisa.

E ela está se afastando de mim.

Sei como fazer isso. Sei o que dizer para os outros para mantê-los por perto e mostrar como sou legal. Sei como acelerar ou ir mais devagar para que pensem que não estou realmente a fim de conversar com eles, para a distância aumentar mesmo que estejamos só nós no corredor. Sei como fazer piadas sobre cagar e me enfiar no banheiro até a pessoa ir embora.

Só que, em vez disso, aumento alguns centímetros nos meus passos até acompanhar a Alex. Vejo que seus olhos se viram na minha direção por um nanosegundo, quando entro no seu campo de visão periférica, mas ela não diminui o passo.

– Que loucura, hein? – digo.

– Como?

– Essa história de orador. Uma loucura.

Ela para na frente do seu armário, seu olhar se dirige para o relógio do corredor, não para mim.

– Não sei se é loucura ou só uma indicação de que nós dois somos pessoas inteligentes.

– Mas você é *mais* inteligente.

A Alex gira os números do cadeado e responde:

– Não necessariamente. Nunca foi muito claro para mim como esse tipo de coisa é determinado.

– Eles pegam as suas notas e...

– Eu sei como a escola faz – diz ela, abrindo o armário. – Quis dizer no geral.

– Ah – digo, porque não consigo pensar em outra coisa para dizer.

O sinal toca. A campainha corta o corredor, espalhando todas as palavras que eu estava me esforçando tanto para acumular. A Alex dá um pulo, como se não estivesse esperando aquilo, e cerra os punhos.

– Você está bem? – pergunto.

– Não – responde ela, de imediato. A pergunta inesperada pediu uma resposta sincera.

– Posso... – "Ajudar? Pegar seu telefone? Tocar seu braço? Fazer você me olhar de novo?" Todas essas coisas ficam completamente perdidas quando o som do meu nome vem rolando pelo corredor, na voz arrastada do Park.

– JAAAAAAAACK – ele me chama daquele jeito mais do que irritante quando vira e me vê na frente do escaninho da Alex. Os corredores estão ficando cheios de gente, e ele não tem motivo para pensar que eu estava mesmo conversando com ela. Só que a Alex está finalmente olhando para mim de novo, esperando eu terminar seja lá qual fosse a frase que comecei.

E eu não consigo pensar em uma única palavra, caramba. Minha boca fica lá, aberta, e parece que ela é o anzol, eu sou o peixe e não consigo fazer nada além de ficar me debatendo, porque o Park resolve bater o corpo contra o meu, de um jeito que a gente se toca da cabeça aos pés e só consigo pensar o seguinte: "Jesus! Sério? Tinha que ser agora? É esse o momento que ele escolheu para fazer uma piada do sétimo ano?".

– Jack, amor – diz ele. – Fiquei com tanta saudade. – Aí segura meu rosto com as duas mãos, cobre minha boca com os dedos e me dá um beijo falso tão forte que juro que amanhã vou estar marcado. – E você, gata – diz para Alex, depois de se afastar de mim –, eu bem que te comia todinha.

E vai para cima dela com um sorrisão imbecil na cara, certo de que ela não vai ver problema nenhum nele metendo os dedos na sua boca e grudando a cara na dela. A Alex não muda de expresão. Aquele olhar levemente confuso que estava dirigindo a mim enquanto eu brigava com as palavras agora se volta para o Park, e seus punhos, que continuavam cerrados, encontram um novo alvo.

Ela solta o ombro para ganhar impulso e dá um golpe na virilha dele, esticando o joelho ossudo para conseguir o máximo de efeito, como se quisesse estourar os testículos dele como bexigas d'água.

E ele cai no chão como uma caixa cheia de pedras.

7. EFEPÊ

Vamos ter um funeral para as bolas do Park.

Pelo menos, é o que parece.

Alex fez o cara cair de joelhos e foi embora como se só tivesse jogado lixo no chão. O Park ficou em posição fetal. Puxou o capuz do moletom por cima da cabeça para ninguém ver sua cara enquanto recobrava sua masculinidade e todo mundo se afastava. O corredor ficou em silêncio, com exceção de um "O que foi que aconteceu?" ocasional, seguido de uma explicação, seguido do silêncio respeitoso que reservamos para ferimentos nas gônadas masculinas.

O Jack tentou falar com ele, mas só ouviu gemidos, e todo mundo resolveu deixar o cara lá e ir para a aula. O sr. Franklin passou há alguns minutos, e imagino que vai ficar dizendo um monte de coisas compreensivas que terminam com "amigo" por um tempo, até conseguir fazer o Park levantar do chão.

A srta. Hendricks não sabia direito o que fazer porque não está equipada para oferecer ajuda ao Park, e não é enérgica o suficiente para nos fazer parar de falar no assunto. Então, em vez de discutir *Crime e castigo* – que a Alex está lendo tranquila, sentada em seu lugar –, estamos falando sobre o fato de o Park ter levado um soco no pau.

Os meninos estão morrendo de rir. Não param de recriar a cena e tentam fazer "toca aqui" com a Alex, mas ela não está nem um pouco interessada. As meninas estão divididas em duas frentes: as que estão com a cara muito séria e dizem que o Park poderia ter "se machucado sério", e as que acham engraçado de verdade sempre que os meninos envolvidos no *replay* fingem reinflar as bolas soprando o dedão.

Faço parte desse último grupo.

A Branley que, todo mundo sabe, é Amiga de Todos os Pênis, não está se esforçando muito para controlar o volume da sua voz, e seu tom de soprano natural está me dando nos nervos.

– E se ele não puder mais ter filhos? – pergunta, fazendo um biquinho perfeito depois de demonstrar sua intensa preocupação pelos órgãos masculinos do Park. – Isso é simplesmente uma *loucura*.

Põe mais ênfase do que o necessário na última palavra olhando para a Alex enquanto pronuncia, e Alex vira a página do Dostoiévski.

Começo a sentir uma queimaçãozinha de ressentimento no estômago e vou logo tentando esmagá-la. Não sei se é por que eu e a Alex estabelecemos uma espécie de silêncio amistoso depois de incinerar três cachorrinhos mortos, ou se tem mais a ver com o fato de a Branley estar desfilando de mãos dadas com o Adam.

Mas eu quero muito que ela cale a boca.

Ver os dois juntos não tem sido fácil. Finalmente atendi a ligação do CaraDePau (mudei o nome dele no meu celular e tirei todos os emoticons de coração), há mais ou menos uma semana. Acho que foi nosso término oficial, apesar de ele estar sentado com a Branley na hora do almoço desde que a Sara me mandou aquele *print* da tela.

– Amor – explicou, sem conseguir parar de bancar o fofo mesmo para me dar o pé na bunda –, é a *Branley Jacobs*. Peguei a *Branley Jacobs*. Não podia deixar essa passar.

Acho que o cara esperava que, tipo, eu desse os parabéns por ele ter subido na pirâmide social, pisando na caveira da filha do pastor para conseguir enfiar a cara debaixo da saia da líder de torcida loira. E ele parece muito feliz. Então, que seja. Foda-se ele.

– Foda-se ela – diz a Sara, se jogando na cadeira ao lado da minha.

– É, né! – concordo, mas não consigo parar de olhar para a Branley, que continua usando palavras como "perversa" e "perigosa".

A Branley é do tipo perfeita. Uma daquelas meninas que usam base *matte* e sempre parecem uma boneca de porcelana, com a diferença de que, se você abrir as pernas de uma boneca de porcelana o mesmo tanto que ela, as pernas da boneca quebram. Posso dizer isso com uma certa precisão por causa das fotos que ela mandou para o meu namorado.

Ex-namorado.

Eu me concentro nisso (*ex-namorado ex-namorado ex-namorado*), abro meu próprio exemplar de *Crime e castigo* e tento me distrair de uma imagem que criei sem querer. O rosto perfeito, em formato de coração, da Branley, se esfacelando com um soco meu. Cerro os punhos e os dentes, amassando uma clássica edição brochura e acabando com o esmalte dos meus dentes ao mesmo tempo.

A srta. Hendricks finalmente consegue fazer todo mundo sentar no seu lugar, e a Branley passa pela minha carteira, deixando um rastro de aroma de xampu de morango com baunilha. Joga o celular dentro da mochila, que está aberta no chão, e não consigo evitar dar uma olhada.

Eu imaginava que o fundo de tela dela fosse uma *selfie*, uma coisa bem posada, em um ângulo que garantisse o máximo de efeito da estrutura do seu rosto, provavelmente tirada de cima para garantir que os peitos aparecessem bem. Só que, em vez disso, tem uma foto da irmãzinha dela segurando um sorvete de baunilha ao lado de um São Bernardo obviamente treinado olhando para o infinito e usando uma coleira dupla.

Legal. Quero dar um soco na cara de uma dona de São Bernardo, as pessoas mais pacientes da face da Terra.

Está mandando bem no papel de filha do pastor, Efepê. Está mandando bem para caralho.

8. ALEX

Usamos objetos para navegar pelos espaços, fazendo mapas na cabeça. Enquanto isso, nossos neurônios entram em ação, por caminhos tão conhecidos que nem nos damos conta de que fazemos referência a eles quando vamos de um lugar para o outro, seguindo o mesmo padrão. Todos os dias.

Tem coisas no lugar que nos ajudam, placas de certas cores e formatos. Setas. Símbolos que indicam. Fazer nossos próprios pontos de referência é mais divertido, mais pessoal. Menos restritivo.

A casa azul, que deve ter sido a última que ela viu.

A árvore que floresceu três vezes desde então.

A estrada de terra que antes era de cascalho, a de cascalho que agora é de asfalto, a de asfalto que está se desintegrando e virando cascalho.

Aqui, neste prédio, tenho o amassado no armário, onde quebrei o pulso depois de ouvir a primeira piada sobre estupro, dita tão casualmente quanto aquela poeirinha que fica nos bolsos e a gente joga fora.

Uma telha que ainda está meio torta dois anos depois de eu ter dado um chute forte no ar e meu sapato ter voado. Ninguém notou.

O ponto meio grudento na parede do lado de fora da sala de ciências onde penduravam os pôsteres com fita dupla face para as aulas de anatomia, a genitália obrigatória comicamente grande demais. Não tem nada pendurado lá agora, só uns fios do meu cabelo, que foram arrancados.

Ninguém me via fazendo essas coisas. Até hoje.

Agora tem um lugar novo, um lugar onde um menino veio para cima de mim, segurando meu rosto, com a boca aberta, a língua para fora. Um lugar onde ele caiu, lívido. Um lugar onde suas lágrimas formaram uma poça. É um lugar que eu não queria que existisse, mas aconteceu.

Uso minhas marcações para ir de um lugar para o outro. Ver evidências das minhas pequenas rebeliões, pontos onde pude pôr minha ira para fora, causando impacto no mundo à minha volta, sem mais ficar seguramente guardada dentro de mim. Minha vida é feita desses mapas minúsculos, meus caminhos são sempre os mesmos, à medida que me movimento em uma área restrita, a única que deveriam permitir-me conhecer.

Aqui, minha violência está por todos os lados.

E eu gosto disso.

9. EFEPÊ

Se eu desenrolasse meu trompete, teria um cano de metal de um metro e meio de comprimento. Essa informação ficou martelando na minha cabeça durante o jogo de futebol americano de ontem à noite, porque eu estava considerando seriamente desmontar meu instrumento para poder enrolá-lo em volta do pescoço de cisne branco da Branley e estrangulá-la. Também pensei em enfiar o cano no chão bem quando a equipe dela a jogou para o alto para que, quando ela descesse, ficasse empalada no cano.

Fiquei repetindo essas duas cenas na minha cabeça, imaginando as líderes de torcida berrando enquanto eu esganava a garota-propaganda delas, os outros integrantes da banda tentando me segurar. Talvez um dos trombonistas me fisgasse com a vara do instrumento. Imaginei o silêncio abismado que emanaria das arquibancadas depois da rainha do *Homecoming* levar um golpe com a campana do trompete que explodiu no seu peito, descendo depois de ter sido atirada para cima, seu sorriso perfeito se transformando em uma expressão de confusão, o Adam vindo correndo pela lateral do campo, as travas da chuteira arranhando a pista. Ele a abraçaria enquanto ela morria e, talvez, um dos outros trompetistas tocaria uns acordes do "Toque de recolher".

E aí eu vi a irmãzinha dela no banco, duas maria-chiquinhas loiras, uma de cada lado da cabeça, com um milho de pipoca grudado no queixo, fazendo a coreografia junto com a Branley, que ela deve achar perfeita. E me forcei a lembrar que existe um São Bernardo de olhos chorosos que ama a Branley, então é claro que não fiz nenhuma dessas coisas. Em vez disso, fiquei chafurdando na minha raiva e perdi uma virada na linha de trinta jardas que atrapalhou toda a seção de trompetes durante o show do intervalo. O carma vem a galope.

Ter raiva cansa, mas sentir culpa não deixa a gente dormir. Por isso desativei o alarme duas vezes hoje de manhã, apesar de ser sábado, minha VUE valer como aula, e eu precisar levantar a bunda da cama.

Mesmo assim, sou a primeira a chegar ao abrigo, e encontro um cão abandonado.

É um vira-lata, meio labrador (talvez) e meio pastor (talvez). Com certeza, sente muita dor e raiva. A Rhonda disse que isso tem acontecido mais nos últimos tempos, por causa dessa economia de merda. As pessoas não conseguem sustentar seus bichos de estimação, mas também não conseguem pagar a taxa de devolução, então prendem o cachorro na cerca durante a noite e vão embora.

Teve uma vez que a pessoa nem arranjou o dinheiro para a corrente, só atirou o pobre do cachorro no lixo. A Rhonda o encontrou. Teve que subir na lixeira vazia enquanto eu e a Alex ficamos nos lados, em cima de duas cadeiras. A Rhonda sacudia os braços, tentando fazer o cachorro apavorado ir até a gente, e nós duas tentávamos tirar o bichinho lá de dentro sem perder o equilíbrio.

Mas o caso de hoje é diferente. Pelo jeito, a pessoa atirou o cachorro *por cima* da cerca, e acho que ele não aterrissou muito bem, porque não apoia uma das patinhas no chão e está mostrando os dentes para mim, enquanto giro a combinação do cadeado do portão. Seu pelo está coberto da fina geada de novembro, o que deve ser desagradável.

– Tudo bem – digo, baixinho. – Estou aqui.

O bicho não parece convencido de que está tudo bem e, quando chego mais perto, entendo por quê. A pessoa realmente não dava a mínima para esse cachorro. Ele está com um dos olhos completamente fechado de meleca, e as duas orelhas têm uns tumores.

– Não ganhou muito amor, né, amigo? – falo, e ele avança em mim através da cerca, fechando os dentes no arame. A onda de fedor que sai dele me faz ir para trás, mais do que seu rosnado. Estou sentada no degrau de concreto com a mão no nariz quando a Alex chega.

– Que foi? – pergunta, ao sair do carro, usando essas duas palavras para se referir ao mesmo tempo a mim, ao cachorro e à porta fechada.

– A Rhonda ainda não chegou – respondo, através da manga do meu moletom. – Alguém largou esse cara aqui. Acho que o atiraram por cima da cerca. Está com a pata quebrada e tem um cheiro meio que horrível.

A Alex vai até a cerca, e o cachorro avança nela.

– É melhor deixar ele quieto – digo. – A menos que você ache que consegue dar um soco no pinto dele através da cerca.

As palavras saem da minha boca antes que eu me dê conta do que eu disse. Ela enfia a mão no bolso e tira um molho de chaves.

– A Rhonda me deu semana passada – explica. – Disse que a gente já está acostumada com a rotina da manhã para dar conta do recado sozinhas. Ela vai chegar na hora que o abrigo abre para o público.

– Justo – digo, pegando a cópia da chave que a Alex me oferece.

Entramos no escritório principal. Sinto um aperto no coração toda vez. Só uma mesa com um telefone, um computador que alguém deu quando trocou por um melhor e uma fileira de cadeiras dobráveis de metal que uma igreja doou há alguns anos. E esse é o conjunto de armas que temos para lutar pelos animais indesejados dos três condados e tentar encontrar um lar para eles – e o telefone é daqueles de discar. Às vezes, fico muito feliz pelo fato de a porta que separa o escritório dos canis ser pesada e sólida para caramba. Não quero que eles vejam o quanto esse lugar é desolado.

A Alex passa a tranca depois de fechar a porta e nos olhamos naquele espaço estranhamente privado de uma área pública antes de acender a luz.

– Eu jamais socaria um cachorro no pinto – diz.

Caio na gargalhada. Ela é tão intensa, sua boca forma a linha mais firme e reta que eu já vi, está tão séria quanto meu pai na manhã de Páscoa.

Nunca a ouvi dizer nenhuma frase normal. Dois meses trabalhando com a Alex Craft e descobri que ela não fala "Hein?". Diz "Desculpe, você poderia repetir?". A Alex fala "Você conseguiu remover os resíduos hoje de manhã?" e não "Você limpou a merda dos gatos?".

Então, quando ela diz "Eu jamais socaria um cachorro no pinto" com a mesma gravidade que o âncora de telejornal anunciou o ataque às Torres Gêmeas, dou risada como se estivesse histérica. E acho que talvez, talvez mesmo, tem um leve esboçar de um sorriso nos cantos da sua boca quando ela acende a luz.

– O que você acha do cachorro abandonado?

– Suponho que a gente deva esperar a Rhonda chegar – diz. – A menos que você ache que a gente consegue fazê-lo entrar em um dos canis fechados pelo lado de fora.

– Podemos tentar. Mas ele pode morder.

A Alex sacode a cabeça.

– Ele está com medo, mas não é mau. Fico do lado de dentro e abro o portão de correr. E você tenta guiá-lo pelo lado de fora.

– Combinado.

Vou lá para fora e pego um par de luvas na prateleira no caminho. São pesadas, mas sei que, se o cachorro quiser, pode arrancá-las da minha mão, com pele e tudo. E, assim que me morder – por medo ou malvadeza –, será um cachorro morto.

Ele se enfia em um canto quando chego perto do portão, arrastando uma pata dianteira. Dá um uivo grave e contínuo quando chego perto e fecho o portão.

– Ei, amigo – falo baixinho, me acocorando para ele não pensar que estou tentando intimidá-lo. – Vamos levar você lá para dentro, tá? É mais quente, tem comida e...

Estou tentando pensar em mais alguma coisa tentadora quando ouço uma voz alta atrás de mim.

– Uma mesa de cirurgia, pelo jeito – diz a Rhonda.

– Eu não ia contar essa parte para ele.

Bem nessa hora, a Alex abre o portão de correr por dentro e ele se vira para ela, mostrando os dentes. A Alex sai do campo de visão do cachorro, e o calor que emana do prédio é o suficiente para atraí-lo.

– Você não deveria estar aí – diz a Rhonda, que puxa o cadeado e abre o portão. – Ele está bravo e ferido e se sente encurralado. A gente nunca sabe o que um animal que se sente ameaçado pode fazer.

– Desculpa – digo, saindo. – A gente só pensou que podia tentar colocá-lo lá dentro.

– Boa ideia, mas se ele machucasse qualquer uma de vocês duas, ia ter que ser sacrificado, e duvido que a escola ia me mandar mais voluntários.

Entro com ela no escritório e tiro as luvas. Estamos indo na direção dos canis quando os latidos começam. A primeira hora da manhã é a pior, é por isso que prefiro a sala dos gatos. Pelo jeito, a Alex não se incomoda com o clamor de uma dúzia de cachorros acordando famintos, cansados de ficar enjaulados, desesperados por atenção. Os gatos só se espreguiçam, lânguidos, dão uns bocejos de estalar os maxilares, e depois te olham com cara de "Ah, você veio me alimentar? Esplêndido".

Os cachorros podem até gostar da Alex, mas amam a Rhonda. Juro que eles sabem que ela chegou no segundo em que passa pela porta. Não precisam vê-la nem ouvi-la, só ficam tão felizes, de um jeito tão espontâneo, que alguns, literalmente, se cagam todos.

A Alex convenceu o abandonado a ir atrás dela por fora e entrar em um dos canis. Está fazendo todos os ruídos certos para tranquilizá-lo, mas as paredes de blocos de concreto não são muito convidativas, nem nos seus melhores dias. E aquele cachorro não está em um dos seus melhores dias.

A Alex está acocorada, segurando a porta do canil com o quadril, quando os outros cães explodem ao ver a Rhonda. O abandonado, que tinha baixado de um surto nível oito para o nível dois, rosna e sai correndo para dentro do canil. A Alex fecha a porta da gaiola, e tudo teria dado muito certo se não fosse pelo fato de ela estar lá dentro com o cachorro.

– Sai daí – diz a Rhonda.

A Alex sacode a cabeça e deita no chão de concreto. Sua calça jeans fica encharcada de água sanitária, que ela tinha passado na gaiola antes de entrar.

– Não quero assustá-lo – fala, tensa.

E, por mais que ela tenha razão – o cachorro está latindo alto, o mais alto que pode, está mais do que mostrando os dentes, e subiu na caminha para ficar mais alto do que ela –, ouço algo a mais no tom de voz da Alex. Apesar de não termos trocado mais do que algumas palavras, conheço o seu tom de voz. E tenho quase certeza de que aquele cachorro a mordeu quando passou correndo, e ela está tentando esconder isso.

– É melhor você não fazer nenhum movimento brusco – digo. – Quem sabe a gente espera ele se acalmar para tirar você daí.

A Alex olha para mim e assente com a cabeça, e a Rhonda fica olhando para o cachorro, desconfiada. O cão ainda está rosnando, mas parou de latir.

– Tudo bem – diz a Alex. – Mas...

Então a campainha do escritório toca, fazendo todo mundo começar a latir de novo.

– Jesus – murmura a Rhonda, se afastando da porta do canil. – Fique aqui, caso ele resolva que precisa estraçalhar a menina.

Faço que sim, por mais que não saiba o que fazer caso a Alex seja decapitada, e me ajoelho para conversar com ela pela porta da gaiola.

– Ele te mordeu?

– Bem na bunda – diz, e começo a dar risada, por mais que não seja engraçado.

– Muito forte?

– Estou sangrando.

A Alex levanta o traseiro do chão por um segundo, e a gente tem um momento íntimo estranho, porque fico conferindo a bunda dela através da cerca de arame.

– Rasgou sua calça, mas não está sangrando muito. Se a Rhonda descobre...

– Eu sei.

A gente se olha através do arame por um segundo, e o cachorro relaxa sobre as patas traseiras, soltando um chorinho, quando a pata machucada bate na lateral da caminha.

– Estou com minha sacola da yoga no carro – digo. – Vou pegar e digo para a Rhonda que suas roupas estão molhadas. Aí você se limpa no banheiro.

A Alex me olha com rapidez de cima a baixo, e sei o que está pensando. As pernas dela devem ter o tamanho do meu corpo inteiro.

– Você pode usar calça pula-brejo ou ficar com a bunda molhada o resto do dia. Você escolhe.

A Alex pensa por um instante.

– Vou pôr as suas roupas. Mas, antes, você pode me fazer um favor?

– Claro.

– Traz um tranquilizante para ele. Se este cachorro estiver louco quando o veterinário chegar, não vai dar certo.

Não seria difícil. A chave do armário de remédios fica pendurada na parede, do lado do armário, uma testemunha silenciosa do quanto a Rhonda confia nos seus voluntários.

Difícil? Não.

Completamente dentro da lei? Hummm... não sei, não.

Mas o som exausto que sai do cachorro abandonado quando ele se acomoda na caminha, seguido pelo seu patético lamber da pata, em uma tentativa de dar sentido a uma dor que ele não consegue entender, me faz perder o chão.

– Já volto – digo.

É rápido e fácil. Passo o comprimido escondido para a Alex, enrolado em uma fatia de presunto que afano do meu próprio almoço. Quando a entrego através do arame, nossos dedos se tocam rapidamente, escorregadios por causa da gordura, e eu penso: "É assim que vou ficar amiga da Alex Craft".

– Cachorros sabem muito bem comer a surpresa e cuspir o remédio – falo, e fico observando pelo arame o abandonado mastigar. – Faz ele comer tudo.

– Ela – diz a Alex.

– Quê?

– É menina – diz ela, estendendo a mão hesitante para o cachorro abandonado, que rosna de novo, em um tom grave e ameaçador.

– Seja como for, tem dentes. Cuidado.

– Tudo bem, garota – diz a Alex, com uma voz completamente diferente da que fala comigo ou com a Rhonda. É melodiosa e suave, com um tom de emoção que eu jamais imaginaria que ela seria capaz. – Não vou te machucar – diz, e o cachorro, hesitante, cheira o presunto. Que desaparece em poucos segundos, a fome vencendo a cautela.

A abandonada abaixa a cabeça, fica observando a mão da Alex chegar mais perto até encostar na cabeça dela, e as duas relaxam, a tensão vai deixando a gaiola até só se ouvir as duas respirando em uníssono.

10. JACK

Faz duas semanas que conversei com a Alex, duas semanas desde que ela atirou meu melhor amigo no chão, bem nos meus pés. Duas semanas desde que quero que qualquer garota que vejo, falo ou toco seja ela. Mas meu pai costuma dizer que se cagássemos em uma mão e colocássemos as vontades na outra não daria para ver qual das duas se encheria primeiro. E ele tem toda razão.

Tentei me convencer a esquecer a Alex, o que não deveria ser nem um pouco difícil, já que só trocamos algumas palavras, só trocamos olhares pelo tempo que uma mariposa consegue ficar sem se queimar na lâmpada. E até que estou mandando bem nessa de seguir meu próprio conselho, com uma ajudinha da Branley no fim de semana que os pais dela não estavam na cidade e o Adam não estava atendendo o telefone. Eu definitivamente *não* estava pensando na Alex quando o Adam se deu conta de que não tinha atendido as ligações da Branley, e tive que sair correndo pelos fundos, o suor fazendo minha camiseta grudar nos ombros, a Branley tentando pentear com os dedos aquele cabelo bagunçado de sexo antes de atender a porta.

Então mandei bem no quesito limpar a mente dessa garota em quem eu não tenho nada que ficar pensando mesmo, quando ela aparece no meio da chuva. Estou terminando a curva mais fechada de todo o condado quando vejo alguém, com os ombros encolhidos, e lembro de ter passado um carro que tinha derrapado na estrada um pouco para trás.

Diminuo a marcha para não bater, mas paro porque vejo que a pessoa é, sem sombra de dúvida, uma mulher. Eu pararia de qualquer modo – só para deixar claro –, mas o incentivo é maior quando a chuva gruda a sua roupa, que já era justa, no seu corpo sarado. Vou para o banco do lado, abro o vidro do passageiro e digo:

– Precisa de ajuda?

Não me dou conta de que é a Alex até ela levantar a mão, o cabelo castanho grudado e molhado dos dois lados do rosto. Olha para mim com atenção, como se estivesse tentando lembrar quem eu sou (e isso dói mais do que eu gostaria de admitir), e então vejo a sombra de um sorriso.

– Jack?

Ela diz meu nome baixinho, como se não tivesse certeza ou como se estivesse esperando uma oportunidade para falar comigo e não conseguisse entender que estou de fato na sua frente. Espero, com todas as minhas forças, que seja a segunda opção, porque é exatamente assim que eu me sinto.

– É – digo. – Você está bem?

Me dou conta, no mesmo segundo que as palavras saem da minha boca, que essa foi a última coisa que eu disse para ela, há duas semanas, e que é a coisa mais asinina que eu poderia dizer para alguém que está ensopado e se afastando de um carro enguiçado. Estico o braço e abro a porta do passageiro.

– Quer uma carona?

A Alex morde o lábio por um segundo, e isso me mata porque tenho certeza de que está imaginando se pode entrar no meu carro e não acabar em um buraco na floresta, como a irmã. Não falo nada. A decisão está nas mãos dela.

Depois de soltar o lábio, deixando duas marquinhas brancas, ela diz:

– Seria le... – então para, procurando outra palavra – conveniente.

Quando ela senta no banco do passageiro, sinto cheiro de chuva, de menina e um toque de produto químico.

Volto para a estrada, e todas as conversas que eu imaginei que a gente teria desde a última vez que falamos escorrem completamente do meu cérebro. Então pergunto:

– Você estava nadando?

– Não. Por que estaria?

– Nada, é que... você está com cheiro de piscina ou de cloro e tal.

– É água sanitária. Estou fazendo a VUE no abrigo de animais, e a gente limpa as gaiolas no sábado. Vira à direita aqui.

Piso no freio e olho para a estrada, consciente de que ela não me passou seu endereço nem me deu uma orientação direta de como chegar na sua casa.

– Aqui?

Ela faz que sim, mas fica quieta depois disso. Limpo a garganta.

– A Efepê não é voluntária lá no abrigo também?

A Alex franze o nariz, o que faz suas sardas se concentrarem só no dorso do nariz.

– Esse não é o nome verdadeiro dela, é? Sempre me fiz essa pergunta.

– É como nós a chamamos. FP, porque ela é filha do pastor, sabe?

Alex assente e olha para o próprio corpo.

– Essas roupas são dela. Por isso ficam tão justas em mim.

O Park mandaria mil piadas de sexo nesse momento, falando de meninas que usam roupas de outras meninas e das safadezas que fazem quando dormem uma na casa da outra. Fico tão feliz de ele não estar aqui. Mas de repente faz sentido para mim por que fiquei tão surpreso de ver o rosto da Alex naquela silhueta justa que emergiu no meio da chuva.

Ela não povoa os pensamentos conscientes de todos os caras porque não se faz visível. As outras meninas dão uma barbarizada no código de vestimenta da escola, mostrando uns bons centímetros de decote ou *leggings* tão justas que a gente nem precisa usar a imaginação. As saias das líderes de torcida são tão curtas que dá para apontar facilmente onde as pernas fazem aquela transição curvilínea para a bunda.

Mas a Alex é diferente, notável, porque suas roupas são completamente genéricas. Ela usa calças jeans que não dão nenhuma pista do que tem por baixo e camisetas lisas que são funcionais, sem nada de estiloso, como se cumprissem a tarefa de impedir a nudez de quem a usa e isso fosse a única coisa que se esperasse delas. Noto essas coisas porque, em um mar de pele, só consigo olhar para o cabelo da Alex, esvoaçando quando ela passa.

Tem sido assim desde que vi o seu rosto naquela noite em que fugi correndo de um corpo na floresta, a vergonha acabando com meu barato de maconha e de sexo e me dando um soco tão forte que eu tive que parar para recuperar o fôlego a um metro e meio do círculo iluminado pelas lanternas. Faz três anos que tento encontrar as palavras certas para dizer para esta garota sentada no banco do passageiro do meu carro, e tudo o que sai da minha boca imbecil é:

– Bom, você ficou bonita com as roupas da Efepê.

– Eu... obrigada – diz ela, sem jeito, como se as palavras não se encaixassem direito na sua língua. – Vira à esquerda.

– Ficou mesmo – insisto. – Não sabia que você tinha o corpo tão malhado.

É uma coisa incrivelmente idiota de se dizer, mas também é a única que passa pela minha cabeça. Ela tem um corpo que parece meio perigoso, toda magrinha e cheia de músculos. Em um homem, esse físico significa que o cara pode te encher de porrada, mas também que pode se encostar em uma parede sem ser visto até ele querer te foder.

Não sei o que isso significa em uma menina, mas sei que gosto.

– Corro muito – diz a Alex. – Gosto da natureza. Vira à esquerda de novo. É a terceira casa.

É mais ou menos a única casa da rua. As outras duas são fazendas abandonadas com celeiros apodrecidos, fardos antigos de feno pendurados em galpões detonados. Mas a casa da Alex parece novinha em folha, tipo daquelas de catálogo, que pode ser construída em duas semanas. São casas caras e bonitas, mas do tipo "por fora uma bela viola, por dentro pão bolorento", porque vai se desmantelar daqui a quarenta anos. As outras casas da rua, sem janelas e com varandas caídas, vão suportar a fúria dos elementos por mais um século.

Paro na entrada, mas ela fica dentro do carro e me olha por um segundo a mais do que o necessário. Meu coração vai parar na boca.

– Obrigada – diz de novo, dessa vez prestando atenção a cada sílaba, e a palavra sai um pouco mais suave. – Foi le...

– Conveniente – interrompo, usando a palavra que ela disse antes, e ela sorri, com um leve rubor no rosto.

– Desculpe – diz ela, e essa palavra sai facilmente, como se a Alex estivesse muito acostumada a dizê-la. – Não estou acostumada a...

– Falar com garotos? – completo.

– Sim.

– Bom, pode ir se acostumando – digo, e, antes mesmo de pensar no que estou fazendo, dou um soco no seu braço. O que acaba sendo a melhor coisa que eu poderia ter feito porque ela cai na risada e dá um soco no meu braço também.

E meio que dói.

11. ALEX

Às vezes, eu esqueço por alguns segundos, e isso dói.

É uma dor diferente daquela constante, daquele peso que sinto no coração, que fica pendurada em um barbante, balançando, enraizada tão profundamente que minha aorta cresceu em volta dela. O sangue pulsa nas câmaras do meu coração, arrasando as minúsculas fibras musculares, até meu corpo inteiro ficar inundado, e a dor é tudo que sou e posso ser.

Mas, às vezes, ela balança de um certo jeito e há um momento de suspensão, em que não a sinto mais. A corda fica frouxa, e as leis da física me dão um segundo de alívio. Posso dar risada e sorrir e sentir outra coisa. Mas essas mesmas leis acabam comigo, e a dor balança de novo, dá um puxão agudo no meu coração, só para me lembrar que eu tinha esquecido.

A Anna me disse que, um dia, eu ia entender de meninos.

Disse que tudo ia mudar, que eu os veria com outros olhos, entender o corpo e as palavras deles, o jeito como seus olhos se movem quando falam comigo. Ela disse que eu não só ia querer responder-lhes, mas ia aprender como fazer isso, saber que palavras usar, a dar sentido aos silêncios.

E então um homem a levou.

Um homem a levou antes que eu aprendesse qualquer uma dessas coisas. A levou e ficou com ela por um tempo, colocou coisas dentro dela. Claro que aquela coisa óbvia, mas outras também, como se tivesse curiosidade para saber se caberiam. Ficou entendiado. E então ficou criativo.

Então minha irmã se foi, e eu pensei: "Agora entendo de meninos".

E ela tinha razão. Tudo mudou mesmo. Eu os vejo com outros olhos e entendo seu corpo e presto atenção nos seus olhos e peso suas palavras.

Mas não do jeito que a Anna achava.

Lembro da noite que ela foi embora, dizendo um "até mais" casual, olhando para trás, e eu estava sentada na sala lendo um livro. Só grunhi em resposta, porque já tinha dito mil vezes para não falar comigo quando eu estivesse lendo. Ela, normalmente, continuava tagarelando até eu levantar os olhos e dizer "Estou *tentando* ler", e ela fingia compaixão e dizia: "Ah, querida. Achei que você soubesse ler. Isso é tão triste".

Era uma piada velha, que ela sempre fazia, mas, por algum motivo, sempre me dava vontade de rir. Mas a Anna não a fez naquela noite. Em vez disso, saiu pela porta de trás, como se estivesse louca para sair de casa, o que eu total entendi. Ela e a mamãe tinham brigado naquele dia, um verdadeiro arranca-rabo sobre se eu devia ou não ir para um acampamento de poesia durante um mês. Minha mãe era super a favor, vendo uma oportunidade de se livrar de mim sob a desculpa de ser boa mãe.

A Anna disse que eu não devia ir, que me mandar encarar o mundo sozinha era como deixar um lobo à solta sem que ela, minha protetora, estivesse por perto. Eu estava brava com a Anna quando ela saiu, apesar de, lá no fundo, saber que tinha razão.

Então ela se foi, e eu mesma abri a minha jaula.

A primeira vez que me deixei levar pela raiva, tudo poderia ter dado muito errado, mas o destino estava ao meu favor, e tudo aconteceu como eu queria. Aprendi algumas coisas desde então, assisti a uns vídeos em que professores ensinam onde socar, o que puxar, coisas que estalam. Passo a vida esperando pelo homem que vai vir para cima de mim como aquele que foi para cima da Anna, com olhos famintos atrás do volante e uma corda no porta-malas.

Estou preparada.

Só não sei por quanto tempo mais vou conseguir esperar.

12. EFEPÊ

Chego no colégio sexta-feira e tem uma viatura da polícia no estacionamento, o que faz um monte de gente pisar no freio para realmente andar a trinta por hora no perímetro da escola, e mais algumas fingirem que estão recolhendo sacos de salgadinho e fazendo raspadinhas de loteria para ir casualmente até a lixeira, como se não tivesse maconha na sacola do posto de gasolina que estão carregando. Amasso umas duas latinhas de cerveja embaixo do meu banco com o pé enquanto finjo estar lendo mensagens no celular depois de parar o carro.

A Sara me cumprimenta na entrada com um curto e grosso:

– Que porra é essa?

– Não sei – digo. Para falar a verdade, não vi policial em lugar nenhum, apesar de metade dos alunos ter encontrado um motivo para passar na frente do aquário da secretaria para dar uma olhada lá dentro e ver se tinha alguém algemado. A secretária me vê e faz sinal para eu entrar, e meu coração vai parar na boca, tanto que meus olhos devem ter ficado meio arregalados.

– Que foi, Karen? – pergunto, tentando ignorar a mímica da Sara, fazendo sinal pelo vidro para eu mandar ver. A secretária frequenta a mesma igreja que eu, por isso posso chamá-la pelo primeiro nome, o que, admito, é meio interesseiro por um segundo, como se, pelo fato de eu estar sendo simpática com ela, a mulher fosse me esconder debaixo da mesa quando o policial viesse me interrogar sobre onde eu estava e o que estava fazendo na noite anterior. Resposta: na casa da Sara, bem bêbada.

– Oi, querida – diz ela. – A máquina de xerox da igreja está quebrada de novo, então copiei o folheto aqui. Você pode entregar para o seu pai?

Minha boca se retorce quando ela me entrega sua própria sacolinha do posto de gasolina, quase rasgando com aquele monte de papel.

– Não conta para ninguém – ela finge sussurrar, quando eu pego a sacola. – Tecnicamente, estou usando os recursos da escola para a igreja.

– Duvido que isso te leve direto para o inferno – digo, antes de pensar nas minhas palavras.

Ela dá uma risadinha, seus óculos com pedrinhas na armação se levantam cerca de um centímetro e meio quando enruga o nariz.

– Ô, Karen – digo, já que estamos em clima de conspiração –, qual é a da viatura?

– Palestra sobre drogas – responde ela. – Sabe... – diz, levando os dedos à boca e me pegando totalmente de surpresa quando faz o gesto certo para maconha e não o de cigarro. – As aulas vão atrasar uma hora. Todo mundo vai ter que ir direto para o auditório. O diretor vai avisar daqui a pouco, mas você recebeu a notícia em primeira mão, então vai conseguir um lugar bom para sentar.

Conto para a Sara o que está acontecendo a caminho dos nossos armários, enquanto o aviso prometido faz o pessoal que está no corredor soltar gemidos.

– Por que você não tem contatos que arranjem notícias em primeira mão que rendam bons lugares em um jogo do Reds? – pergunta a Sara.

– Posso ver se eles têm uma noite dos luteranos ou algo assim programado – respondo, e ela me dá uma cotovelada.

– O que tem aí nessa sacola?

Chego um pouco perto dela demais para responder. Ficar carregando o folheto da igreja pela escola não vai me ajudar a me livrar do rótulo de filha do pastor tão cedo. A Sara está se segurando para não rir de mim quando o ombro bronzeado e perfeitamente lisinho da Branley bate no meu com força suficiente para a sacola sair voando da minha mão, e cem cópias do Pai-Nosso e do número dos hinos da semana que vem se espalham pelo corredor.

– Desculpa – diz a Branley. Que fica de joelhos empilhando os folhetos antes de olhar para cima e ver quem seu ombro ossudo alvejou. Seus olhar cruza com o meu quando começo a guardar pilhas de papel na sacola, sem me preocupar nem um pouco com o fato de estar amassando as folhas.

– Ah – diz ela, com a mão congelada no ar. – Desculpa – resmunga de novo e, em seguida, sua amiga Lila, bronzeada de forma semelhante, lhe ajuda a levantar, e as duas vão para o auditório. A Sara me ajuda a recolher o restante dos papéis, e somos as últimas ali no corredor. Alguém está batendo no microfone lá no auditório, o toc-toc toma conta dos nossos ouvidos quando fazemos a curva, em direção às portas duplas. A Branley e a Lila estão paradas na frente da porta, com a cabeça levantada, olhando para o ambiente escuro em busca do resto da turma.

– O que está acontecendo?

Não tinha ouvido a Alex chegar atrás de mim, então dei um pulo quando ela me pergunta, chamando a atenção dos professores, que formaram uma fila na parede dos fundos.

– Vamos, meninas, andem logo – diz a srta. Hendricks, levando a Sara, a Alex, a Branley, a Lila e eu para sentar na primeira fila. O único lugar onde ainda tem cinco assentos livres.

– Lugares ótimos – sussurra a Sara no meu ouvido.

– Cala a boca – digo, sentando entre ela e a Alex. Pelo menos não acabei do lado da Branley, para a gente não ficar as duas tentando não encostar no braço da cadeira nem na perna uma da outra o tempo todo.

O diretor sobe no púlpito e fala que um integrante da força policial local está ali para nos fazer uma apresentação importante e nos lembra que estamos representando a escola. Dispara mais algumas frases feitas que nem ouvimos mais. Batemos palma educadamente quando o policial se apresenta, e algumas meninas passam a prestar mais atenção quando dão uma boa olhada nele.

O cara faz o estilo arrumadinho, tem um bom maxilar, e o tipo de corpo que me faz pensar se não foi contratado. Mas ele tem uma arma e anda como se levasse cada passo a sério, então tenho quase certeza de que é policial de verdade. Tira o microfone do suporte e vai para o meio do palco, para vermos seu corpo por inteiro. Esse aí não é nem um pouco bobo.

– Oi, sou irmão da Marilee Nolan – diz, em vez de se apresentar como guarda Nolan, o que é uma jogada inteligente, porque todo mundo ia ficar se mandando mensagens furtivas até descobrir por que a cara dele parecia conhecida. Lá no lado direito do auditório, a Marilee esconde o rosto nas mãos, o que entendo totalmente, pois me sinto assim em todas as formaturas quando meu pai faz uma bênção para a classe dos formandos.

– Me formei aqui, há oito anos – continua. – Naquela época, o pessoal barra-pesada fumava maconha, e os moleques que se destacavam pelas notas bebiam. Agora, os moleques que vão bem fumam maconha, e o pessoal barra-pesada usa heroína.

Ouvem-se algumas risadinhas. A Sara se inclina e sussurra no meu ouvido:

– E a filha do pastor bebe.

Ao que eu respondo:

– Pode crer. – E faço um "toca aqui" com ela.

– Aí é que está, pessoal – continua o Nolan. – Eu deveria vir aqui e falar sobre drogas para vocês, mas acho que a maioria já conhece bem o assunto.

O auditório fica em silêncio. O Nolan não tem anotações; o telão está aberto, e tem um *laptop* no púlpito, mas ele não está nos mostrando fotos dos dentes de um viciado em metanfetamina ou de um braço todo cheio de feridas de um usuário de heroína, como esperávamos. Está só conversando com a gente. E estamos prestando atenção.

– Sei que muitos de vocês bebem – diz ele, e a Marilee esconde um pouco mais o rosto. Minhas bochechas queimam, em solidariedade a ela, porque isso é muito pior do que ter meu pai rezando por um monte de adolescentes. – Sei porque também fiz isso e sei porque encontro todas as latinhas de cerveja na estrada 27.

Vários trocam olhares preocupados nesse ponto. Beber na estrada 27 era algo que nós tínhamos certeza de que passava despercebido.

– Então, vocês estão bebendo. Não é grande coisa – diz o Nolan. – Bem, talvez seja. Não porque vocês ainda não têm 21 anos, e isso é contra a lei, mas por causa do que acontece depois.

Foi aí que eu achei que iam começar os *slides*. Fotos de fígados detonados ou talvez um acidente de carro em que alguém atravessou o para-brisa. Mas a tela continua em branco, e os olhos do Nolan pousam sobre a primeira fila.

– O que acontece depois é que vocês ficam mais vulneráveis a sofrer uma agressão sexual – diz ele, e sinto a Alex ficar tensa do meu lado. – Meninas, uma entre cada três de vocês. – E aponta bem para mim, a Alex, a Sara, a Branley e a Lila. – Temos cinco aqui, então vamos ser otimistas e dizer que é só uma. Qual de vocês vai ser?

Do lado esquerdo, um garoto berra:

– Por favor, diz que é a Branley.

O que é seguido por um coro de risadas.

– Deixa eu adivinhar. É a mais gata, certo? – fala o Nolan, sorrindo com os meninos. – Adivinhem: é um de vocês que vai fazer isso.

O que cala a boca de todo mundo, na hora.

– Esta é uma cidade pequena – continua. Noventa por cento dos estupros são cometidos por conhecidos, ou seja: vocês conhecem o seu agressor, meninas. E meninos, isso significa que vocês conhecem a garota que agrediram física, emocional e mentalmente. Aliás, um em cada seis meninos sofrerá agressão sexual também.

E essa deixa o auditório inteiro arrasado.

– Os meninos também estão mais propensos a overdoses do que as meninas – diz o Nolan, tirando os olhos de nós e espremendo-os na direção do Jack Fisher e dos amigos dele. – São também duas vezes mais propensos a morrer em um acidente de carro, e em um quarto dos casos, a culpa será de vocês mesmos, caraca, porque estavam bebendo.

O diretor limpa a garganta quando ouve a palavra "caraca",

o que me parece ridículo, porque é a coisa menos assustadora que ouvi desde que Nolan abriu a boca.

– E aí é que está – diz o Nolan. – Não podemos fazer nada a respeito disso, a menos que vocês deem queixa. Não podemos impedir que os amigos de vocês dirijam bêbados e se matem ou que matem alguém, a menos que saibamos, antes que isso aconteça, que estão atrás do volante. Meninas, vocês não podem processar o cara que batizou a bebida de vocês, a menos que nos contem que isso aconteceu. E vocês não querem fazer isso, eu entendo. A cidade é pequena. A pessoa atrás do volante é seu amigo. A pessoa que tocou em você é o primo da sua melhor amiga, trabalha com o seu pai, é alguém em quem todo mundo confia, e ninguém vai acreditar em você. Mas eu vou acreditar em você.

O auditório está tão silencioso que posso jurar que dá para ouvir as pessoas pesando suas opiniões.

– A verdade sempre aparece – diz o Nolan, olhando bem sério para o público. – E eu e o resto do departamento vamos garantir que a justiça seja feita.

– E o Comstock? – grita um menino. – Vocês nunca encontraram quem o matou.

Há um foco de risadas, e algumas pessoas murmuram, concordando, mas o Nolan entra na onda, absorvendo a bofetada.

– Pois é, né? Só foram cometidos dois assassinatos nesta cidade, e ainda não resolvemos nenhum dos dois casos.

A Sara se encosta em mim.

– Achei que o Comstock tinha sido preso por... – diz, interrompendo a frase e fazendo sinal com a cabeça na direção da Alex.

Faço que não.

– Ele foi preso mas nunca foi indiciado, não havia provas suficientes. Tiveram que soltá-lo, e foi aí que... – Passo o dedo na minha garganta, só que a história é mais complicada. Muito mais complicada.

– É – continua o Nolan –, muito engraçado, certo? A polícia não consegue prender o cara, então outra pessoa vai lá e resolve, faz justiça com as próprias mãos.

– É isso aí – grita alguém na plateia.

– É legal – concorda o Nolan. – Até a gente pensar direito. Estou considerando que não preciso contar para vocês o que foi que aconteceu com o Comstock.

Não precisa. Foi o assunto da festa do pijama. O tipo de festa em que ninguém dorme bem.

– Pensem nisso por um instante – diz ele. – Tem alguém por aí que pode fazer *isso*. Está à solta. Está entre nós. E vai fazer de novo. Hilário, não é mesmo?

É, ninguém dá risada. Parecemos colunas de cimento sentadas nas cadeiras. Com exceção da Alex que, percebo, está jogada para trás, olhando para o Nolan do mesmo jeito que os cachorros fazem quando estão se medindo. Acho que ouvir alguém dizer que não concorda veementemente com o que aconteceu com o Comstock é duro de engolir.

A tela atrás do Nolan de repente se acende, mas só aparece um endereço de email e um número de telefone.

– Esses são os meus contatos – explica o Nolan. – Eu sabia que, se eu pedisse para vocês subirem aqui e pegarem meu cartão, metade das pessoas que tivessem vontade de fazer isso não ia fazer, e a outra metade jogaria meu cartão fora cinco minutos depois. Então, peguem os celulares e tirem uma foto. Todo mundo. Já.

E é isso que fazemos. Todos. Rola uma movimentação no auditório, e ouvimos cliques de câmera em estéreo. Posso apostar que algumas meninas vão usar o número do Nolan para outros propósitos que não denunciar menores de idade bebendo e agressões sexuais, mas foi legal esse momento, de todo mundo com o celular no ar.

Todo mundo menos a Alex. Olho para ela, que encolhe os ombros e diz:

– Não tenho celular.

– Eu te passo por email – falo, e ela encolhe os ombros de novo.

Penso em esticar o braço e segurar sua mão, ou fazer carinho no seu ombro. Algo para demonstrar minha solidariedade pelo fato de que, neste momento, todo mundo está pensando na irmã dela, que morreu.

Mas não faço nada, porque, assim como um cachorro desconhecido, não sei se ela vai me morder.

13. ALEX

Saímos todos do auditório em direção ao corredor bem iluminado, piscando os olhos. É um despertar abrupto que acaba com a magia que o policial conseguiu evocar, calando essas bocas que não param de tagarelar e apagando os celulares constantemente ligados. No anonimato da escuridão, o ar parecia pesado de pensamentos, a loira sentada do meu lado se esforçando para respirar normalmente quando um menino sugeriu que ela seria a estuprada entre as cinco de nós que foram apontadas. Aqui, na luz, fica mais difícil de disfarçar o quanto ela ficou incomodada com aquilo. Sua expressão é séria, seu sorriso, muito apertado, e ela finge que tem um cabelo no olho que explicaria as lágrimas que se acumulam nele.

A luz está cobrando um preço de todos nós, os pensamentos profundamente pessoais que a escuridão despertou são interrompidos por uma piada, depois outra, e logo todo mundo quer saber o que tem no almoço. Não quem será a vítima e quem será o agressor. Sinto uma mão no meu braço e me afasto de um pulo imediatamente, vou para baixo e torço o braço para não conseguirem me segurar.

– Uou! Ei, desculpa – diz uma voz masculina. O Jack está bem na minha frente, e preciso me concentrar em dizer as palavras certas na ordem certa para parecer uma pessoa normal.

– Você está bem? – pergunta, quando fico sem dizer nada.

– Você está sempre me perguntando isso – falo, imaginando se é porque ele sabe, por instinto, que, de fato, não estou.

– Não, quero dizer... – Passa a mão no cabelo e completa: – Essa palestra. Foi foda. Desculpa, sinto muito.

Não sei se ele está pedindo desculpas por ter falado palavrão ou se sente muito por eu ter ficado lá sentada, escutando aquilo, ou se sente muito por ter me assustado quando pegou no meu braço. Fico segurando o pulso onde ele encostou, segurando perto do peito porque, no ponto onde nossa pele encostou, está ardendo tanto que tenho certeza de que levantou bolhas, e não quero que ele perceba como meu coração está batendo alto.

– Te machuquei? – pergunta, com os olhos nas minhas mãos.

– Não. Sou... – E paro de falar porque não sei o que sou.

– Que bom, porque eu jamais faria isso. Machucar alguém, quero dizer. – Ele subiu o olhar e está me encarando, e seu olhar é tão sincero que preciso me perguntar o que será que ele acha do meu.

– Nem você nem ninguém – completa.

– Você não tem como saber isso – digo a primeira coisa que me vem à cabeça, uma engrenagem que reage e põe outra em movimento. – É impossível saber o que a gente faria em determinada situação. Principalmente se a situação for intensa.

Os amigos do Jack estão se juntando no final do corredor, olhando para a gente. A loira o chama pelo nome, e ele faz sinal para irem em frente, e a menina faz biquinho, na hora que toca o sinal do segundo período. O Jack vai para a sala de aula andando comigo como se isso fosse normal e, por um instante, também acho que é.

– Alex Craft – diz ele. – Sinto que qualquer situação com você é intensa.

Sinto um sorriso na minha cara, músculos que não se contorciam desse jeito desde a última vez que falei com ele tremendo de tão estranho que é isso. Um sorriso reativo se espelha no rosto do Jack, e posso ver linhas de risada em torno dos seus lábios, uma vida que está apenas começando, mas que já foi bem vivida.

– De todo modo – continua –, não quero que você fique chateada com as coisas que aquele policial estava dizendo, sobre a pessoa que, bom, você sabe. Sobre haver um assassino à solta, que vai matar de novo.

Resolvo sorrir quando nos separamos em vez de responder. Porque as únicas palavras que tenho são:

O policial tem razão.

E não fico nem um pouco chateada.

14. EFEPÊ

– Melhor. Palestra. De todos. Os tempos – diz a Sara, quando se senta no banco do passageiro do meu carro. O treino de basquete dela foi cancelado, então veio filar uma carona, e provavelmente uma janta, comigo. – O povo ou ia começar a chorar ou a se socar – completa. – Adorei.

– Eu me senti mal pela Alex.

– Qual é a dela, aliás?

– Não sei – respondo, na sinceridade, fazendo um sinal obsceno para o carro cheio de calouros que está na minha cola. – Não sei se ela toca algum apito, acho que a menina só é na dela.

– Ah, sei, cidade pequena. Certas coisas não existem – diz a Sara. – Escute a voz do contingente lésbico de uma pessoa.

– Você não é a única lésbica da cidade – insisto, pela centésima vez.

– Quebra essa para mim e me avisa quando enxergar outra – diz, quando paro o carro na frente de casa. A Sara levanta a cabeça para olhar para a torre do sino, como sempre. Estou tão acostumada, por ter crescido ao lado da igreja, que nem enxergo mais. Também não penso no enorme cemitério do lado do qual vivo. Ensinar as pessoas como faz para chegar à minha casa sempre foi fácil: saia da cidade pela rodovia estadual até chegar no meio do nada e, de repente, você vai ver uma igreja gigante. Moro do lado. Fácil de localizar, com certeza. Se é fácil fingir que não se é filha do pastor quando você usa o campanário como ponto de referência? Nem tanto.

Pego a sacola de folhetos que deixei no banco de trás e entramos. Minha mãe e meu pai estão sentados na mesa da sala de jantar, tentando fingir que não estavam me esperando, o que, na hora, faz soar o meu alarme.

– Que foi? – pergunto, antes mesmo de colocar os folhetos sobre a mesa.

– Sara – diz a minha mãe, indo em direção à minha amiga para lhe dar um abraço. – Bom te ver.

A Sara abraça minha mãe, mas repete minha pergunta quando ela se afasta.

– É, desculpa aí, pais da Efepê, mas, com certeza, *que foi?*

Meu pai não abraça nem eu nem ela, mas nos dá um sorriso sem graça.

– Ficamos sabendo que vocês tiveram uma palestra hoje.

Eu e a Sara fazemos barulho de quem vai vomitar.

– Por acaso soou algum alarme do sistema que avisa os pais?

– Preciso ir embora? – pergunta a Sara.

– Não, acho que é melhor você ouvir também – diz meu pai, levando a gente para a sala. Minha mãe vai atrás, com copos de chá gelado que já deveriam estar servidos há um tempo, porque estão suando loucamente. Minha mãe e meu pai se sentam no sofá, a Sara e eu ficamos na namoradeira, e todo mundo fica só se olhando.

– Então, o que vocês acharam da palestra? – pergunta minha mãe, enfim.

– Humm... – Troco um olhar com a Sara, que arregala os olhos e toma um gole enorme de chá gelado. Ajuda muito. – Foi meio assustador, sabe?

Meu pai me surpreende dizendo:

– Que bom – e continua. – Desculpe, querida. Mas a verdade às vezes é alarmante. Passei o dia atendendo ligações de pais e falando a mesma coisa para eles. Pelo que entendi, você foi uma das meninas que o policial apontou quando mencionou as estatísticas de estupro.

– Foi – digo, e essa única palavra ficou presa na minha garganta que, de repente, ficou seca. – Eu e a Sara. As pessoas ficaram irritadas com isso?

– Algumas – responde meu pai. – Ao que parece, a mãe da Branley Jacobs ligou para o colégio e falou um monte para o diretor.

– Acho que a Branley ficou meio chateada – diz a Sara. – Alguém fez uma piada e... – ela mexe o gelo do chá – Não sei se ela estava chorando ou algo assim, mas rindo é que não estava.

– E o que você achou, querida? – pergunta minha mãe.

– Não sei – respondo. – Não fiquei tipo irritada, nem nada, mas foi estranho. Quer dizer, a gente ouve falar dos números e desse tipo de merda... ops, desculpa. Ouvimos falar de estatísticas como essa o tempo todo, mas quando ele apontou para nós cinco...

– A coisa se tornou real – diz meu pai, balançando a cabeça.

– É, tipo, bem real.

– Foi isso que seu pai disse para os outros pais que ligaram – conta minha mãe. – Se for preciso bater na cabeça de vocês com uma marreta para que aprendam a ter cuidado, sou a primeira a ir até a ferragem.

– Não quero que vocês andem por aí amedrontadas – diz meu pai, movendo os olhos na direção da Sara. – Nenhuma das duas. Mas as coisas não andam boas por aqui. Nunca teve muito dinheiro nesse condado, mas a situação está mais apertada do que nunca, e pobreza traz desespero. As pessoas procuram diversos tipos de fuga: por meio de drogas, do álcool, de sexo.

Tiro as mãos do copo para esconder meu rosto.

– Desculpe, querida, mas é verdade – diz meu pai.

– Você estava indo bem, até dizer "sexo" – falo, abafando as palavras com os dedos. – Agora não consigo nem olhar para você.

– Só para constar: eu também não – ouço a voz da Sara, ao meu lado, também abafada de modo semelhante.

– Vamos continuar conversando, mas vocês não precisam olhar para a gente, ok? – diz meu pai.

Faço que sim, e sinto que a Sara está fazendo a mesma coisa.

– Não sei até que ponto vocês sabem – continua meu pai, fazendo uma pausa para eu ficar à vontade e contar todos os meus pecados voluntariamente, se assim desejar.

Não desejo.

– Tem aparecido muita heroína no condado.

– Heroína ruim – esclarece minha mãe.

Sara está se segurando, assim como eu, para não rir da minha mãe que, pelo jeito, classifica algum tipo de heroína como "boa".

– Várias pessoas morreram de overdose semana passada – continua meu pai. – Está circulando, junto com a metanfetamina que, sob certos aspectos, é ainda mais perigosa, porque tem gente tentando fazer essa droga em casa.

– Cozinhar – corrige minha mãe, e tenho que me perguntar se os dois foram a algum tipo de seminário ou algo do gênero, em que as gírias estavam em um *slide* de PowerPoint, grafadas em itálico.

– Não somos burros, sabemos que vocês bebem – diz a minha mãe, e fico feliz para caramba de já estar de cabeça baixa. – Sabemos como é crescer nesse lugar, querida, também passamos por isso. Mas nenhum de nós dois foi filha do pastor.

– E eu sei que não deve ser fácil para você – completa meu pai. – Quero que você tenha uma vivência do Ensino Médio normal, sem que isso defina quem você é. Mas você também é minha filha, e sou só um pai que quer que sua filhinha fique em segurança.

– Estou em segurança, pai – digo. Por um lado, quero continuar escondendo o rosto e, por outro, quero que ele saiba que, se eu não comecei a chorar até esse momento, foi só por vergonha.

– Sara – diz meu pai, limpando a garganta. – Isso também se aplica a você. Só porque você não se interessa por rapazes não significa que eles não se interessem por você.

– Ah, Jesus amado – diz a Sara, com as mãos sobre o rosto.

– Meninas – meu pai diz –, se uma de vocês, um dia, se encontrar em uma situação em que não se sintam completamente à vontade, liguem para mim. Não me importa a que horas. Não me importa quem estiver junto nem o que estiver acontecendo. Liguem para mim, e vou buscar vocês.

E agora me entreguei completamente ao choro e nem ligo. Olho para o meu pai, e ele também está chorando; minha mãe pôs a mão no joelho dele, como se ela fosse a única coisa que o mantém neste mundo.

– Minha garotinha – diz meu pai –, não há nada que você possa fazer que vai te tornar indesejada na minha casa.

Aceno com a cabeça e sinto as lágrimas caírem no meu colo quando faço isso. A Sara ainda está escondendo o rosto. Minha mãe pega meu copo para encher de novo, e meu pai vai buscar uns lenços de papel. A Sara olha para mim e seca suas lágrimas.

– Porra, você tem os melhores pais do mundo – diz ela.

15. ALEX

Está escuro quando chego em casa, apesar de o sol ainda não ter se posto.

Nossas janelas permanecem fechadas, as cortinas também. Fica mais fácil para a minha mãe ignorar o mundo lá fora se for assim: fora do alcance de visão, dos pensamentos. A única coisa permanente no seu campo de visão é uma garrafa de uísque. Fico na frente dela por acidente, nossos caminhos se cruzam na cozinha quando vou buscar um copo d'água. Ela olha para o relógio de parede, confusa.

– Você já chegou?

– As aulas terminam às três, mãe.

Ela espreme os olhos para enxergar o relógio, o delineador todo tremido que ela usa só para si mesma fica todo enrugado quando faz isso.

– São três e meia – informo.

– Ah.

Minha mãe disfarça por alguns minutos, tentando fingir que foi até a cozinha fazer outra coisa que não encher o copo de novo. Espero por ela pacientemente, bebericando minha água e mastigando as pedrinhas de gelo.

– Como foi lá no colégio?

Imagino que essa pergunta seja feita no mundo todo, todos os dias, recebendo todo tipo de resposta, das petulantes aos relatórios detalhados. Mas quase nunca é feita aqui, nesta casa. A última vez que me fizeram essa pergunta eu estava com uma mochila da Hello Kitty, e os saltos dos meus sapatos acendiam quando eu andava.

Pulverizo um pouco de gelo com os molares enquanto penso. Poderia contar para ela, acho eu. Contar que todo mundo pensou na Anna hoje. Algo que é nosso por direito ressuscitou mais uma vez na forma de um conto de fadas com lição de moral, um alerta para todas as Chapeuzinhos Vermelhos de que há lobos na floresta.

Eu poderia contar para ela, mas não conto. Porque sei o motivo pelo qual as janelas e as cortinas estão fechadas. Nada é nosso; nada é sagrado. A única coisa que nos unia foi estraçalhada, transformada em lembrança e mito, para que todo mundo possa participar. Quando minha irmã estava desaparecida, a foto dela foi colada em tantos lugares na cidade que é isso que vejo quando penso nela, não seu rosto de verdade. Vejo aquela foto ao lado de um cartaz de gato perdido e de uma propaganda de cortador de grama.

Depois fiquei sabendo que encontraram o tal gato.

– Foi tudo bem – digo, e jogo o resto da água na pia.

16. EFEPÊ

Estamos limpando orelhas de gatos.

A Rhonda não exige que a gente trabalhe aos domingos, mas alguém precisa dar comida para os bichos. Ontem, eu e a Alex ajudamos cinco gatos e dois cachorros a serem adotados, um deles foi abandonado recém-castrado, e ficou muito fofo depois de tomar banho. Concordamos que poderíamos achar um lar para mais uns gatos se suas orelhas estivessem bonitas e rosinhas por dentro, como nos comerciais de ração úmida. Falamos para a Rhonda tirar um merecido descanso hoje, que a gente viria, daria comida para todo mundo e deixaríamos os gatos do abrigo mais parecidos com os da TV.

Então faltei na igreja para limpar orelhas de gatos. Normalmente, essa não ia colar, mas como tivemos aquele momento em família que foi meio mortificante e comovente, na sexta, meu pai deixou.

É uma tarefa um pouco nojenta. Muitos desses caras chegam com ácaro no ouvido. Ficam com uma sujeira preta com um cheiro carcaterístico se passam muito tempo parados no canal do ouvido. Não importa o quanto eu lave as minhas mãos, fico sentindo o cheiro por horas, como se fosse cebola.

E não dá para dizer que os gatos adoram que alguém limpe suas orelhas, então é preciso duas pessoas. A Alex tem esse estranho efeito hipnotizante sobre eles. Eu os enrolo em uma toalha, aperto bem, como um burrito de gato, e a Alex conversa com eles, em uma voz baixa e mansa. Não sei se ela faz os bichos relaxarem ou se é mais uma sensação de completa derrota, porque os bichanos sabem que encontraram uma força implacável com cotonete na mão, e ficam anestesiados depois de alguns minutos. Quando a Alex termina de limpar, faz sinal com a cabeça para mim, e eu solto o gato. Que sai andando de orelha baixa e rabo para cima, tentando recuperar a dignidade que lhe roubamos.

É um ambiente de trabalho pequeno. A Alex se debruça sobre o gato, e eu o ponho debaixo do braço, como uma bola de futebol americano. Ela tem cheiro de vento gelado e de banho tomado tarde da noite, a dois graus de distância da água virar neve.

– O que você está usando? – pergunto.

Ela resmunga algo que pode ser outra pergunta, seu cuidado costumeiro com as palavras se perdeu na concentração, porque está limpando a orelha de um bichano.

– É perfume? Desodorante? Você está com um cheiro bom – esclareço, e ela fica mais confusa.

– Suponho que seja meu xampu – responde ela, enfiando remédio na orelha do bichano, depois massageando até chegar no canal auricular. Inexplicavelmente, ele ronrona. – Estava chovendo mais cedo, e vim correndo até aqui. O cheiro é do cabelo molhado – completa, como se essa frase não fosse nem um pouco estranha. – Este aqui está pronto.

Desenrolo o gato, que pula no chão, nos deixando de mãos vazias, olhando uma para a outra.

– Como assim você veio correndo até aqui? Estava quase nevando hoje de manhã.

– Meu carro foi parar na vala – diz, como se tivesso ido parar lá por acaso.

– Você está bem? Se machucou?

– Foi no fim de semana passado. Está tudo bem.

– OK.

Olho para a Alex por um segundo, sem ter certeza se posso me intrometer agora que compartilhamos parte do meu almoço através do arame das gaiolas. Não pergunto por que ela não pediu para a mãe trazê-la até o abrigo, porque considero que os pais dos outros são um assunto particular. Já pegaram muito no meu pé por causa dos meus.

– Você quer carona até em casa? – pergunto, devagar, como se não devesse nem oferecer. Se a Alex disser que não, é uma tomada de posição muito clara: ela prefere ir correndo para casa nesse frio do que aprofundar nossa amizade.

A Alex põe os cotonetes que não usamos de volta na caixa, um por vez, enquanto resolve o que responder.

– Sim, seria bom.

– Legal.

– Qual é o seu nome?

– Como?

Ela já me chamou pelo nome. Tenho certeza. Lembro porque ela falou de um jeito estranho, como se estivesse meio constrangida. Mas a Alex lambe os lábios, como se tivessem ficado secos por causa dessa nova experiência de conversar tanto, e repete:

– Qual é o seu nome?

– Efepê.

A Alex sacode a cabeça e sopra em cima do balcão, fazendo com que os pelos de todos os gatos maltratados que limpamos hoje saíssem voando pelo ar. Fios minúsculos de pelos pretos, cinzentos, brancos e ruivos vão parar no chão, e ela tenta de novo.

– Esse não é o seu nome. É assim que os outros te chamam.

– É meu apelido – digo, com um leve tom defensivo. – São as iniciais de...

– Eu sei do que são essas iniciais. Gostaria de saber qual é o seu nome.

A Alex olha nos olhos, quase sempre. Mesmo quando diz coisas insignificantes, como "É minha vez de limpar as privadas ou a sua?", é como se o destino do mundo estivesse dependendo disso. Então, quando ela me olha nos olhos, do outro lado de uma mesa de aço, e me pergunta qual é o meu nome, sinto um estranho embargo na garganta... como se isso fosse mesmo importante. Limpo a garganta para abrir espaço para a resposta e falo:

– Claire. Meu nome é Claire.

E ela dá um sorriso, de orelha a orelha, contagiante para caramba.

– Que nome lindo. Eu o usaria, se fosse você.

Baixo os olhos.

– Os outros sempre me chamaram de Efepê.

E eu deixo. Mesmo que, quando começaram a me chamar assim, não quisessem ser legais comigo. Talvez, no começo, tivesse um deboche subentendido, uma alfinetada nascida no parquinho que, supostamente, amadureceu e virou carinho. Mas talvez não tivesse. Talvez seja uma afirmação constante de quem eu devo ser, dita na minha cara todos os dias, para que eu me lembre de me colocar no meu lugar. Talvez, quando eu chupei o pau do Adam e ele falou meu nome no final, não foi porque ele *me* queria, mas só porque ganhara um boquete da...

– Filha do Pastor – diz a Alex.

– É – falo, sentindo aquele empecilho imbecil de novo. – Sou a filha do pastor.

– Eu sou a menina que tem uma irmã que morreu.

– Sinto muito – vou logo dizendo, e ela inclina a cabeça, exatamente como os cachorros fazem. – No primeiro dia, quando te chamei de...

– Anna. – A Alex desconversa. – É compreensível. Às vezes é assim que eu me percebo também.

Dou risada, e a bolha na minha garganta estoura.

– Por que você fala de um jeito tão engraçado?

A Alex não pensa duas vezes. Está com a resposta na ponta da língua, como se já tivesse preparado antes.

– Leio muito. Não tenho muita experiência em conversas, então meu jeito de falar é diferente de...

– De quase todo mundo, é – completo. – Mas você não pega o jeito das pessoas só de ouvir? Tipo nos corredores ou por aí?

– Tento não escutar.

Posso entender essa postura. Já ouvi coisas por acaso que, definitivamente, preferia não ter ouvido. E de repente lembro da Branley, suas pernas reluzentes e depiladas esticadas à sua frente, enquanto falava da Alex, alto o suficiente para os outros escutarem, mandando olhares de provocação e esperando ela morder a isca. E da Alex, lendo Dostoiévski como se nada estivesse acontecendo, em seu mundinho que florescia à sua volta.

O seu mundinho. População: 1 pessoa.

Entramos no meu carro, e ligo o ar quente. O ar parado sai e sopra o cabelo da Alex, tirando-o do rosto. Ela me diz qual é o caminho para chegar à sua casa e faço um gesto obsceno quando passamos pelo seu carro, lá no fundo da vala. E ela dá risada, de verdade. É estranho ouvir um som tão natural vindo dela, já que, quando conversa, suas frases saem tão artificiais. Na mesma hora, penso na voz de professora da escola dominical da minha mãe, e em como os sorrisos são iguais em qualquer língua. Acho que isso também vale para a risada entre aqueles que têm fobia social.

Olho de relance para a Alex quando paro na frente da casa dela. No caminho, nos ativemos aos assuntos do abrigo – quais, na nossa opinião, seriam os próximos animais a serem adotados, e os insultos criativos sem ser palavrão da Rhonda ("comedor de amigos" é meu favorito atualmente; Alex gosta de "desmanchador de tricô"). Ponho o carro em ponto morto e abro o porta-trecos para pegar a última foto que tirei como formanda.

Estou fazendo uma pose estranha, é a foto que eu menos gostei. Estou encostada contra uma parede de pedras, no parque municipal, minha boca retorcida em uma careta, sinal de que o ensaio fotográfico e a minha paciência estavam acabando. Minha mãe adorou essa foto, tradicional, e pediu mais cópias do que o necessário, é a foto que eu desovo nos calouros que me pedem uma.

– Ei, quer uma foto minha? – pergunto, por impulso, e a Alex para de repente, com a mão já em cima da trava da porta. Pensa por um segundo, como se aceitar a foto fosse dar um passo irreversível. E talvez, para ela, seja mesmo.

– Sim – responde.

Pego uma caneta no console – turquesa – e estou prestes a escrever "Efepê" e nosso ano de formatura no verso, mas paro. Em vez disso, fico girando a caneta entre os dedos por alguns segundos, minha mão fica sem jeito porque não está acostumada a escrever meu nome de batismo. E tenho mesmo que me concentrar para fazer as letras cursivas, que saem tremidas e infantis. Mas a Alex dá um sorriso ao pegar a foto, e acena com a cabeça quando digo que a gente se vê no colégio, na segunda-feira.

E a verdade é que eu estou meio ansiosa para esse momento chegar.

17. JACK

Estou na cama com a Branley de novo.

A menina me arrastou escada acima mesmo eu estando tão bêbado que achava que não ia valer a pena seu esforço. Mas ela me conhece e, enquanto lá embaixo a música da festa toca tão alto que dá para sentir o chão do quarto do Park vibrando, ela fica em cima de mim e faz o que bem entende. E exagera, com um daqueles sutiãs que empinam os peitos, o cabelo todo bagunçado, fazendo uns barulhos que parecem ter saído de um filme pornô de baixo orçamento.

Sou homem ao ponto de saber que eu não devia permitir que ela fizesse isso comigo, mas também moleque ao ponto de ficar com muito tesão.

A Branley dá uns gritinhos dramáticos e cai para a frente, ofegando e soltando todo o peso do corpo no peito. Fecho os olhos enquanto ela recupera o fôlego, e as nuvens negras do inconsciente tomam conta do meu cérebro. Estou pegando no sono, mas sei que minha boca está aberta e devo até ter roncado um pouco quando a Branley começa a fazer pequenos círculos com o dedo sobre o meu peito.

– Faz cócegas – resmungo, afastando sua mão.

– Tá – responde, rolando para o outro lado da cama. Não preciso olhar para saber que ela está fazendo biquinho.

Eu deveria fazer alguma coisa neste momento. Alcançá-la. Pedir desculpas. Cafuné. Em vez disso, pergunto onde anda o namorado dela.

– Quê? – A Branley senta na cama, seu colar fica acumulado nos seus peitos. – Por quê?

Sacudo a cabeça e não consigo determinar exatamente quando ela para de se mexer.

– Perguntei POR QUÊ?

Jesus Cristo.

– Porque talvez a gente não devesse fazer isso, OK? – Minhas palavras saem cheirando a tudo o que eu bebi, misturado com bile. – Como é que você não é capaz de entender isso?

Um sorriso fácil – sorriso da Branley – se esboça no seu rosto.

– Mas é isso que a gente faz.

– Talvez não mais.

Ela se inclina, e seu colar sai de perto do seu peito e escorrega pelo meu.

– Desde que seja um "talvez" – sussurra, e então sua boca não está mais falando, e só consigo pensar: Por que você foi dizer "talvez", imbecil?

Só que eu sei. É porque sou viciado nela, sou desde que descobrimos certas coisas juntos no primeiro ano do Ensino Médio, de um jeito torto e confuso, no banco de trás do carro do irmão dela. A Branley melhorou muito desde então, e eu continuo o mesmo bêbado ridículo, tateando no escuro.

E está escuro. E eu estou bêbado.

Está tão escuro que o cabelo da Branley não reflete muita luz quando ela vem para cima de mim. Poderia ser de qualquer tom, e se espalha à nossa volta. Não é o tom de loiro que estou tão acostumado a ver, esparramado no travesseiro, mas castanho, como os fios que ficaram no banco do carona do meu carro. Estou tão bêbado que, quando encosto na sua pele, só preciso imaginar sardas para que elas apareçam de verdade.

E aparecem mesmo. Simplesmente aparecem. E eu puxo a menina para cima de mim, depois rolo por cima dela, fazendo o desejado cheiro de chuva e ar gelado tomar conta do quarto, com uma sinapse mal feita. Pele contra pele, e estou a fim de transar com uma urgência que antes não existia, e ela está fazendo uns ruídos que nunca ouvi. Nunca ouvi porque sempre foram ensaiados e perfeitos, mas eu a peguei de surpresa. A Branley está adorando, e eu também estou. Mas, neste momento, não quero só uma trepada. Quero isso. Quero ela. Quero ver aquele sorriso que se esboçou tão brevemente para mim no corredor outro dia. Quero...

– Alex.

O nome dela sai pelos meus dentes na hora em que eu caio, completamente satisfeito, esmagando seu corpo.

Esmagando o corpo da *Branley*.

– Que. Porra. Foi. Essa?

– Desculpa. Desculpa, Bran. Sinto muito, muito mesmo.

E sinto muito mesmo, porque isso foi uma atitude de merda. A Branley me empurra e joga as cobertas longe, procurando suas roupas. Como podia, há poucos minutos, estar tão escuro aqui ao ponto de eu permitir que *aquilo* acontecesse, e agora estar tão claro, caramba? Claro ao ponto de eu conseguir enxergar que a Branley está chorando.

– Branley, espera – digo, tentando pegar na sua mão, tentando fazê-la parar de se vestir, porque ela está enfiando a calça jeans.

Mas a Branley diz uma única palavra, muitas e muitas vezes.

– Não, não, não, não, não. Você não tem o direito de fazer isso comigo. Eu sou a *Branley Jacobs*! Você está me entendendo? *Branley Jacobs*!

E pronuncia seu próprio nome do jeito que a maioria dos caras faz, uma espécie de Como Pode Uma Coisa Dessas Existir e Como É Que Eu Faço Para Ela Ser Todinha Minha?

– Os caras comem outras meninas pensando em mim – diz ela. – *Não* o contrário. Você é um cuzão, Jack Fisher. Um grande cuzão do caralho.

Ela bate a porta com tanta força que sinto reverberar na minha espinha. Caio de novo na cama e, pela primeira vez em muito tempo, a Branley consegue atrair toda a minha atenção.

Porque acho que ela pode ter razão.

18. ALEX

Nunca pensei que seria o Jack Fisher.

No terceiro ano, nossa classe fez uma excursão para o parque estadual. Estávamos no fim de uma trilha, os últimos trinta metros, em um ângulo impossível e difícil. A maioria dos alunos e todos os professores estava indo pela escada, segurando firme no corrimão, de mãos dadas, e dizendo frases de incentivo, falando que estavam quase chegando lá. Saí da trilha porque não queria andar no ritmo deles. Subi o morro sozinha, segurando em galhos de árvore para ganhar impulso, sentindo as panturrilhas queimando e amando cada meio segundo de pânico toda vez que escorregava um pouquinho.

Passei pelo Jack e pela Branley quando os dois estavam indo para a escada. Ele carregava uma sacolinha plástica dela, com sei lá o quê que a menina tinha comprado na loja de lembrancinhas. Lembro de um traço muito sutil de impaciência na expressão do Jack, quando estendeu o braço para a Branley e a puxou para cima, em um degrau desgastado.

Nossos olhares se cruzaram quando passei pelos dois, com as mãos machucadas e os joelhos imundos, traçando minha própria rota, e vi uma centelha de inveja, que foi logo disfarçada. E tive certeza de que o Jack preferia estar comigo na trilha, se movimentando rápido, rasgando a roupa.

Mas ele ficou onde estava, e ouvi a voz de outro menino atrás de mim dizer "Não é fácil, mas com certeza vai mais rápido", bem na hora em que pisou em falso. Estiquei o braço, e ele me segurou por reflexo, e eu o ajudei a se equilibrar até que conseguisse se segurar com firmeza em um tronco de árvore. Subimos juntos, passando na frente dos nossos colegas e ignorando os adultos que gritavam que a gente ia acabar quebrando o pescoço. O suor pingava da nossa testa, deixando trilhas bem nítidas na sujeira do nosso rosto, mas chegamos ao topo antes de todo mundo, saindo das sombras para a luz do dia.

Trocamos olhares, e ele disse: "Estou com um sapinho no bolso, não conta para ninguém". Prometi que não ia contar, e nos abraçamos no fundo do ônibus na volta e ficamos admirando a pequena criatura.

Acabamos tornando um hábito nos encontrar no pátio na hora do recreio, subíamos em árvores e pisávamos em poças de lama, sem nos importar se íamos nos sujar. Ele se chamava Mike, e sempre ia para a aula sujo. O Mike foi embora no ano seguinte. Fiquei parada no pátio no primeiro dia de aula do quarto ano, procurando a única pessoa que eu chamava de amigo, e ele não estava lá.

Acho que o Mike foi o primeiro menino em que prestei atenção.

E agora o Jack Fisher chamou a minha atenção. O Jack, que eu sempre achei igual a todo mundo, barulhento e chato. O Jack, que é mais inteligente do que eu julgava. O Jack, que parece desesperado para me dizer algo, mas não sabe como. O Jack, que não quis sair da escada e vir comigo, quando a gente era pequeno.

Talvez agora ele venha.

19. EFEPÊ

É como se o Adam e a Branley tivesse se casado no fim de semana, e todo mundo pode assistir à lua de mel.

– Ela vai ficar grávida na quarta aula se continuar assim – diz a Sara, jogando os livros em cima da carteira. – Quer dizer, não sei se você viu, mas ele estava se esfregando com a menina no...

– Eu vi – digo, meio alto demais. Todo mundo da sala olha para mim, e me dou conta do quanto isso pareceu grosseiro, porque chamei a atenção até da Alex.

Baixo o tom de voz.

– Desculpa – digo para a Sara. – É que não é nem um pouco legal.

Ela faz que sim e encosta na minha mão, mas mal sinto seu toque. Bem que poderia estar lá no corredor, assistindo a Branley se enroscar no meu namorado (*ex-namorado, droga*). O Adam sempre me tratou de um jeito neutro. Segurava minha mão na hora do almoço, me dava um beijinho no rosto entre uma aula e outra e dizia "Até mais, gata" na hora da saída.

Mas não consegue sair de cima da Branley. Passa a mão constantemente na Branley. Não quer se separar da Branley. A Branley... entra na sala de aula retocando o batom porque meu namorado o tirou de tanto a beijar.

E eu vou para cima dela. Não tem lógica, não peso os prós e os contras nem penso nas consequências. Dou um tapa na sua mão, e o batom sai voando, bem na hora que estava tocando seus lábios, e ela solta um grito de surpresa.

A violência da vida real não é aquela coisa coreografada dos filmes. Não é sensual. É algo desajeitado e confuso. A Branley só me olha, com cara de quem acha que houve algum engano, algum *tilt* da física que fez minha mão bater na dela e seu batom sair voando pela sala.

– O que foi isso? – pergunta, e vejo uma mancha rosa de glitter nos seus dentes da frente, onde o batom encostou. Está de olhos arregalados, com cara de quem não entendeu nada. Esperando que eu diga alguma coisa, e a classe inteira está prestando atenção. Mas não encontro as palavras, e o olhar da Branley sai do meu ombro e vai parar em outra pessoa.

Ouço a voz da Alex no meu ouvido.

– É melhor você parar por aqui – diz, baixinho.

– Não quero – respondo, ainda olhando para a Branley, que está com cara de preocupada.

– O que foi que eu fiz? – pergunta, e agora o Jack Fisher está com ela, com a mão no seu ombro. O Park logo se junta aos dois, leal para caramba.

– Deixa quieto, Bran – diz o Jack, e tenta afastá-la dali, mas a Branley ainda está com os olhos fixos nos meus.

– O que foi que eu te fiz?

– Você roubou meu namorado – respondo, odiando a infantilidade das minhas palavras no mesmo segundo que elas saem da minha boca, e o fato de a palavra "namorado" fazer meus olhos se encherem de lágrimas.

A expressão da Branley muda nesse momento, o ar de confusão sincera se transforma em uma máscara de convencimento, aquela que ela usa tão bem.

– Não, querida – diz. – Eu não roubei seu namorado. Ele te largou.

Eu me balanço. É tão simples que não consigo entender por que não fiz isso antes. Meu punho está descrevendo um arco que vai quebrar o nariz perfeito dela quando é impedido em pleno ar, meu cotovelo fica encaixado no da Alex, e a força dela é tão superior à minha que o seu braço parece um cano de ferro, e o meu, um araminho de limpar canos.

– Vê se se controla, Filha do Pastor – diz o Park, e eu vou para cima dele antes que a última sílaba saia da sua boca. A Alex me vira para a parede, os nós dos seus dedos me grudam no lugar como se eu fosse uma borboleta.

– Você tem que se acalmar, Claire.

É o mesmo tom de voz que ela usa com os gatos do abrigo, aquele que faz os bichanos se derreterem. Eu tenho uma reação quase como a deles, porque compreendo que, se eu não conseguir fazer isso sozinha, a Alex vai me obrigar a fazer.

Respiro fundo, meio trêmula.

– OK – digo. – OK.

A Alex me solta e eu me viro e vejo a Branley escondida atrás do Jack, com os peitos empinados encostados nas costas dele. A Sara corre e pega o batom da Branley.

– Toma – fala, entregando o batom para ela, como se devolvê-lo fosse resolver tudo.

A Branley pega o batom bem na hora em que a srta. Hendricks entra na sala, e a balbúrdia do corredor morre atrás dela.

– O que está acontecendo aqui? – pergunta, espremendo os olhos ao ver as lágrimas que, finalmente, começam a rolar pelo meu rosto.

– A Efepê surtou – responde o Park.

– *Parker Castle* – grita a professora, mas o Park só encolhe os ombros. Ela olha para mim e pergunta:

– O que foi que aconteceu?

– Nada, está tudo bem – responde a Branley, de repente. – Não precisa se preocupar.

– Eu é quem decido se preciso me preocupar ou não – dispara a srta. Hendricks, mas a Branley vai para trás, se apoiando mais do que o necessário no Jack.

Estou respirando fundo, pesado, e as lágrimas rolam soltas pelo meu rosto. A Sara põe a mão no meu ombro, e a Alex fica do meu outro lado imagino que para me apoiar, mas tenho quase certeza de que ela é capaz de grudar minha cara nos azulejos com prazer se eu surtar de novo.

– Acho que preciso ir para a sala da orientadora – digo.

A Hendricks assente.

– Uma de vocês duas vai com ela.

– Eu vou – a Alex se oferece, e posso jurar que vejo o mais sutil dos traços de alívio na expressão da Sara quando ela faz isso.

Já estamos na metade do caminho até a sala da srta. Reynolds quando consigo respirar normalmente e me ocorre de secar as lágrimas.

– Banheiro – digo e já vou entrando, porque uma pia gelada e um pouco de água corrente me parecem muito mais reconfortantes do que tentar decifrar que tipo de julgamento as sobrancelhas da srta. Reynolds estão tentando transmitir. A Alex se encosta na parede e fica me olhando pelo espelho enquanto eu jogo água no rosto.

Um calorão de vergonha sobe pelo meu pescoço e chega no meu rosto, sublinhando as marcas das lágrimas.

– Desculpa – digo.

– Por quê?

Fico olhando a água lavar o sal do meu rosto, as gotas se acumularem no meu queixo quando encosto a testa no espelho.

– Por que eu não sou assim – respondo, fechando os olhos. – Não bato nos outros. Essa pessoa não sou eu.

E ouço a voz da Alex vinda da escuridão.

– Resposta errada. Neste momento, essa é *exatamente* você. Aquela era a Claire em seu estado natural, sem levar em conta as expectativas dos outros.

Abro os olhos, e o azul da minha íris está muito mais intenso, porque chorei.

– Mas você me segurou.

– Deixar seu lado selvagem vir à tona em um momento de emoção pode ser demais para o seu lado socialmente construído lidar depois – diz a Alex, voltando o olhar para mim. – Olha só para você. Suas mãos estão tremendo. Sua voz está fraca. E a sua consciência está se reafirmando.

Solto um suspiro e me afasto do espelho, deixando uma marca.

– É – admito. – Total.

Eu só bati de leve na mão da Branley, amassei seu batom novo e lhe mostrei que gosto o negócio tem. E me sinto uma merda.

Viro de frente para a Alex e me encosto na pia.

– Obrigada por me segurar.

– Imagina – diz ela, como se segurar os outros fosse parte da sua rotina. Ela junta as sobrancelhas, analisando a parede em cima do meu ombro.

– A Marilee Nolan é uma puta? – pergunta.

– Quê?

A Alex inclina a cabeça na direção da parede atrás de mim.

– Bem ali, está escrito "Marilee Nolan é puta". É mesmo?

– Não, não sei. Não de verdade. Acho que não – respondo. Mas, seja lá quem tenha escrito isso, tinha uma canetinha vermelha e muita convicção.

– A gente devia apagar isso – diz a Alex.

– Foi escrito com caneta permanente.

– Nada é permanente.

A Alex pega meia dúzia de folhas do porta-toalhas e, quando percebo, estou bancando a faxineira com ela, nossos nós dos dedos esfregando a parede de blocos de concreto. Molhamos punhados e mais punhados de toalhas de papel baratas.

– Eu te segurei porque é mais fácil fantasiar sobre violência do que praticá-la – diz, alguns minutos depois. – A maioria das pessoas pensa em coisas que não faria na vida real, e isso lhe traz uma satisfação visceral suficiente para sublimar a emoção. Na verdade, fazer mal a outra pessoa de propósito não é uma tarefa simples, e não é todo mundo que está à altura dela.

Lembrei do quanto eu quis encontrar o cara que jogou o saco de filhotinhos de cachorro do carro e bater nele até ver sangue, em quantas vezes pensei em socar a cara da Branley. Mas, quando tentei fazer isso de verdade, tudo deu errado, como se fosse uma cena cuidadosamente roteirizada que tivesse dado errado porque mais ninguém tinha decorado suas falas. Todas as vezes que me imaginei quebrando o nariz dela até sangrar e despedaçando seus lábios carnudos por cima de seus dentes perfeitamente brancos, nunca levei em consideração aquele olhar de completa falta de compreensão no seu rosto. Agora não posso fingir que não vi. A absoluta inocência refletida nos seus olhos quando eu estava prestes a machucá-la é sua própria vingança, e sinto como se levasse um soco no estômago, apesar de a Branley não ter levantado um dedo contra mim.

– E isso não se restringe à violência – continua a Alex, ainda esfregando a parede. – As pessoas criam fantasias sexuais com pessoas com quem não podem realizá-las ou pensam no que fariam com o dinheiro se ganhassem na loteria. É uma maneira de concretizar um desejo, fugir da realidade.

– Uma espécie de fuga – digo, lembrando da conversa que tive com o meu pai.

A Alex concorda.

– Até isso se tornar sua nova prisão e, das duas, uma: ou você vive nas suas fantasias ou as torna realidade. E, no seu caso, isso seria ir contra quem você é lá no fundo, de verdade. Uma boa pessoa.

Jogo meu último punhado de toalhas de papel no lixo, que agora estão manchadas de rosa, e pego uma nova no porta-toalhas. Molho o papel e o pressiono contra meu rosto, que ainda está fervendo. Ela tem razão. Minha nova amiga, que tem um ótimo vocabulário, me conhece melhor do que eu mesma.

– A gente precisa ir para a secretaria – falo. – Conversar com a srta. Reynolds.

A Alex me segue pelo corredor e andamos até a secretaria no nosso silêncio especial, aquele que não precisa ser quebrado para que a gente se sinta à vontade. Entro na sala da orientadora bem quando a Reynolds está desligando o telefone.

Provavelmente, estava conversando com a Hendricks, que ligou para avisar que eu estava a caminho. Não sei por que estou aqui. Não preciso mais dela.

Graças à Alex, o banheiro foi mais produtivo do que a sala da orientadora, mais sincero do que o confessionário do meu pai. Mas digo as palavras certas, falo a verdade, como esperam de mim, e prometo me desculpar com a Branley que, pelo que contaram, "foi muito madura" em relação ao incidente.

Quando termino de conversar com a orientadora, a Alex está me esperando no corredor. Está encostada na parede, embaixo da placa do banheiro das mulheres, onde alguém fez um desenho: um pênis ereto com olhos que observam dentro da saia de plástico.

Não esperava que a Alex estivesse ali. Sou a filha do pastor. Meus amigos fazem parte da equipe de debates e do campeonato de perguntas e respostas. Meus amigos fazem parte da banda marcial. Meus amigos estão na sala de aula neste momento, porque é lá que eles deveriam estar. Só que a Alex não está.

E eu tenho quase certeza de que ela é minha amiga.

20. JACK

Definitivamente, hoje é dia de briga das meninas. Primeiro foi a Efepê, que foi para cima da Branley; agora a Branley e a Alex estão competindo por espaço na minha cabeça. Que bom ter um emprego onde posso focar em outra coisa. De fato, é melhor que seja assim.

Porque eu ganho a vida matando.

Está chovendo. As baias têm cheiro de merda molhada e ansiedade. As vacas vivas podem até não saber o que é esse toque de cobre no ar, mas sabem que não é nada bom. Mais uma vem pelo brete na minha direção, e ponho a pistola elétrica bem na sua testa peluda, no ponto onde uma criança beijaria se a vaca fosse um bicho de pelúcia que dormisse com ela. Aperto o gatilho e o animal cai, 750 quilos de bifes e hambúrgueres inconscientes batem no chão, fazendo *bum*.

Prendo uma corrente na perna traseira do animal, que é içado para longe de mim, de língua para fora. Dependendo de qual esteira for parar, pode encontrar meu pai em alguns minutos, as pupilas refletindo o seu rosto, segundos antes de ter a garganta cortada, quando o brilho se desfaz. Meu pai fazia isso antes de os grupos de defesa dos direitos dos animais dizerem que é preciso atordoar as vacas antes de matá-las. Ele conta que os porcos gritavam como mulheres quando estavam pendurados, e que precisava girá-los para conseguir posicioná-los com a garganta no lugar certo. Naquela época, ele usava protetores de ouvido.

Agora usa fones de ouvido, diz que quase preferia os gritos, porque não dava para ouvir a pele rasgando, o sangue caindo no chão de concreto. Sei que a *playlist* dele só tem música clássica. Meu pai fica de pé o dia todo, um cara enorme com uma barba respingada de sangue, um avental de borracha, segurando uma faca, mandando um Bach nos ouvidos para conseguir ficar com a cabeça em outro lugar. O cara mais legal da face da Terra.

Meu pai conseguiu esse emprego para mim quando fiz 18 anos. Ele falou que esse era o melhor jeito de ganhar dinheiro para pagar a faculdade e dar valor a ele. E eu dou mesmo, porque tem outra vaca chegando pela rampa, olhando para mim com os olhos arregalados e confusos, que não se fecham, nem mesmo quando eu puxo o gatilho. Não sei como o meu pai conseguiu fazer isso por tantos anos, mas sei o porquê: para eu não precisar fazer. Eu amo o cara para caralho e estou muito crescido para dizer isso. Então, quando ele mexeu uns pauzinhos para conseguir me pôr no turno depois da escola, junto com ele por uma hora, eu disse “sim”.

Sim, porque mesmo esse pouquinho de dinheiro vai me ajudar a pagar a faculdade. Sim, porque, quando meu pai me perguntou, esperava que eu dissesse "não". Sim, porque não acho que sou melhor do que ele, nem um pouco. Sim, porque, quando ele vai embora, passa por mim e me dá um tapinha no ombro e não fala nada. Sim, porque meu pai é um cara legal, e eu também quero ser.

Então dou um tiro na próxima vaca e tento deixar o barulho do impacto expulsar a Alex e a Branley da minha cabeça, mas elas não querem ir embora. Estão presas ali, girando uma em volta da outra, enquanto eu tento entender quem é o quê.

Quando a Branley encarou a Efepê, fiquei do lado dela porque é ali que sempre estive. No quinto ano, ficamos, o Park e eu, contra o Jimmy Owens, que a atirou no cascalho do parquinho porque ela não quis levantar a saia para que ele visse sua calcinha. A Branley ficou com umas cicatrizes brancas minúsculas no joelho, nos lugares onde o cascalho entrou e deixou sua pele em carne viva. Olho para essas marcas às vezes, e ainda posso ouvir o choro da Branley.

Mas lembro de um tempo antes disso, quando ela ainda não usava saia, antes de a Branley se dar conta de que é linda de morrer, e essas lembranças vão longe. Lembro da gente caçar lagostim, ela usava calça jeans enrolada até a altura dos joelhos magrelos, com as bochechas sujas de lama, o suor fazendo seu cabelo parecer castanho. Lembro do tempo em que a Branley era minha melhor amiga, e a gente não entendia por que os outros sorriam quando nos viam de mãos dadas. E agora minhas mãos passaram por todo o corpo dela, e ela não dá nenhum um sorriso, a menos que queira algo.

– Droga – digo para a próxima vaca, antes de atirar nela.

A Alex nem conheço direito, tento me lembrar. Não tenho motivo para estar tão fascinado por ela, mas simplesmente *estou*. Não consigo tirá-la da minha cabeça. Todas as minhas lembranças com a Branley não são páreo para alguns minutos de conversa com a Alex, um papo sem jeito e artificial, nós dois pesando cada palavra, como se estivéssemos testando uma língua nova. E meio que estamos, acho. Usamos as mesmas vogais e consoantes mas nunca as dissemos um para o outro e, de algum jeito, isso as torna completamente novas.

Já fiquei com muitas meninas, o suficiente para saber que um corpo vale tanto quanto outro quando as luzes se apagam. Descobrir as mulheres está longe de ser novidade para mim, mas o contorno do braço definido da Alex quando ela segurou a Efepê foi um afrodisíaco do caramba. Quero saber mais sobre *ela*. Quero saber como ela fica de cabelo bagunçado. Quero saber do que é aquela cicatriz no seu pulso. Agora entendo porque minha mãe me pergunta se estou *interessado* por alguma menina e não se eu *gosto* dela.

Eu gosto da Branley. Sempre gostei da Branley.

Estou interessado pela Alex.

Ela criou raízes tão fundas na minha cabeça que continuo pensando nela no caminho de volta para casa e, quando as luzes do meu carro refletem no veículo parado na vala, o mesmo que vi ontem, piso no freio. Está muito escuro, mas consigo ver que é o carro dela e que não se mexeu nem um centímetro. Faço a curva devagar, tamborilando com os dedos no volante, pensativo.

A Alex não me deu seu número do celular, e eu estava tão interessado em manter a conversa que nem pensei em pedir. Ir até a sua casa para dizer que seu carro continua na vala me parece meio sem sentido, porque aposto que isso ela já sabe. Mas também aposto que a Alex não faz ideia de como tirá-lo dali, e não faz seu tipo pedir ajuda. Chamo meu pai no mesmo instante em que entro pela porta dos fundos de casa, tirando minhas botas sujas de sangue e as deixando do lado das dele, no vestíbulo.

– Aqui – grita minha mãe, lá na sala.

Os dois estão tão à vontade que me odeio por pedir isso. Minha mãe está jogada no sofá, lendo um livro. Meu pai ainda está com o cabelo molhado, porque acabou de tomar banho, sentado na sua poltrona reclinável com os pés para cima, assistindo a uma partida de futebol americano.

– Ô, pai, posso te pedir um favor?

– Que é? – pergunta, tirando os olhos da tela e virando para mim.

– Uma amiga enfiou o carro na vala, e ele ainda está lá.

– Ah, uma *amiga* – diz minha mãe. Enquanto isso, a poltrona velha do meu pai range em protesto, porque ele baixou o apoio para os pés.

– A situação é muito ruim? – pergunta ele.

– O carro mal entrou na vala, ali no lado norte da curva.

– Você está interessado nessa menina, querido? – pergunta a minha mãe, olhando para mim por cima das páginas do livro.

Respiro fundo, em vez de ignorá-la como geralmente faço.

– Sim. Com certeza, estou interessado.

Minha mãe levanta as sobrancelhas para o meu pai e diz:

– Então acho melhor você ir.

Só é preciso de uma picape, uma corrente. Em cinco minutos, estou dirigindo o carro da Alex, e meu pai vem dirigindo atrás. Vou até a casa dela tentando formular a frase perfeita para dizer quando ela abrir a porta.

Só que é a mãe dela que atende.

Toda cheia de pose e frieza, com um copo de bebida na mão e uma cara de interrogação. Parece uma mulher saída de uma revista, com aquelas sobrancelhas desenhadas... uma delas está mais arqueada do que o necessário, porque eu continuo sem dizer nada.

– Oi – finalmente consigo falar. – A... hum... Alex está?

A mãe fica com uma expressão confusa por uma fração de segundo, e fico me perguntando se, de repente, não fui parar na casa errada, naquela escuridão.

– Mãe? – ouço a voz da Alex vindo de dentro da casa. – A campainha tocou?

– Sim – diz a mãe dela, desconfiada, ainda olhando para mim. – É para você.

E então a Alex aparece na porta. As duas estão lado a lado, olhando para mim, e eu fico ali parado e sem jeito, com os pés no capacho escrito "Bem-vindo" quase novo. Lembro do ranger das dobradiças que a porta fez quando abriu, ficou presa por um instante, e a mãe dela teve que dar um puxão. O longo silêncio dentro da casa morta depois de eu tocar a campainha.

Ninguém aparece por aqui.

A Alex disfarça a surpresa primeiro.

– Olá, Jack.

Não "Oi", "Ei", "E aí?". Ela diz "Olá". E diz meu nome para mim, o que é uma coisa que as pessoas não costumam fazer quando conversam comigo. É uma sensação tão grande de intimidade que quase fico vermelho.

A mãe dela começa a se movimentar, como um robô que acabou de ser reiniciado.

– Sim, olá. Você não vai nos apresentar, Alex?

– Mãe, este é o Jack Fisher, meu amigo – fala automaticamente, respondendo ao comando. A palavra "amigo" sai meio estranha, seus lábios e sua língua não praticaram muito sua pronúncia.

E fico pensando nos lábios e na língua da Alex quando devia estar apertando a mão que a mãe estendeu para mim, esperando pacientemente eu tirar os olhos e os pensamentos da boca da Alex. A mão fica mole quando a seguro, um cumprimento tão caloroso quanto o vento que castiga minhas costas.

– Tirei seu carro da vala – digo, voltando a olhar para a Alex tão rápido que ela parece um ímã para os meus olhos.

Seu olhar se volta para trás do meu ombro, na entrada da casa, onde meu pai está, dentro da picape, com as luzes apagadas e o motor em ponto morto. – Eu ia te ligar, mas não tenho seu número – completo, na esperança de que a indireta bastasse.

A mãe dela sumiu, uma silhueta pálida que recua para dentro de casa.

– Não tenho celular – diz a Alex.

– Talvez você deva comprar um.

Ela me olha nos olhos e, com essa garota, não tem essa de conversa mole. Cada palavra que ela fala é intensa para caramba e muito bem pensada antes de sair da sua boca.

– Talvez – fala.

E eu meio que sinto como se tivesse conquistado o mundo.

21. ALEX

Todo mundo aprende a fingir quando mora nesta casa.

Nós duas ficamos tão boas nisso que não sabemos mais fazer outra coisa. Fingir que estou bem. Fingir que a garrafa de uísque ainda está tão cheia quanto estava ontem. Fingir que a porta do quarto da Anna, que fica permanentemente fechada, vai se abrir um dia. Fingir que a porta do meu quarto não existe. Fingir que as outras famílias também vivem desse jeito.

É a única coisa que fazemos bem juntas.

Nem sempre foi assim. Lembro do meu pai. Lembro de marcar no calendário, com adesivos de carinhas felizes, os dias em que ele voltaria das suas empreitadas. Lembro que o humor da minha mãe ia mudando à medida que esses dias se aproximavam, o rosto dela ficando mais parecido com o do adesivo.

Meu pai voltava para casa. O ronco do seu caminhão à noite, o reflexo dos faróis nas paredes do meu quarto, descer as escadas de fininho usando pijamas de pezinho, sem conseguir abafar o som que eles faziam, a Anna bem atrás de mim. A gente nunca era repreendida, por mais tarde que fosse. Ele nos pegava no colo, nos abraçava, nos jogava para cima tão alto que minha mãe soltava um gritinho. A casa ficava com cheiro de gasolina e comida de restaurante, e ninguém se importava.

Então as coisas mudaram. Minha mãe, pelo jeito, preferia os dias entre aqueles marcados com carinhas felizes, o seu rosto se contorcia, formando uma máscara apertada, à medida que a volta se aproximava, e seus músculos criavam a melhor imitação do adesivo que conseguiam. Ficamos maiores, era mais difícil nos jogar para cima, e meu pai ficava só meio que olhando para a gente, quando corríamos até ele, que parecia não saber direito o que fazer com algo que não fosse um volante de caminhão.

E aí paramos de correr até ele.

E então chegou um dia marcado com adesivo, e ele não veio. A carinha desbotou, a cor foi saindo das bordas até que só os dentes ficaram amarelos. Minha mãe nunca tirou o calendário dali. Ficou pendurado no refrigerador, uma testemunha silenciosa do fracasso dele, um lembrete constante, toda vez que a gente queria beber alguma coisa.

Era a ladainha dela, quando a Anna ainda era viva. O refrão que repetia toda vez que minha irmã apontava os nós nos meus cabelos ou que as unhas do meu pé estavam grandes demais.

– Pelo menos eu estou *aqui* – dizia ela, fugindo da discussão com passos tão pesados que a casa tremia, atestando sua presença pura e simples.

Cada dia que passava fazia meu verdadeiro rosto emergir daquele outro, rechonchudo, de criança, os ossos marcados das bochechas ficando parecidos demais com os dele, os olhos que a faziam lembrar de outros, que não suportavam mais olhá-la.

As coisas do meu pai ainda estão aqui; suas roupas estão penduradas, mortas, no armário; suas ferramentas, guardadas na garagem, sem uso. A única coisa do meu pai que não está coberta de pó é o saco de boxe, porque eu o mantive em constante movimento desde que ele foi embora, desopilando a raiva com meus punhos pequenos, e essa raiva se tornou uma verdadeira ameaça, agora que cresci.

Quando estou socando o saco é o único momento em que lembro com clareza do meu pai, de todas as horas que fiquei por perto, fazendo a mesma cara feroz, meus pés copiando os seus movimentos. Fui lá sozinha só uma vez, depois que minha mãe jogou um livro que eu estava lendo no triturador de lixo, porque ignorei suas ordens e não limpei meu quarto. Páginas voaram pelos ares, palavras picadas flutuaram no meio de nós duas, e me deu vontade de percorrer a distância que havia entre ela e eu com os nós dos dedos, arrancar aquele sorrisinho da cara da minha mãe.

Mas fui mais esperta e corri até a garagem para fazer tudo o que eu tinha vontade de fazer com a minha mãe no saco de pancadas: gritar, socar, bater, chutar, suar, chorar, levantar no ar. Estava vermelha e ofegante quando meu pai me encontrou, deitada na parte de trás do caminhão, com uma das mangas da camiseta dura de tanto secar lágrimas. Ele se sentou do meu lado, seu peso fez a cabine afundar, e meus pezinhos ficaram bem mais perto do chão. Pôs a mão na minha cabeça e soltou um suspiro, e vi que ele também estava chorando.

Não entendi na época, mas agora entendo. A Anna nunca o perdoou por ter ido embora, pela ausência que os cheques que ele mandava – maiores a cada mês, depois que abriu a própria empresa – não preenchiam. Mas sei que foi a melhor alternativa, do mesmo jeito que sei por que ele chorou naquele dia em que me encontrou na garagem.

Tem coisas na gente que odiamos; coisas que você sabe que os outros não vão entender. E meu pai sabia que tinha passado seus piores elementos para mim, essa ira incômoda que ferve na minha cabeça, transformando a razão em cinzas. Então não posso ficar brava com ele por ter ido, porque entendo muito bem o motivo. Se ficasse, uma hora ou outra acabaria matando minha mãe. Talvez enquanto a gente ainda era criança, talvez quando a gente ficasse mais velha, talvez quando a gente saísse de casa. Mas, de qualquer jeito, era um resultado previsto. Das duas, uma: a gente poderia ficar com a mãe e receber dinheiro ou com um túmulo e um pai na cadeia.

E, por mais que eu saiba que ele tomou a decisão certa em relação à Anna, não sei se isso se aplica a mim. Tenho vontade de contar para ele todas essas coisas que fiz. Se meu pai vai ficar enojado ou ter orgulho de mim, eu não sei. Mas, pelo menos, eu teria alguém para quem contar, alguém que me conhece.

É a minha parte mais profunda, uma parte fundamental de mim mesma que eu nunca compartilhei com ninguém, minha essência, a chave para entender quem eu sou – e só eu sei disso.

Se minha mãe percebeu, não está nem enojada nem orgulhosa. Depois que a Anna se foi, a gente presta atenção aos passos uma da outra para não nos encontrarmos, ficamos nos evitando com uma concentração muito intensa. Ocasionalmente, nossos caminhos se cruzam por acaso, nossas bolhas de espaço pessoal, como em um diagrama de Venn, ficam mais escuras na área onde se sobrepõem.

Meu pai foi embora.

A Anna se foi.

Eu jamais estive aqui.

22. EFEPÊ

A Alex entra na igreja comigo, e o lugar fica em silêncio tão rápido que parece que aconteceu uma ruptura de traqueia.

Essa igreja não costuma ser silenciosa e a bolhinha de silêncio que nos rodeia vai sendo notada à medida que se expande. Faz as pessoas virarem a cabeça, mostrando rostos que paralisam ao ver a Alex Craft. Aqui. Na velha igreja da floresta.

Nem pensei nisso quando a trouxe. A Alex está a metros de distância do local onde sua irmã encontrou o derradeiro descanso... dos locais, melhor dizendo. A Alex não é mais a irmã caçula da Anna; é a Alex, minha amiga. Então, quando ela passou na minha casa, e eu disse que íamos para uma festa, não me ocorreu que eu a estava arrastando para a floresta onde sua irmã morreu.

A Sara enfia uma cerveja na minha mão, o vidro gelado bate em um dos meus anéis, fazendo barulho.

– Que bom ver você na igreja, Filha do Pastor – diz, com um hálito doce, os lábios tingidos de vermelho pela bebida que está tomando.

– Saúde – falo, batendo minha garrafa na dela.

Piso em cima de um pedaço do telhado que caiu na última festa. As pessoas começam a conversar de novo, a anomalia da presença da Alex logo se dissolve, porque todo mundo começa a ir atrás dos seus próprios objetivos para aquela noite, seja o fundo da garrafa ou o corpo de alguém. A Alex vai atrás de mim, escaneando com os olhos o mar de colegas da escola, assim como eu.

Já está escuro, mas alguém se preparou para esta noite. Todo mundo precisa levantar a voz para conseguir ser ouvido com o ronco do gerador, alto e persistente, que fornece energia para os cordões de pisca-piscas jogados pelas paredes e para os aquecedores de ambiente. Também tem fogueiras, em lugares em que o chão de pedra foi arrancado, deixando a terra preta da fundação à mostra. O lugar inteiro está cheirando a fogo e a cinzas, suor e vômito, chuva e podridão.

A gente adora.

Aposto que nossos pais também adoravam, quando tinham a nossa idade. Uma vez, a gente brincou de procurá-los nas pixações, nomes e datas misturados em uma confusão obscena, a história da cidadezinha contada com mais cores e sinceridade do que aquelas escritas em papel. Encontrei minha mãe, e seu nome estava junto com o do pai do Park, e depois parei de procurar. Sabia que meu pai não ia escrever na parede de nenhuma igreja, por mais caída e decrépita que fosse. Mas não duvido que ele viesse aqui.

Às vezes, depois de tomar umas cervejas, penso nos pais deles – nossos avós – e mais para atrás ainda, nas pessoas que amavam esse lugar por outros motivos. As pessoas que tiraram pedras do chão para construir essas paredes, cortaram troncos para fazer o telhado que hoje está quase todo podre. As vigas que continuam no lugar estão todas manchadas de preto, com as cinzas de gerações e gerações subsequentes, nossas mãos que trabalham tanto para destruir esse lugar.

Só restam cinco bancos, os demais foram transformados em lenha ao longo dos anos. E esses que ficaram são altamente valorizados, os únicos lugares para sentar quando a gente encontra alguém com quem quer se esconder na floresta. A Branley já tomou conta de um, seus olhos já estão com um brilho artificial, falando alto, com a voz aguda, e o Adam se esparrama ao seu lado, com um braço em volta dos ombros dela, em um gesto possessivo. Eu me encolho toda quando os vejo, viro o rosto e percebo que o Jack Fisher está vindo na nossa direção, com uma cerveja em cada mão, e com uma cara que eu nunca vi antes, como se estivesse feliz em me ver.

Mas ele passa direto por mim, dá uma das garrafas para a Alex, segura a mão livre dela, e a leva até uma pilha de escombros onde os menos afortunados sentam quando todos os assentos de verdade estão tomados. Dou mais um gole na minha cerveja e olho de novo para o Adam. Que está olhando para mim. Me afasto de supetão, indo atrás da Alex e do Jack. Fico empoleirada em uma pedra ao lado dela, tentando encontrar um lugar para pôr a bunda que não me mate de dor.

– Trouxe um celular – diz a Alex para o Jack. As palavras saem com facilidade da sua boca, sua voz está mais acostumada a ser usada depois de horas conversando comigo no abrigo, de tantas frases sobre xampus para cachorro pontuadas pelo *cléc* do cortador de unhas.

– E aqui está o meu número – completa, com um tom confiante que ela não poderia aprender em anos de conversas comigo.

O Jack pega o pedaço de papel da mão dela com tanta pressa que até parece ter medo de que ele evapore, e grava os dígitos no seu celular. Levanta o aparelho, tira uma foto dela, depois abaixa, desconfiado.

– Tudo bem eu tirar uma foto sua?

Ela dá um sorriso hesitante, mas passa o braço em volta dos meus ombros, mal encostando na minha pele. Vou para trás, surpresa com esse contato, e o que restava da minha cerveja vai parar na minha calça.

– Que merda – digo, bem na hora em que o Jack tira a foto.

– Ah, legal – diz ele, dando uma risadinha e virando a tela para a gente ver a foto.

Estou olhando para o meu colo, com os lábios abertos bem no "e" de "merda", uma sutil irritação estampada no rosto, como se minha própria virilha tivesse me ofendido. O braço da Alex está pendurado, sem jeito, perto do meu pescoço, como se ela não soubesse direito como é que se encosta em outra pessoa. Ela não está sorrindo, só olhando para a câmera com aquele olhar mortífero que faz felinos ferozes pensarem duas vezes antes de agir.

– Meu Deus – resmungo. – Tira de novo.

O Jack sacode a cabeça e diz:

– Ficou perfeita.

Então levanta para guardar o celular no bolso de trás da calça e vai para frente, mais para perto da gente. Está com bafo de cerveja de um jeito que me faz sentir relaxada, não com nojo.

– Eu e o Park tentamos expulsar os dois drogados quando trouxemos o gerador – diz ele, fazendo sinal com a cabeça para um canto escuro onde tem uma rodinha de caras que não conheço. – Cuidado com eles.

– Pode deixar – responde a Alex.

Os caras são mais velhos do que a gente, seus traços são vagamente conhecidos, tipo irmão de alguém ou gente que já se formou na época em que nós ainda fazíamos cara feia quando bebíamos álcool. Um deles é bonito de um jeito meio *grunge*, cabelo loiro escorrido, de rabo de cavalo, com umas olheiras que podiam ser de maquiagem ou de outra coisa. O alargador que usa em uma das orelhas tem uma corrente que vai até uma argola no nariz. O cara me pega olhando para ele e pisca para mim. Baixo a cabeça e vejo minha garrafa vazia.

– Acabou.

– Toma – diz a Alex, trocando de garrafa comigo. A dela está pesada e gelada; a minha, leve e quente, de tanto que eu fiquei segurando.

– Vou pegar outra para você – diz o Jack.

– Não – fala a Alex, simples assim, ainda de olho nos viciados.

– Vou jogar a vazia fora, então.

Mas a Alex sacode a cabeça e repete:

– Não.

– Vou pegar outra para mim, pensar em outro assunto e aí eu volto e sento com você – fala o Jack, chegando um pouco perto demais da Alex, tomando um pouco mais do espaço dela do que a menina costuma permitir.

Mas ela sorri e diz:

– Vou gostar.

E então o Jack dá aquele sorriso de um milhão de watts que já fez muita menina baixar as calcinhas, mas que parece sincero e fofo, como o de uma criança que descobriu que vai ganhar exatamente o que queria de Natal.

– OK, já volto – diz ele. – Não se mexa.

A Alex sacode os braços loucamente, e o Jack cai na risada. Ainda dá para ouvir quando ele chega no altar, onde tem uma porção de caixas de isopor e um barril de chope.

– Ei, ô, amiga – falo, cutucando o joelho da Alex com o meu. – Faz parte desse negócio de amizade você me contar quando gosta de um cara.

Ela retorce um pouco os lábios, dando um meio sorriso.

– Ah, é?

– É, total – digo enquanto bebo o que, não sei como, é o último gole da cerveja que a Alex me deu. – Preciso de mais uma.

– E você, gosta de quem, amiga? – pergunta a Alex, ignorando o que eu disse.

– Do Adam – respondo, automaticamente. E em seguida: – Caralho.

– Por quê?

Olho para o monte de cacos de vidro espalhados perto das paredes, alguns são vestígios dos vitrais que foram quebrados há muito tempo, mas a maioria são de tons monótonos de marrom e verde, de garrafas de cerveja acumuladas. Até os pedaços pontiagudos são enganadoramente bonitos na luz bruxuleante das fogueiras e no brilho fraco das lâmpadas ligadas no gerador. O mar de cores é pontuado por cápsulas amassadas de balas de rifles, dos caçadores que se enfurnam aqui durante a temporada de caça ao cervo, e vejo – pela primeira vez – seringas usadas no meio dos cacos.

– Não sei – respondo, enfim, levando a garrafa de novo à boca apesar de não ter nada dentro dela. – Força do hábito, quem sabe.

A Alex tira a garrafa vazia da minha mão, equilibrando-a com cuidado em uma pedra inclinada entre os meus joelhos.

– Me mostra – diz. – Qual deles é o Adam?

Solto um suspiro e esfrego os olhos. Nas últimas semanas, me acostumei com o fato de a Alex ignorar os nomes das pessoas com quem a gente cresceu e, agora que estou forçando a menina a viver em sociedade, estou dando um curso relâmpago para ela. Mas, neste momento, meu cérebro começa a ficar lento e minha língua, pesada. O Jack ainda não voltou, a camiseta dele está presa entre as unhas da Branley, afiadas como os espinhos de um arbusto de amoras. Ela deixou o Adam de lado, e nosso olhar se cruza em meio às fogueiras crepitantes, seus traços parecem borrados pelo calor reluzente.

E não tenho mais palavras para defini-lo. Se o cara não é mais "meu namorado" não sei como diferenciá-lo dos outros.

– Ele está ali – digo, apontando para o Adam.

– Ah, aquele – fala a Alex, com tom de quem não ficou impressionada. – Não consigo entender.

Ela espreme os olhos, como se, por algum motivo, minha atração fosse fazer mais sentido se visse o Adam através de uma lente distorcida. E eu nem sei mais se estou a fim do cara, então nem posso ficar falando de como ele é gato, de como seus olhos me deixam toda derretida. E me deixavam mesmo, lá na sétima série, mas isso faz tempo, tempo para caramba. Fiquei tão acostumada a pensar no Adam como meu namorado que ouvir seu nome e ver seu rosto me trazem boas lembranças, e fico salivando igual a um dos cachorros do Pavlov, apesar de não ter mais comida para ganhar. Então, quem sabe, seja isso que eu queira: as lembranças, não o Adam. Essa explicação faz sentido na minha cabeça, mas já tomei algumas e não confio na minha boca para transmiti-la de um modo inteligível.

A Alex fica observando o Adam observar a Branley, que observa o Jack, que só tem olhos para a Alex, e acho que, se tivesse umas linhas nos conectando, ia ser um emaranhado só.

O Jack se solta da Branley, que vai para o lado do Adam de cara amarrada, como se ele fosse um prêmio de consolação. Alguns alunos do segundo ano tentam sair de fininho e ir para a privacidade da floresta, mas os viciados os deduram.

– Aí, cara – grita o mais baixinho. – Vê se não deixa o Comstock pegar essa mulher.

– Se você pegar ela primeiro, não tem problema – diz o loiro, levantando a mão para fazer um cumprimento, e o cara do segundo ano bate na mão dele, apesar de a menina olhar feio para ele. O casal some no meio das sombras mas, antes, a garota olha para a Alex, se perguntando se ela tinha ouvido aquilo.

– Sinto muito por isso – fala o Jack, baixinho, de volta ao nosso lado. Não sei se está pedindo desculpas por ter demorado tanto a voltar ou por alguém ter mencionado o nome do assassino da Anna como se fosse só mais uma lenda urbana. Só mais uma história de terror para manter as meninas longe da floresta e com as calcinhas no seu devido lugar.

Pode até ser um nome banal, agora empregado de modo indiscriminado, uma palavra em letra maiúscula que nos deixa sem jeito e faz a gente falar mais baixo, mas ele era uma pessoa de verdade até poucos anos atrás. Uma pessoa de verdade que tinha *silver tape* e martelo no porta-malas do carro, à espera do momento certo. Uma pessoa de verdade que forçava meninas a abrir as pernas e derramava sangue.

Sangue que corre nas veias da pessoa cujo joelho está encostado no meu e, enquanto mato a cerveja que o Jack me trouxe, imagino se ela consegue sentir o cheiro do sangue na terra ou ouvir os gritos da irmã que ainda ecoam no meio das árvores.

E é aí que me dou conta do quanto estou bêbada.

Ultimamente, não estou conseguindo comer muito. Minha garganta só quer saber de falar o nome do Adam, e meu estômago só tem vontade de digeri-lo. Eu bem que podia ter feito uma intravenosa no meu braço direto no barril quando cheguei na festa. Estou sem nada no estômago, e o álcool está indo direto para o meu sangue, subindo pelo meu corpo e contaminando meu cérebro, meu coração e meus órgãos.

Todo mundo ao meu redor está falando, mas minha boca não quer participar, só quer se grudar em uma garrafa de cerveja. Tenho vontade de pedir para o Jack pegar mais uma para mim, mas ele está completamente perdido na Alex, seus olhos a bebem, até parece que ela é o barril de chope, e o cara é alcoólatra. Sei que vou precisar me concentrar para levantar e pensar um tempinho para descobrir qual a melhor maneira de fazer isso, que pé devo mexer primeiro e em que pedras segurar para conseguir voltar à posição vertical.

Dou um jeito e vou na direção do barril, mas a Branley chega antes de mim, com os ombros à mostra, apesar de estar quase nevando. Sua pele está coberta de um brilho de suor, de sentar tão perto da fogueira, e seus cachos loiros perderam um pouco do movimento. Um dos caras que assumiu um posto no altar diz que ela está precisando se refrescar e joga cerveja em cima dela.

A Branley dá um gritinho, e sua regata branca fica colada ao seu peito. A cerveja pinga do seu corpo, e ela bate o pé, fazendo balançar tudo o que podia balançar.

– Que merda, cara – diz um dos meninos, olhando fixo para ela. – Isso... não foi legal.

– É, não foi legal, cara – concorda outro, mas todos bem que podiam estar com a mão na calça.

– Adam! – grita a Branley, e ele levanta para salvá-la, com a jaqueta na mão.

Mudo meu trajeto, não tenho pressa nenhuma de chegar perto da Branley, que está molhada, puta da vida e quase pelada, e do meu leal – leal a ela, pelo menos – ex-namorado.

Tenho uma garrafa vazia na mão e ninguém a quem entregá-la. Mesmo que um mendigo possa aparecer na igreja e fazer uma fortuna vendendo vidro reciclado, nunca tive coragem de jogar minhas garrafas no chão. Já passei uma semana com as garrafas vazias rolando no banco de trás do carro porque não sou capaz de fazer isso.

A Sara está toda entretida, conversando com as outras jogadoras de basquete, algo sobre o juiz ter roubado o time delas no último jogo. Todo mundo já fechou seus grupinhos para passar o resto da noite, tem gente se abraçando em volta das fogueiras que fizeram ou de conchinha, em sacos de dormir. Não posso nem dar uma volta na floresta para tomar um ar e ficar na minha porque tem mais gente lá do que aqui. E essas pessoas não estão a fim de companhia.

Alguém pega a minha garrafa, e fico só olhando para a mão, por um instante. Alguém que tem grandes nós dos dedos e pele ressecada, uma aliança de prata larga no dedo do meio.

– Precisa de mais uma? – pergunta o cara, e meus olhos vão chegando até o seu rosto devagar.

É o viciado loiro. A corrente no seu rosto acentua seu nariz fino, os buracos dos seus olhos estão escuros na luz bruxuleante da fogueira. De perto, sua pele tem aquela aspereza inconfundível das pessoas que são viciadas em metanfetamina há muito tempo, manchada e com uma transparência estranha ao mesmo tempo. Mas seus olhos são de um azul hipnotizante e, de tanto eu olhar, começo a reconhecê-lo.

– Você é o Ray Parsons – digo. – A gente já participou do mesmo grupo de estudos quando eu estava no primeiro ano, no terceiro período, na cantina.

Ele dá um sorriso, e a corrente encosta de leve na sua bochecha.

– É mesmo?

– É – continuo. Os detalhes me vêm com tanta clareza que fica óbvio que eu tinha uma quedinha por ele naquela época. – Você se sentava no canto. Sou a Efepê, sentava perto do chafariz. Você estava no último ano. Não prestava atenção em mim.

– Mas agora presto, Efepê – responde, me comendo com os olhos sem nem tentar disfarçar.

Sei que estou bonita. Não sou nenhuma Branley nem nunca vou ser. Não sou nem do nível da Sara, que tem um corpo atlético, ou da Alex, que tem olhos verdes e sardas. Mas sou pequena e bonitinha, tenho uns peitos razoáveis e sei como realçá-los. Estou com um daqueles sutiãs que empinam, abri os dois botões de cima da blusa, e o zíper do casaco está bem abaixo do meu decote. Não tem como valorizar mais os peitos.

E o Ray Parsons, definitivamente, está admirando.

Sinto uma coisa no estômago. Uma onda que empurra meu coração para a boca e faz minha pulsação perder o compasso. Faz tempo que não sinto isso por outra pessoa que não o Adam. O Ray Parsons chamou a minha atenção quando eu era caloura. Jogador de basquete, fumava de vez em quando, um daqueles caras que ativam o alarme de incêndio de propósito. Tinha um jeitão de malandro naquela época, que pode ter anulado seu lado mais fofo nos últimos anos, mas ainda é o Ray Parsons e me sinto tão sozinha que nem discuto quando ele prende o dedo em um dos passantes de cinto da minha calça e me arrasta até o lugar onde seus amigos estão.

– Pessoal, essa é a Efepê.

Todos me cumprimentam balançando a cabeça, e um deles me pergunta que diabo de nome é esse.

– Filha do Pastor – respondo. O Ray atira minha garrafa vazia para trás e vai até o altar.

– Ah, é?

De repente, os caras ficam mais interessados e me comem com os olhos do mesmo jeito que o Ray fez, agora que ele não está aqui.

– Você é virgem? – pergunta um deles.

– Sério? – diz outro. – Você vai perguntar isso para ela?

– Sou – respondo. E nem me importo.

Tenho um copo de plástico na mão, e o dedo do Ray voltou para o meu passante de cinto. Ele fica roçando o dedão por baixo do meu casaco, encostando na minha pele.

– Ô, Ray – fala um dos amigos dele, apontando dois dedos para mim como se fossem revólveres. – Virgem.

Ele me olha de cima a baixo de novo e diz:

– Legal.

Não gosto dos amigos dele, mas ainda estou bem cativada pela imagem do Ray Parsons, um cara que nunca olhava para mim há três anos e agora não consegue tirar os olhos do meu corpo. Encosto nele para beber, sem me importar com o fato de que a versão atual do Ray tem cabelo ensebado e é obviamente viciado em drogas. Posso obrigá-lo a tomar banho. Deixá-lo bem limpinho e, enfim, ganhar o prêmio que eu tanto queria no primeiro ano.

– Sempre te achei bonitinho – tentei dizer, mas as palavras se atropelam, as últimas sílabas batem nas primeiras, e as do meio ficam completamente de fora. Fico com as pernas bambas mas não caio. O Ray me grudou no seu corpo para eu não cair. Seus olhos azuis não estão mais em cima de mim. Escaneiam a multidão, e ele me arrasta para as sombras.

Sinto uma mão nas minhas costas, baixando minha calça e minha calcinha, dedos que se retorcem à procura de algo.

Sei que não são do Ray, porque ele está praticamente me carregando. Ouço uma voz no meu ouvido:

– Anda, Filha do Pastor. A gente vai te fazer ver Deus de verdade.

Os caras quase conseguiram me levar para a completa escuridão, e uma fogueira por perto se desmancha, causando um breve clarão, e meus olhos se fecham. Vejo um *piercing* na cartilagem da orelha do Ray, e minha cabeça cai no seu ombro.

E aí já era.

23. JACK

O Park vai falar um monte na minha orelha, mas não consegui sair de perto da Alex a noite inteira. O cara está fazendo o que faz de melhor, circulando pelo ambiente, fazendo todas as meninas acharem que está pensando nelas, mesmo que ele esteja conversando com outra. Mas eu nem consigo fingir. É claro que eu ainda percebo certas coisas. Sempre pensei na Efepê como alguém para quem eu podia pedir o caderno emprestado, mas hoje ela está com uns peitos que mais parecem comprados na Victoria's Secret, só que empinados de um jeito natural. Ou seja: não, não fiquei cego nem nada.

Só não ligo.

Não ligo para nenhuma das outras meninas, porque a Alex aceitou a cerveja que ofereci para ela, mesmo que não tenha bebido. E não ligo porque, quando pego na sua mão, ela deixa, e estamos sentados juntos na pilha de entulho. Prefiro ficar aqui do que sentado em um banco com a Branley ou deitado em um saco de dormir com qualquer outra menina.

Estou quase bêbado e atirado em cima dela quando vou pegar outra cerveja para a Efepê, em parte porque quero ser cavalheiro, mas também porque a Branley inventou de transferir todo o calor do seu corpo para o Adam (apesar de não estar segurando muito calor; põe uma roupa, Branley, estamos em pleno novembro), e sei que ver essa cena não deve ser fácil para a Efepê.

A Branley está perfeita, como sempre. Nunca vi essa blusa que ela está usando, então deve ser nova, e duvido que tenha dois furinhos, como a minha, porque compro, sim, minhas roupas no brechó, onde eles grampeiam as etiquetas nas peças. A família dela tem dinheiro para comprar roupas novas de verdade, não "novas para mim, porém usadas por outra pessoa até duas semanas atrás".

Pego duas cervejas no isopor que eu trouxe e, bem quando estou saindo de perto do altar, a Branley me segura, enfiando as unhas na minha camiseta até arranhar a pele.

– Que merda, Bran – digo, cambaleando para trás. Bato no altar, mas o troço nem treme. Meu pai diz que ele é o móvel mais sólido de todo o condado, o que é bom, porque posso apostar que muitos de nós foram concebidos sobre essa peça.

– Sério? – diz a Branley, bem na minha cara, minhas costas grudadas no carvalho maciço. – *Sério?*

– Vou precisar de um pouco mais de informação – falo, mas não sou burro.

– A Alex Craft? – continua, quase cuspindo. – Achei que podia ser a Alex, líder de torcida da escola Twin Rivers, ou, meu Deus... até mesmo um *cara*, mas a Alex *Craft*? Sério?

– Então, para você, parece mais provável eu trepar com um cara do que com ela? – respondo, tentando fazer parecer uma piada. Tentando ignorar a pontada de raiva que sinto no estômago. Não gosto do jeito como a Branley pronuncia o nome da Alex, como se fosse algo venenoso.

Estou tentando me desvencilhar dela, mas suas garras me seguram, e não vou a lugar nenhum antes de ela terminar o que tem a dizer.

– Não faz sentido – fala. – Tipo, olha só para ela.

E eu olho. Ela é tão normal, está ali sentada no monte de pedras quebradas. Não se parece com uma menina de revista nem com a Branley, que é tão impossivelmente estonteante que jamais estaria encostada no entulho. A Alex está com uma mancha de terra na bochecha que só acentua a brancura da sua pele, por baixo daquelas sardas. Está tentando tirar a etiqueta da garrafa de cerveja, e amo o fato de ela não dar a mínima para as próprias unhas.

– Estou olhando para ela, Branley. Não consigo não olhar para ela.

– Você que sabe – resmunga, depois me solta com uma bufada. Deixo a Branley para trás sem pensar duas vezes, com perfeita consciência de que tem vários caras que adorariam inflar o ego dela.

– Jaaaaaaaaack.

Ouço o meu nome, pronunciado com o máximo de letras possível. O Park cansou de circular e fica tão feliz quando me vê que nem parece que conversamos há vinte minutos.

Ele vem na minha direção, com os braços bem abertos, mas aí vê a Alex e pisa no freio com tanta força que cacos de vidro saem voando de baixo dos seus pés. Fica com cara de nada e, pela primeira vez na minha vida, vejo o Park ficar sem palavras.

– Olá – diz a Alex.

Meu amigo dá um sorriso forçado.

– Olá – responde, quase imitando o tom da Alex, mas não exatamente. Então faz uma reverência exagerada e completa: – Por favor, não esmague minhas bolas, senhora.

– Não encosta em mim sem permissão que eu não esmago.

– OK, certo.

O Park senta conosco na pilha de entulho, no lugar que a Efepê deixou vago há alguns minutos. Fica olhando para nós dois.

– Então, agora vocês vão ficar juntos daqui para a frente?

– Sim – respondo.

– Nesse caso, você vai ter que ser minha amiga – diz o Park para a Alex. – O Jack e eu somos inseparáveis, então agora você é minha amiga. Tudo bem?

A Alex olha para ele de cima a baixo, com toda a calma, e responde:

– Sim.

– Legal. – O Park levanta a mão para a Alex fazer um cumprimento e completa: – Então não vai ser dureza?

– E por acaso isso é possível? – pergunta ela enquanto olha para o saco do meu amigo e dá um sorriso debochado que eu nunca tinha visto.

O Park cai na gargalhada, e segura no ombro da Alex para não sair rolando de cima das pedras.

– *Demorou*, se você quer mesmo saber. Fiquei fechado para balanço. E houve muito choro. Todas as meninas que você está vendo aqui ficaram arrasadas. Mas estou de volta – conclui, dando uma piscadinha para ela e matando a cerveja que tinha na mão.

Meu amigo de repente se dá conta de que estava com a mão na Alex e vai logo tirando.

– Foi mal – diz ele. – E foi mal também aqueles viciados cuzões falarem Com... você sabe, falarem o nome *do cara* como se fosse algo normal. Como se fosse piada.

Ela assente, aceitando o pedido de desculpas.

– O nome dele não significa nada para mim.

– Sério? – diz a Lila, amiga da Branley, que tirou a cabeça de dentro do saco de dormir. Seu cabelo loiro e curto fica todo espetado. – Porque eu não conseguiria lidar com essa situação – completa.

A Alex sacode os ombros, em um movimento lento como o de um gato que se espreguiça ao sol.

– Não significa nada para mim porque já resolveram a situação.

A Lila balança a cabeça, tentando absorver as palavras da Alex.

– Ouvi dizer que bateram tanto no rosto dele que encontraram dentes na sua garganta – intervém um calouro, com os olhos brilhando de álcool.

– Não, cara – corrige um amigo –, ele comeu a própria boca porque foi deixado lá para morrer de fome. Precisava dos dentes para fazer isso.

– Isso tudo é mentira – diz outra pessoa. – Foi uma execução. Tiro na cabeça.

Sinto que a mão da Alex, que estou segurando, fica tensa à medida que as pessoas continuam conversando sobre isso, parecendo um coro grego demente que surge do fogo à nossa volta, repetindo trechos de lendas urbanas que ganharam corpo e foram se aglutinando, dando vida umas às outras, em uma cidade que tem tão pouca coisa ruim para se comentar que a história não tem como ser sombria o bastante para ser verdade.

– Nada disso é verdade – diz a Alex, calmamente, e suas palavras estancam a chuva de mitos. Todo mundo olha para ela, inclusive eu, e ficamos com cara de criança em volta da fogueira do acampamento, prontos para ouvir a história de terror. – Ele estava bêbado – continua, devagar. – E não pôde se defender porque levou um golpe na cabeça.

Suas palavras, sempre cuidadosas, são ainda mais cuidadosas do que o normal.

– Ouvi dizer que pegaram o próprio taco de beisebol do cara, que ele usava para deixar a porta de tela entreaberta, e quem fez isso bateu bem em cima da cabeça – diz o calouro, e seu amigo logo lhe dá um soco para fazê-lo calar a boca.

– É possível – comenta a Alex, e o calouro dá um soco no amigo. – Ele foi colocado em cima de uma das cadeiras da própria cozinha e dobraram seu corpo, para ele ficar com o peito apoiado no colo. Tinha uns pregos e um martelo ali, porque o cara estava consertando o corrimão da varanda. Dobraram os braços dele embaixo da cadeira e pregaram as mãos dele, para o cara não poder se mexer.

– E aí? – pergunta a Lila.

– Aí ele acordou, acho – responde a Alex, e os meninos dão risada até a Lila chutá-los com os pés de dentro do saco de dormir.

– Eu quis dizer e aí, o que causou a morte dele? Você falou que o cara não morreu de fome, e ninguém morre porque suas mãos foram pregadas numa cadeira, por pior que sejam os ferimentos.

A Alex observa cada um com muita atenção, e eu aperto sua mão.

– Você quer mesmo saber? – pergunta.

– Sim – todo mundo responde em uníssono. A história da Alex é o primeiro sermão que ecoa nessa igreja em muito tempo.

– Ele foi golpeado nas costas com uma chave de fenda, que perfurou seu pulmão.

– Caralho – diz o Park.

– Ouvi dizer que encontraram duas cadeiras – completa o calouro. – Como se alguém estivesse sentado na frente dele. Que sentou e ficou lá olhando o cara morrer.

– Isso é verdade – fala a Alex.

– Ele que se foda mesmo – comenta a Lila. – O cara mereceu.

– É por isso que ninguém se esforçou muito para descobrir quem foi que o matou – diz o calouro, louco para contribuir com a discussão. – Todo mundo sabe que foi o Comstock que matou aquela menina, só não conseguiram provar porque os bichos a encontraram, e todas as evidências foram contaminadas.

O menino pronuncia "contaminadas" com todo o cuidado, sua língua bêbada pronuncia cada sílaba, e depois ele continua:

– Minha mãe foi colega de escola do Comstock e disse que o cara era um grande filho da puta. Contou que ele namorou uma menina por um tempo, mas que ela logo terminou com ele, porque começou a apanhar, sabe? Minha mãe disse que não ficou nem um pouco surpresa quando a polícia interrogou o Comstock por causa da menina que apareceu morta. Ficaram horas e horas com ele na delegacia, fazendo todo tipo de pergunta, mas não conseguiram prendê-lo porque não tinham provas.

A Lila senta, ainda dentro do saco de dormir, e dá um soco no pé do menino.

– Por que você não cala a boca?

– Que foi? – diz ele. Então olha em volta, com os olhos arregalados, até que seu amigo sussurra alguma coisa na sua orelha, provavelmente, explicando que "a menina que apareceu morta" era irmã da Alex.

– A gente não precisa mais falar disso – diz a Lila para a Alex.

– Eu não me importo, mas preciso resolver um negócio, se vocês me dão licença – responde a Alex, toda educada. E então atira a garrafa de cerveja na parede dos fundos. Uma chuva de cacos de vidro cai sobre a cabeça dos viciados que, pelo jeito, finalmente resolvem ir embora. Eles se abaixam, em um movimento instintivo, e a Efepê cai no chão, no meio deles, seu cabelo se esparrama à sua volta quando ela bate no chão de pedra.

– Ah, *caramba*, não – diz o Adam, levantando do banco e derrubando a Branley, que estava no seu colo.

A Alex chega antes dele, eu e o Park chegamos meio segundo depois, porque ela está sóbria e consegue dar passos largos em uma linha reta até o lugar onde a Efepê está.

– O que vocês pensam que estão fazendo? – A Alex pergunta, dando peso a cada palavra.

– Você atirou uma porra de uma garrafa em mim? – pergunta o cara que tem uma corrente no rosto.

– O que vocês pensam que estão fazendo? – repete a Alex, desta vez, fazendo uma pausa entre cada palavra, como se o cara não tivesse entendido da primeira vez que ela perguntou.

– A gente está só se divertindo – responde ele. – Algum problema?

As pessoas levantam, sombras emergem das fogueiras e tentam chegar o mais perto possível, para ver o que está acontecendo. Zíperes de saco de dormir se abrem, e surgem casais de cabelo bagunçado.

– Sim – diz a Alex.

– Sério, Adam? Me joga no chão, tudo bem, tudo ótimo – reclama a Branley, abrindo caminho naquele monte de gente, até ver a Efepê. – Caramba!

– Ela só está bêbada – explica um dos outros viciados, e o tom de pânico na sua voz entrega a mentira. – A menina pediu para a gente levá-la para casa.

– Ah é? E onde ela mora? – pergunta o Park.

– Ela não está bêbada – diz a Branley, que ajoelha de repente e segura a cabeça da Efepê no colo. – Apagou. Virou peso morto. – Então levanta uma das mãos da Efepê e solta. A mão bate no chão, com força. – Ela estava andando por aí há poucos minutos.

A Branley olha para os caras, com uma expressão feroz. Lembro daquela noite, em que ela surtou comigo. A Branley está prestes a explodir.

– Vocês deram um boa-noite-cinderela na menina – diz.

– Gosto mais da sua boca quando está no meu pau, vadia – diz o loiro.

Vou para cima dele, mas a Alex põe o braço na frente do meu peito.

– Não, Jack. – Então me puxa, até eu ficar alguns centímetros atrás dela. – Como você se chama?

– Não te interessa.

– Ray Parsons – alguém grita, lá de trás.

– Ray Parsons – repete a Alex, e o Park me olha com cara de interrogação, como se não soubesse se é melhor a gente resolver essa merda agora ou deixar nas mãos da Alex.

Só que ela está pulando de um pé para o outro, tão sutilmente que só eu percebo. Está apoiada nos calcanhares, com o tronco para o lado, as mãos (que soltaram as minhas faz tempo) abertas, com as palmas para cima. A Alex está pronta para a briga e parece saber muito bem o que está fazendo. Lembro do Park, que ficou encolhido no chão do corredor em dois segundos, e sacudo a cabeça para ele. Certo ou errado, acho que a Alex pode dar um jeito na situação.

– É, sou o Ray Parsons – diz o loiro. – E você é uma puta de uma vadia que devia ir cuidar da sua vida.

– O que, na sua cabeça, significa que eu devo deixar você estuprar a minha amiga.

Todo mundo se encolhe ao ouvir "estuprar", e a cena é tão ridícula que quase começo a rir. A Efepê está desmaiada, seu corpo parece feito de água nos braços da Branley, que tenta fazê-la ficar em pé. Sua blusa está tão aberta que consigo ver o sutiã. Sua calça está desabotoada, puxada um pouco para baixo da calcinha. E, mesmo assim, as pessoas se surpreendem com a palavra "estuprar", como se, quem sabe, esses caras estivessem arrastando a Efepê para o meio da floresta para ajudá-la a dar uma mijada.

– O que, na minha cabeça – diz o Ray, imitando a Alex, demonstrando que está irritado – significa que eu acho que você devia fechar a porr...

A Alex estende a mão e pousa um dedo de leve sobre os lábios do cara.

– Shhhhh – fala, quase sussurrando. – Agora é a minha vez. Ray Parsons, você não tem alma – diz, e vai levantando a voz. – Você é um saco de pele. Você é uma pilha de ossos. Cada célula que já se dividiu dentro de você é um desperdício de energia. Você deixa um vácuo por onde passa. Sua existência deveria se extinguir.

O Ray fica de boca aberta, tentando formular uma resposta, e a igreja nunca esteve tão silenciosa, nem mesmo nos momentos de oração. Um dos seus amigos encontra o que dizer antes dele, mas fala exatamente o que não devia.

– Qual é o seu problema, porra?

A Alex engancha o pé dele com o tornozelo, fazendo-o virar de costas para ela, e lhe dá um soco bem em cima da bunda com tanta força que faz *créc*. O cara solta um gemido, baixo e derrotado, e cai para a frente, com a mão no joelho do Ray. Fico imaginando a marca que o soco vai deixar, um emaranhado de vasos capilares rompidos traçando uma linha de dor que acaba de se espalhar por seu corpo.

– O que você pensa que está fazendo? – indaga o Ray, encostando no amigo.

A Alex dá um sorriso e responde:

– O que me dá na telha. Que nem você.

E ela solta a mão, que descreve uma curva pequena que mal encosta na cara do Ray. Dá para ouvir um som de tecido rasgado, tipo de calça jeans quando a costura arrebenta, só que é cartilagem rasgada. A Alex arrancou a corrente do Ray, junto com um pedaço do nariz e do lóbulo da orelha. A corrente fica pendurada na mão dela, com um pedaço de carne em cada lado, e o Ray cai no chão, gritando.

O terceiro cara fica balançando as mãos na frente do corpo, só que a Alex não está indo para cima dele.

– Que merda! Qual é o seu problema? – pergunta, sem parar. – Que merda! Qual é o seu problema?

A Alex some do meu lado, não está mais interessada nos viciados. Está no chão com a Branley, e as duas tentam fazer a Efepê ficar de pé.

– Você precisa tirar essas caras daqui – diz o Park, para o único do grupinho que ainda está inteiro. – E não apareçam mais. Se eu e o Jack encontrarmos vocês de novo... – Mas não termina a frase. Qualquer ameaça que pudesse pensar seria pouco em comparação ao que a Alex fez.

Mas o cara balança a cabeça, querendo muito concordar:

– OK, OK, cara.

Ele levanta o Ray, que ainda está fazendo uns barulhos tipo de cervo atropelado que ainda não teve a sorte de morrer de tanto sangrar.

– Cara – diz o Park, para mim –, a sua namorada é tipo... assustadora para caralho. Mas também sensacional. Tudo bem se eu meio que estiver apaixonado por ela?

– Tudo, cara. De boa – respondo, ainda com os olhos grudados nas três gotas de sangue que pingaram no chão de pedra.

Porque me sinto exatamente assim. Em todos os sentidos.

24. ALEX

"Qual é o seu problema?"

Conheço essa brincadeira, já brinquei muito. É uma pergunta feita muitas vezes, sempre na voz da minha mãe, seguida da minha, pronunciando algo que eu não deveria. Quando eu era mais nova, a Anna fazia isso virar piada, nossa versão da prece antes do jantar, quando alguma coisa que eu tinha dito ou feito vinha à baila junto com as batatas e o milho.

Como aquela vez que eu dei um soco no Phil Morris durante um jogo de basquete, porque ele tinha puxado o sutiã da Anna. Ela ficou vermelha de humilhação, ainda não estava acostumada ao toque daquelas tiras no seu corpo e nunca teve um sentimento ardente de vingança. Minhas mãos eram pequenas e estavam grudentas por causa de um resto de pirulito. Quando acertei um soco no estômago do menino, ele ficou sem ar, e ganhou a marca de um punho de criança na camiseta, azul neon com sabor artificial.

Normalmente, as respostas da Anna para a pergunta da minha mãe eram bobas, destinadas a me fazer rir.

"Deixe-me ver... Qual é o seu problema, Alex? Está com sarampo? É alérgica a trigo? Quebrou as duas pernas? Não? Hmmm... Acho que você não tem problema nenhum", concluía, categórica.

Só que, quando a mãe do Phil ligou, não teve piada nem enrolação. A Anna pôs o garfo em cima da mesa, depois da diatribe da minha mãe, que terminou com sua pergunta preferida. "Ela defendeu a irmã", falou. "E isso não é nenhum problema".

E não era. E não é. Continuo fazendo isso.

E vou continuar mesmo que ela não esteja mais aqui para eu defender.

Porque ainda tem gente como o Phil. Hoje à noite, usaram as palavras que conhecem, as palavras que não incomodam mais as pessoas. Falaram "vadia". Disseram para outra menina que colocariam o pau na boca dela. Ninguém protestou, porque esse é o linguajar que a gente usa. Mas aí eu usei as minhas palavras, organizadas em frases que calam fundo, e as pessoas prestaram atenção; as pessoas ficaram de boca aberta. As pessoas não sabiam o que pensar.

Meu linguajar é chocante.

Aqueles caras iam fazer mal à minha amiga. Iam deixar marcas nela, como a que eu deixei no cóccix de um deles. As marcas que fariam teriam formato de dedos, na sua cintura, onde a segurariam contra a vontade. Só que, em vez de permitir que minha amiga sentisse um calor descendo pelas pernas quando acordasse, arranquei sangue do rosto do cara.

Ele vai ficar mutilado, eu sei, e tem gente que vai achar que fui muito dura.

Mas alguns homens deviam mesmo ser marcados. E eu estou à altura dessa missão.

E não me sinto mal por isso.

Mesmo, assim, a pergunta persiste: "Qual é o seu problema?". Porque *tenho* um problema, e sei disso. Tentei descobrir, procurei palavras e expressões que me pareceram apropriadas. Palavras como "sociopata" e "psicopata", que as pessoas gostam de empregar casualmente, sem saber o que significam de verdade. Mas nenhuma das duas é apropriada. Têm a ver com falta de empatia, não se preocupar com a segurança dos outros. E eu sou o oposto disso.

Sinto demais.

Tive vontade de perguntar para o meu pai, quando ele apareceu para o enterro da Anna. Usei salto alto pela primeira vez, que ficava preso na lama, e senti que era a terra me impedindo de chegar onde ele estava. Mas meu pai veio até mim, colocou a mão na minha cabeça do mesmo jeito que fazia quando eu era pequena. Então me olhou nos olhos, e todas as palavras que estavam presas na minha garganta, todas as perguntas que eu queria fazer se atropelaram.

"Qual é o nosso problema? Por que você me abandonou? Posso deixar de ser assim?"

Mas, antes que qualquer uma delas saísse da minha boca, meu pai disse:

– Como é que vai a minha espoleta?

Como se fosse uma piada, essa coisa dentro de mim. Uma coisinha estranha e fofa porque sou menina, nossas inclinações sombrias reduzidas a uma palavra. Então respondi:

– Vou bem.

E não vou bem, duvido que algum dia vá estar bem.

Os livros não me ajudaram a encontrar uma palavra para me definir; meu pai se recusou a aceitar o peso disso. Então inventei.

Meu nome é vingança.

25. EFEPÊ

Sinto mãos. Mãos me tocando. Mãos se retorcendo. Mãos em todos aqueles lugares que alertei a quem foi ao acampamento da igreja durante aquela hora constrangedora que chamamos de "perigo entre estranhos", que descrevi como "os lugares que seu traje de banho cobre" em vez de falar "vagina", "pênis" ou "bunda". Rostinhos que confiavam em mim, me olhando, sentados em um semicírculo, e eu gaguejando, as boquinhas se segurando para não dar risada, porque eram crianças comportadas. Minha mãe e meu pai observando de longe, prontos para intervir caso eu me enrolasse demais.

Minha mãe e meu pai.

Ai, meu Deus.

O que vou dizer a eles sobre essas mãos que, definitivamente, me tocaram em lugares onde não deveriam tocar? Lugares que até uma porcaria de uma calcinha fio-dental cobriria. Fico de olhos fechados, me recusando a reconhecer que a escuridão passou. Não quero saber onde estou nem o que foi que aconteceu. Dizem que a ignorância é uma dádiva.

Isso nunca foi tão verdadeiro quanto neste momento, em que tento me manter inconsciente. Mas a escuridão que me engolia antes era profunda, e a que minhas pálpebras fornecem agora nem se compara. Cerro os dentes e abro os olhos.

E vejo a claridade de uma nova manhã.

Estou deitada em uma cama desconhecida, cercada de paredes vazias que sequer têm as obras de arte impessoais dos quartos de hotel. Vejo uma cômoda e uma escrivaninha e, no canto do espelho, vejo uma foto minha. É aquela em que estou posando encostada na parede de pedra do parque estadual, com aquela inclinadinha na cabeça que não podia ser mais posada, resultante das milhares de vezes que o fotógrafo me pediu para sorrir, me deixando com vontade de torcer o seu pescoço como se faz com uma galinha. É a última foto que tive em mãos, a que eu dei para a Alex, e, à medida que a escuridão do meu cérebro diminui, eu a vejo deitada no chão, encolhida, de costas para a cama.

Ela está dormindo, seu peito sobe e desce ao respirar, de modo profundo e ritmado, com o cabelo enrolado nas mãos, sob sua cabeça, servindo de travesseiro, porque ela deixou os dois travesseiros de verdade na cama, comigo. Volto a deitar, sinto o volume do celular no meu bolso. Tenho oito chamadas perdidas da minha mãe, cinco mensagens de voz e três de texto, a última perguntando, simplesmente: VOCÊ ESTÁ EM SEGURANÇA?

Olho para a Alex, o ritmo da sua respiração muda à medida que ela vai despertando, ouvindo até o mais sutil dos meus movimentos. E penso: "Sim, estou em segurança".

Mas, para ter certeza, vou de fininho até o banheiro da Alex tentando ignorar o bolo de medo que se forma na minha garganta quando tiro a calcinha. Estou limpa, não sinto cheiro de homem em nenhuma parte do meu corpo, aquele odor inconfundível que varia de cara para cara, mas é sempre pungente, como cheiro de cloro. Um soluço fica preso no meu peito e vou abaixando, aliviada, até o chão do banheiro, me apoiando na privada, e descubro que o piso gelado que toca meu corpo nu causa um choque térmico, um baque onde minhas partes íntimas foram arranhadas.

Sei o que é isso. Um arranhão feito com a unha pelo cara que enfiou a mão dentro da minha calça por trás, que estava tão ansioso para saber como eu era que nem conseguiu esperar até estar escondido pela escuridão. Meu cérebro mais parece uma apresentação de *slides* em *fast forward*, as imagens vêm e vão tão rápido que não consigo lembrar do seu rosto, mas lembro com riqueza de detalhes que suas mãos eram sujas e as unhas, compridas, com sujeira debaixo de cada uma.

Sinto ânsia de vômito ao remexer nos armários da Alex, procurando alguma coisa para me limpar. A primeira coisa em que ponho as mãos é álcool, que jogo direto na virilha; a dor e o pânico forçam o que havia de sólido no meu estômago garganta acima. Consigo voltar para a privada em tempo, e a porcelana fria encostada no meu rosto é reconfortante, enquanto vomito sem parar, pondo para fora tudo o que bebi e seja lá o que foi que me deram.

Estou vazia, fedendo a esterilização e a vômito ao mesmo tempo quando a Alex abre a porta, sem se dar ao trabalho de bater antes. Nem ligo para o fato de minha calcinha estar na altura dos tornozelos e de estar com meleca escorrendo pelo nariz. Não consigo sentir vergonha, porque meu cérebro só pensa em repulsa, e todo o meu ser encolheu, ficou do tamanho daquela área minúscula de pele inflamada que nem consigo enxergar.

– Não sei como as pessoas aguentam – digo, e tento pegar papel higiênico com os dedos trêmulos.

A Alex fica encostada no batente da porta, de regata e calça de pijama, de braços cruzados, e o espaço que nos separa precisa ser preenchido com palavras. Assoo o nariz, secando umas poucas lágrimas furtivas.

– Só tenho um arranhão – explico –, um arranhãozinho minús... – E começo a chorar de novo. Porque não é um arranhãozinho minúsculo, sei disso. As partes mais macias da minha pele foram arranhadas pelas unhas sujas de um desconhecido, meu DNA está misturado com gordura de *fast food* e com a caspa do cara. Algumas das minhas células estão com ele neste momento, e eu não queria que estivessem. Quero minhas células de volta. Quero que fiquem no seu devido lugar e não consigo nem imaginar o que aconteceria se fosse o contrário, se eu acordasse com um miasma *deles* dentro de mim. Só de pensar vomito de novo, o som quase abafa o toque do meu celular.

A Alex faz sinal com a cabeça para o aparelho enquanto dou descarga e me pergunta:

– Você tem condições de atender?

– Tenho – respondo, com a voz fraca. A palavra "mãe" brilhando na tela, em branco e preto, é uma das coisas mais assustadoras que já vi na vida, mas não tenho como não atender.

Atendo.

– Estou bem – é a primeira coisa que digo, o detalhe mais importante a ser esclarecido, antes de mais nada.

E ela simplesmente começa a chorar, e o som dos seus soluços faz os meus virem à tona, lá das profundezas do meu ser, de um lugar que nem o vômito foi capaz de tocar. Choramos juntas, e a Alex sai do banheiro e fecha a porta.

– Estou bem – repito, assim que consigo pronunciar as palavras. – Estou em segurança, com uma amiga.

– Quem? – quer saber minha mãe, a sensação de alívio passando e dando lugar à raiva.

– Alex Craft.

Um momento de silêncio e confusão.

– A menina que morreu?

– Mãe, *Alex* Craft.

– Você está com um rapaz? Claire, seu pai...

– Mãe! – interrompo. Minha mãe, quando fica agitada, consegue ser ainda mais engraçada do que eu, que estou sentada em uma poça de álcool e sem calcinha. – Estou com a Alex Craft, que não morreu e é uma menina.

– Ah, bom... que bom – diz ela.

Dou uma risadinha, e minha mãe também, porque ela se conhece bem e sabe que filha de peixe, peixinha é.

– O que a senhora ia dizer sobre o papai?

– Seu pai foi para a igreja.

– Por acaso ele pensou que Deus ia ouvi-lo melhor de lá? – Porque tenho certeza que a primeira reação do meu pai ao perceber que não cheguei em casa na hora estabelecida seria rezar.

– Ele foi para *a* igreja, Claire.

– Aaaaaaaaah – é tudo o que consigo dizer. Um calor sobe pelo meu rosto quando penso no meu pai abrindo caminho no meio daquele monte de sacos de dormir com adolescentes sonolentos dentro. Provavelmente, vai ajeitá-los, para dormirem em segurança, e dizer para tomarem bastante líquido de manhã.

– Tentamos não ficar muito chateados quando você não apareceu – continua minha mãe. – Eu fiquei louca da vida, mas seu pai disse que você devia estar lá, e que aparecer na igreja ia só piorar a situação... mas aí... Claire, você não veio para casa, e a gente não sabia o que fazer. Ele foi para a igreja e não te encontrou...

Minha mãe começa a chorar de novo, eu fecho os olhos.

– Desculpa, mãe. Sinto muito mesmo.

– Então, o que foi que aconteceu? – pergunta. Sua voz tem um tom de resignação, de mãe que se esforçou muito por muito tempo e se deu conta de que não há luz no fim do túnel, só um buraco negro.

– Uns caras puseram alguma coisa na minha bebida – conto. – Eles me drogaram, e poderia ter acontecido o pior, mas a Alex estava comigo e ela... – Interrompo a frase, porque não sei o que aconteceu entre eu cair em cima do ombro do Ray e acordar na cama da Alex. Só sei o que *não* aconteceu. – Ela zelou pela minha segurança – completo.

– Essa menina deve ser uma boa amiga, então – diz a minha mãe e, em seguida, assoa o nariz. – Acho que a gente precisa conhecê-la.

– Sim, vai ser legal – digo. – Quem sabe eu a levo para jantar em casa hoje à noite?

– Claro – responde minha mãe. E, bem na hora em que começo a vestir minha calça jeans preta, ela completa: – Ah, Claire?

– Sim?

– Você está de castigo.

A Alex me conta o que fez depois de eu tomar banho. Me esfreguei com tanta força que doeu. Comemos salada – ela fez duas porções sem soltar um comentário, com ovos cozidos fatiados, folhas e queijo ralado por cima, depois enfiou um garfo e me entregou como se me alimentar fosse algo que fizesse toda hora. A mãe dela passa rapidamente pela cozinha, e fica um tanto surpresa ao me ver. Enche um copo, escondendo a garrafa com os ombros. Espero ela sair para responder, com os olhos fixos na gema esmagada do meu ovo.

– Isso foi... – e paro de falar, tendo consciência de que estava prestes a dizer "uma loucura", seguido de uma frase tipo "Você não devia ter feito isso". É um reflexo, algo que está enraizado em mim. Não faça mal aos outros. Seja gentil. Não é com vinagre que se apanha moscas.

Mas e se eu não quiser apanhar as moscas? E se eu preferir vê-las esmagadas?

– Obrigada – falo.

A Alex assente, termina sua salada e finalmente me olha nos olhos. Ela não estava olhando para mim enquanto contava o que aconteceu, parecia que precisava de toda a sua concentração para conseguir comer.

– Não sabia direito o que você ia achar – diz.

Não respondo porque ainda estou tentando descobrir. Sei que meus pais diriam que a violência nunca é uma boa reação. Que todos os conflitos podem ser resolvidos de forma pacífica. Mas a minha mãe não tem uma marca de unha na virilha, e meu pai não sabe como é ser arrastado por três caras.

– Eles ficaram tão animados quando contei que sou virgem – disparo. – Sou uma imbecil do caralho.

Começo a chorar de novo. A Alex me alcança um guardanapo.

– Você não é imbecil – diz ela. – Simplesmente não pensa que os outros podem querer seu mal.

– É, bom... – digo e depois assoo o nariz bem alto. – Ontem à noite isso e ser imbecil deram na mesma.

– Não, isso quer dizer que você é uma pessoa normal – diz a Alex, que pega a minha tigela, quando fica claro que estou mais interessada em chorar do que em comer. – Pode acreditar que é melhor assim.

– E por que eu, então? – pergunto. – Por que não a Branley? Ela é muito mais bonita e estava tão bêbada quanto eu.

A Alex sacode a cabeça, volta a sentar e responde:

– Não tem nada a ver com beleza física. Você estava sozinha, isolada e fraca. Os três ficaram observando as meninas a noite toda, esperando alguém se distanciar do grupo. Por acaso, foi você, mas poderia ter sido qualquer uma. A ocasião é o que importa, nada mais.

Olho para baixo, o sutiã empinando meus peitos quase até a altura do meu queixo. A Alex acompanha meu olhar.

– Estou te falando, Claire. Isso não importa. A roupa que você estava usando, sua aparência. Nada. Assiste um pouco daqueles canais sobre a vida selvagem. Os predadores sempre vão atrás da presa mais fácil.

Penso na Branley, toda maravilhosa e ensopada de cerveja, mas rodeada de admiradores. E aí tinha eu, bêbada e emburrada, perambulando e praticamente implorando por atenção. De fato, uma presa fácil.

– E ela acabou ajudando, sabia? – diz a Alex.

– Quem?

– Aquela loira, a Branley. Foi ela que te levantou do chão. Abotoou sua blusa e fez questão de dar o seu celular para a Sara quando carregamos você até o carro.

– Oh – respondo.

– Sei que você quer odiar a menina – continua. – Mas acho que ela não merece.

– Espera até ela trepar com o seu namorado – resmungo.

– A julgar pelo comportamento dos dois, tenho quase certeza de que ela já fez isso – responde a Alex. – Mas, como ele ainda não era meu namorado, não tem a menor importância.

– O que foi que eu perdi? *Agora* ele é seu namorado? – pergunto.

– Não sei – responde a Alex, com o mesmo ar de surpresa da mãe estampado no rosto. – Como a gente estabelece esse tipo de coisa?

– A gente pergunta, simples assim – digo, pronta para assumir o papel de treinadora. – E, com o Jack Fisher, é melhor deixar bem claro que está interessada em monogamia. Ele é galinha e juro que, se ele te magoar, vai ser a minha vez de encher um cara de porrada.

E, para deixar bem claro, sacudo o punho cerrado na cara da Alex.

– O dedão tem que ficar para fora – ela diz.

26. JACK

Meu pai tinha razão.

A pele faz um ruído específico quando se rasga, um ruído que cava o fundo do seu inconsciente e toma conta de uma parte da sua massa cinzenta. Não sai com facilidade e não pode ser substituído. Pelo contrário, vem antes de tudo, tanto que o som da minha mãe tirando o plástico das fatias de queijo, fazendo o meu almoço para levar para o trabalho, me faz inclinar a cabeça e pensar "Não... não é bem assim".

Passei as últimas 24 horas tentando esquecer o som que a orelha do Ray Parsons fez quando voou da sua cabeça e, ao mesmo tempo, comparando esse barulho com tudo o que ouço. Fiz isso o mesmo tanto que fiquei batendo o dedo na tela do celular, pensando se ia ou não ia ligar para a Alex. Toda vez que toco no seu contato, aparece aquela foto dela com a Efepê e, de repente, lembro *exatamente* do som que a pele faz quando se rasga, e a voz do Ray me vem à cabeça, meio sem jeito, palavras misturadas com som de sangue borbulhante.

– Te dou uma moeda se me contar o que está pensando – diz minha mãe, colocando o sanduíche na geladeira. Assim, quando eu sair de manhã, é só pegar. Até parece que tenho 5 anos. Não sei se adoro ou odeio isso.

– Vai sair caro – respondo com uma piada antiga que deixou de ter graça há anos. Minha mãe poderia fingir rir e passar a mão no braço como quem não quer nada, depois se afastar achando que tem um ótimo relacionamento com o filho. Mas ela não é dessas.

– Problemas com as meninas?

É uma pergunta, mas parece mais uma afirmação do que qualquer outra coisa. Ela puxa uma banqueta do outro lado do balcão e pousa o queixo nas mãos.

– Não quero conversar sobre isso – respondo, o que é uma meia verdade.

– ok – diz ela, animada. – A gente pode só ficar se olhando, então.

– Mãe... – digo, e a entonação é tão diferente de dez anos atrás. Toda a irritação da minha vida está enterrada nessa palavra, que um dia já foi a única capaz de resolver qualquer situação.

– Jack – interrompe ela. – Não sou burra.

– Eu sei.

– Não sabe, não, Jack. Não sou burra e também já fui adolescente, nesta mesma cidade. Conheço cheiro de álcool. Conheço cheiro de maconha. E senti os dois em você, e não consigo nem saber quantos perfumes de mulher...

– *Mãe...*

– Ah, cala a boca. Sorte sua que eu disse "perfume".

Eu calo a boca.

– Você não está reinventando a roda nem descobrindo nada de novo, Jack. Está tendo a mesma vida que eu e o seu pai tivemos há vinte anos. Mas eu nunca fiz a cara que você acabou de fazer, e isso me preocupa. Sou sua mãe e estou te perguntando o que está acontecendo.

Giro o celular em cima do balcão, e a tela preta reflete nosso rosto enquanto fazemos o jogo do sério. E minha mãe não pisca.

– O que você sabe sobre a Alex Craft? – pergunto, enfim.

E aí ela definitivamente pisca.

– Alex Craft? Aquela menina que...

– ... a irmã morreu – completo. – Sim, ela mesma.

Ela endireita as costas, entra em modo mãe a todo vapor.

– Bom, acho que não sei muita coisa além disso. Ela tinha uma irmã mais velha que... morreu.

"Morreu". Até parece que a menina teve um enfarte inesperado ou algo assim. Mas não vou entrar numas de fazer análise semântica, já que a minha mãe está se esforçando para fazer cara de nada. E não está conseguindo nem um pouco.

– Que mais?

Ela arregala os olhos e diz:

– Que mais o quê?

– Também não sou burro, mãe. E te conheço muito bem. Então, o que você não quer me contar? Que é uma situação estranha porque você namorou o pai dela?

Achei que ela ia ficar vermelha, talvez desconversar e mudar de assunto. Mas, em vez disso, minha mãe cai na gargalhada.

– Ai, meu Deus, não. Moramos em uma cidade pequena, filho. Provavelmente namorei com metade dos pais das meninas que você...

– ... sentiu o perfume? – interrompo, antes que ela complete a frase com alguma coisa que vai me fazer ficar vermelho.

Minha mãe levanta as mãos e diz:

– Justamente.

– Então, qual é? Por que quando eu toco no nome da Alex Craft as rugas da sua testa ficam mais fundas? É por que você namorou o pai dela?

Minha mãe ignora a alfinetada, olha para o pedaço de linóleo gasto da cozinha que precisa ser trocado. Meu pai pesquisou preços para trocar o piso no ano passado, mas, apesar de não ser caro, minha mãe não ganhou um piso novo.

– O Nick Craft não é má pessoa – diz, com um tom que me faz pensar que ela já repetiu essa frase mais de uma vez. – Foi embora quando as meninas eram pequenas e as más línguas falaram muita coisa. Dizem que foi porque se deu bem com a própria empresa de transportes e quis aproveitar a vida. Mas eu o conhecia e, se isso é verdade, esse homem não chega aos pés do rapaz com quem cresci. O Nick não teria ido embora se não tivesse um bom motivo e, seja lá qual for, é assunto dele e da mulher dele.

Penso na mulher que mais parecia de papelão atendendo a porta, mordendo o lábio, confusa, quando perguntei se a filha dela estava em casa.

– Ela é diferente – digo.

Minha mãe encolhe os ombros.

– Ele casou com alguém de fora do condado.

É algo que não passa despercebido para quem cresceu aqui. A maioria de nós não tem dinheiro, mas isso não tira um certo orgulho de ser natural deste lugar, no sentido literal mesmo, de nossos ancestrais estarem de fato debaixo da terra onde cultivamos os vegetais que comemos. Quando saio com uma menina mais do que uma ou duas vezes, minha mãe e meu pai me contam toda a sua herança biológica, talvez só para se certificarem que não somos parentes.

Mas se você resolve pôr o pé para fora dos limites do condado, está se arriscando, rolando os dados para ver com que tipo de herança vai se casar. "Não é daqui" é um dos piores insultos que alguém pode proferir, acompanhado do eterno ponto de interrogação, da dúvida a respeito do que o forasteiro pode trazer dentro de si, um clandestino mental ou biológico que pode se levantar e chutar seu traseiro trinta anos depois. E me dou conta de que, na verdade, é isso que estou perguntando.

– Como é que a gente faz para conhecer alguém de verdade, mãe?

Então ela sorri, bem devagar. Tão devagar que surgem lágrimas nos seus olhos antes das pontas dos seus lábios chegarem às bochechas.

– Não tem como, querido. A gente pode amar alguém profundamente, e essa pessoa pode te amar o mesmo tanto, mas se trocássemos diários, saberíamos de coisas que jamais suspeitamos. Todo mundo tem um lado, bem lá no fundo, que não mostra para ninguém. E, quanto antes você aprender isso, mais fácil vai ser sua vida.

Engulo em seco.

– E como a gente faz para tentar conhecer alguém, então?

Minha mãe faz meu celular parar de girar em cima do balcão, e ele para apontando para mim.

– Acho que, para começar, dá para ligar para ela.

E, bem nessa hora, meu celular toca. O rosto da Alex aparece na tela, e meu coração vai parar na boca. Meu coração bate tão alto que abafa o som de pele se rasgando.

27. ALEX

Acho muito estranho que uma sequência de números possa me colocar em contato com uma pessoa específica. Tentei me convencer que comprei um celular porque a Claire podia precisar falar comigo por causa do abrigo. E, apesar de seu nome ser o primeiro na minha lista de contatos, ainda me parecia que faltava alguma coisa até o número do Jack estar gravado lá também. Agora, o aparelho pesa no meu bolso. Como uma arma carregada. E o tiro pode sair pela culatra e me acertar.

A Branley também gravou seu número no meu celular, quando estávamos levando a Claire para a minha casa, junto com instruções bem claras de dar notícias. Mandei uma resposta rápida (*ela está bem*) logo depois que a minha amiga tirou a roupa e vomitou. Não é verdade. A Claire não está bem.

Agora tenho três contatos no meu celular. Posso ligar para eles a qualquer hora, invadir sua vida com uma série de números. É como se eu soubesse a combinação do cadeado do armário deles e pudesse abri-lo e, de repente, invadir seu espaço. É algo tão intensamente pessoal que me parece quase profano. Ainda não me aproveitei dessa permissão, porque eles vão saber que sou eu quem está ligando. Ou seja: podem resolver não me atender.

É isso que me incomoda.

O Jack pode resolver que não vai me deixar entrar e vou saber, quando minha chamada cair na sua caixa postal, que essa decisão foi tomada e vou saber por quê. Por um lado, vou entender. Esse meu lado sabe que eu jamais deveria ser aceita e que não deveria estar convivendo com essas pessoas. Pessoas que conseguem fazer amizade com facilidade porque não consideram todo mundo uma ameaça. Pessoas que conseguem ficar numa festa sem arrancar um pedaço do rosto de um cara.

Sou um lobo que minha irmã mantinha enjaulado, até que sua mão foi removida. Saí da jaula e estou curiosa, porque acordei de uma solidão letárgica que eu mesma me impus, porque sei que esse não é o meu lugar. Não é seguro me deixar sair da jaula, mas me cutucaram com vara curta. Primeiro a Claire, depois o Jack. E agora estou acordada, desviando dos caminhos que havia criado para me manter estável. Estou fora da jaula, acordada e com medo de não conseguir voltar para dentro.

Não são as ovelhas que me atiçam, mas os outros lobos. Quero correr com eles, para poder cortar sua garganta quando ameaçarem minha matilha. Mas não posso voltar para o meio das ovelhas com sangue nos dentes. Elas vão se afastar de mim.

Mesmo quando era criança, eu já sabia disso.

Lembro da única reunião de família que minha mãe nos levou, a primeira e única vez que vi meus primos por parte dela. Um primo pegou minha boneca e tirou a roupa dela, ficou me provocando, com o corpo nu dela acima da cabeça, enquanto eu pulava para tentar alcançá-la, gritando com a cara vermelha. A Anna pôs fim na situação antes que eu perdesse a linha, pegou a boneca e a vestiu, e me garantiu que estava tudo bem.

Mas não estava tudo bem.

Esperei até todo mundo ir dormir, nossos corpos infantis estavam relaxados em um calor gostoso, à luz azulada da televisão, os murmúrios da conversa dos adultos vindo do pátio. Meu primo dormia um sono profundo, com a cabeça encostada no sofá, roncando.

Até que dei um soco na sua garganta.

Acenderam as luzes e fizeram acusações, assim que ele conseguiu respirar. Os adultos trouxeram uma nuvem de vapores de álcool e confusão, e ele, tentando explicar o que tinha acontecido, apontava o dedo para mim. Uma mulher insistia que era impossível. Eu era muito pequena. Muito bonitinha.

Mas as outras crianças sabiam, seus instintos de sobrevivência ainda eram crus, ainda não haviam sido estragados com preconceitos. A Anna sabia. Meus pais sabiam, e seu entendimento foi compartilhado em um olhar que permaneceu no longo e silencioso caminho de volta, dentro do carro.

Minha boneca foi vestida do meu lado, com o cinto de segurança afivelado, e o lobo dentro de mim estava saciado.

Nunca mais fomos a uma reunião de família.

E então fico esperando por outra rejeição, outra confirmação que meu lugar não é no meio dessas pessoas. Que não é seguro eu estar aqui. O lobo que existe dentro de mim está esperando.

Mas, por outro lado, vou morrer um pouco quando isso acontecer. Meu lado que gostou de usar as roupas da Claire que não me couberam direito. Meu lado que gosta quando o Jack pousa os olhos sobre mim, no meio de um lugar cheio de gente.

Passei uma hora olhando para o celular, tentando decidir qual desses lados é melhor. Qual dos dois eu realmente sou. E se existe uma maneira de eu ser os dois.

Quando ele atende, parece que minha metade boa explode em milhares de partículas de luz; a esperança se espalha em mim e chega a partes que não têm memória dessa sensação.

– Oi – diz, e adoro seu tom casual, como se essa não fosse a primeira vez que ligo para ele, como se não tivesse motivo para ficarmos nervosos. E, de repente, não fico mais nervosa.

Não tenho muitas palavras dentro de mim. Só sei que gosto de estar com ele, quero ser exatamente assim neste momento e só consigo pensar em uma maneira de isso se tornar realidade.

– Você gosta de correr? – pergunto.

– Não sei – responde. – Em todo esporte que pratico, quando me mandam correr é um castigo, então é meio difícil *gostar*. Tipo assim, eu correria se tivesse alguma coisa atrás de mim.

– Você correria se eu estivesse atrás de você? – pergunto, porque ainda estou tentando criar essa cena onde nós dois estamos juntos, e não faço muitas coisas que possa convidar os outros para fazer comigo.

– Se você estivesse atrás de mim, eu definitivamente não correria – diz. E dou risada, porque foi muito mais fácil do que eu imaginava.

– Que tal a gente correr lado a lado? – pergunto.

– Posso fazer isso.

28. JACK

Estamos correndo.

Quando a Alex me perguntou se eu podia encontrá-la na pista, eu disse “sim” sem me preocupar com a temperatura ou com o fato de que pode nevar e escurecer dentro de poucas horas – fato esse que minha mãe me apontou aos gritos quando eu saí correndo pela porta, pegando o casaco. A Alex estava encostada no carro dela quando cheguei ao colégio. Demos algumas voltas na pista sem falar nada. Nossas pernas chegaram ao mesmo ritmo confortável na primeira volta, na segunda, e depois mais uma. O som dos nossos pés era o único que ouvíamos.

Ela se afasta da pista e vai para uma trilha que passa na floresta, e eu vou atrás, mantendo o silêncio. A trilha cruza uma estrada de terra, e ela pega essa estrada, e eu dou passos mais largos para conseguir acompanhá-la. A estrada tem um leve aclive, invisível aos olhos, mas que causa uma queimação nas minhas panturrilhas. Olho para o lado, mas ela está concentrada nos seus movimentos, com as sobrancelhas franzidas e as bochechas vermelhas por causa do frio.

De repente, nos distanciamos da floresta, que fica à direita, e ela cutuca meu ombro com o seu. É o primeiro contato físico que temos esse tempo todo. Sigo sua instrução silenciosa, pegando a rua coberta de grama que nos leva à ultima coisa que eu esperava encontrar.

Um cemitério.

A Alex para, leva as mãos ao alto da cabeça, e respira fundo.

– Desculpa – fala, enfim, a voz quase um suspiro.

– Consigo te acompanhar – digo, apesar de estar puxando mais ar do que ela.

– Não – responde, sacudindo a mão na direção das lápides à nossa frente. – Desculpe não ter avisado que dou a volta no cemitério.

Encolho os ombros.

– Tudo bem.

Nossas palavras não têm peso algum. Nenhuma delas carrega a importância que tinham no passado.

– Vamos descansar um minuto? – pergunta, indo em direção a um banco.

Concordo e vou atrás dela, me sentando perto, mas não bem ao seu lado. Os centímetros de ar entre nós poderiam ser preenchidos com concreto. O sol está se pondo, e os últimos resquícios de calor estão saindo do ar, dando lugar ao frio. Coço o nariz, que começa a me incomodar de repente.

– Desculpe – digo. – Meu nariz está coçando.

– Tudo bem.

– Não dizem que alguém está falando mal da gente quando o nariz coça?

– Não – responde, sacudindo a cabeça. – É quando a orelha fica vermelha.

– Isso. Meu pai fala que, se a gente puxar o lóbulo da orelha, a pessoa que está falando mal vai morder a língua.

A Alex fica toda dura, e me dou conta de que acabei de dizer "lóbulo da orelha", e agora nós dois estamos imaginando grandes gotas de sangue do Ray Parsons caindo no chão empoeirado da igreja, e a corrente que o cara usava pendurada na mão dela.

– Odeio o fato de a gente estar falando de imbecilidades – diz ela, chutando os montinhos de neve espalhados pela grama.

Pego na sua mão, derrubando a barreira entre nós dois, conectando nossos dedos congelados.

– Também odeio.

Ela me olha por um segundo, seus olhos escaneiam meu rosto, procurando alguma coisa.

– Desculpe se te assustei aquela noite.

– Você não me assusta.

Sua boca vai para o lado, como se ela fosse começar a argumentar, mas eu a interrompo fazendo uma pergunta:

– Por que você me ligou?

– Porque queria te ver.

A resposta é rápida e sincera, e a Alex parece meio confusa com o fato de ter sido tão fácil responder, ou talvez porque seja verdade.

– Também queria te ver – digo.

Não sei qual de nós dois se inclina primeiro ou se nós dois fomos inclinando enquanto falávamos. Mas estamos conversando e aí estamos nos beijando como se fosse assim que uma corrida devesse terminar. É uma coisa elétrica, fluida e, ao mesmo tempo, completamente normal. Puxo a Alex para o meu colo, e ela enrosca as pernas em torno da minha cintura, como se soubesse exatamente o que está fazendo, apesar de ser bem óbvia sua falta de experiência em beijos.

O que me deixa muito animado. Dá para ver que sou o primeiro cara que ela beija, o primeiro cara que passa a mão no seu cabelo e se amassa contra o seu corpo, peito contra peito. E, por mais que dar uns beijos não faça parte dos meus hábitos de corrida, sou super a favor de se tornar um hábito. Porque, com certeza, vou correr de novo com a Alex. Com certeza vou pegar na sua mão em pleno frio e me aproximar dela até não ter como chegar mais perto.

Só me dou conta mais tarde, quando estou deitado na cama, com os lábios inchados de tanto beijar, revivendo cada segundo, que ela não pediu desculpas por ter arrancado a orelha do Parsons.

Ela pediu desculpa por ter me assustado.

29. EFEPÊ

A Sara está me olhando como se eu fosse quebrar, fosse me espatifar espontaneamente na minha própria cama, e ela fosse ter que explicar para os meus pais por que precisa pegar o aspirador emprestado.

– Tem certeza de que você está bem?

Não estou, mas não tenho como explicar isso para ela. Eu amo a Sara, mas alguma coisa foi arrancada de mim na igreja, algo que ela não tem como entender. Toda vez que saio de casa, acho que alguém vai me agarrar. Tomo um gole d'água de um copo que enchi na torneira da minha casa e preciso dar uma gargarejada antes, como se pudesse ser uma ameaça. E estou começando a entender por que a Alex sempre anda quase na ponta dos pés, por que os músculos das suas costas estão sempre tensos, como os de um gato que está prestes a saltar.

Ela sabe. Ela entende. E é por isso que vou dizer para a Sara que estou bem e deixar por isso mesmo.

– Então... – diz, olhando para a minha colcha, passando

o dedo nas costuras. – A gente devia ligar para aquele tal de Nolan, você não acha?

A Sara não é a primeira pessoa a tocar nesse assunto. Uma meia dúzia de meninas me mandaram a foto que tiraram dos contatos do policial, apesar de eu ter tirado uma também. Olhei para ela algumas vezes, imaginei como escreveria o email ou o que diria se ligasse. Meu pai e minha mãe querem que eu preste queixa, mas falei que não lembro de nada nem de quem era o cara. O que é uma grande mentira, mas também não é a primeira que conto para eles.

Só a maior.

– Não sei – respondo. – O cara vai fazer perguntas. Vai querer saber quem estava lá para poder falar com as pessoas, e aí vou ter que passar uma lista de quem estava se divertindo na igreja. E acho que ninguém vai ficar muito feliz com isso.

– Sim, mas não foi tipo isso que ele falou na palestra? Que a gente tem medo de dedurar os amigos, por isso não denuncia, e aí o criminoso sai impune?

– Acho que o cara não saiu impune – argumento, e a Sara olha para o outro lado.

– Meio que estou pensando se a gente não deveria denunciar isso também – diz.

– Quê?

A Sara começa a puxar a franja da minha colcha, como se desfiá-la fosse tornar essa conversa mais fácil.

– A Alex é... Sei que você conhece a menina por causa do

trabalho lá no abrigo e tal, mas... você já prestou atenção no jeito que ela olha para as pessoas? Não é normal, tá?

– Não – retruco. – Não tá. Talvez, se a sua irmã tivesse sido despedaçada por outra pessoa, você também não ia ser normal. E talvez eu dê graças a Deus por ela olhar as pessoas desse jeito, porque, se a Alex *não* fizesse isso, eu estaria em uma clínica de planejamento familiar tomando a pílula do dia seguinte neste exato momento.

– Tudo bem – diz a Sara. – Mas ela arrancou um pedaço do rosto do cara como se não fosse nada de mais. Você não viu isso, Efepê. Eu vi. A menina nem piscou.

– Queria ter visto – respondo, e a Sara treme.

– Não, cara. Você não queria. Não estou falando que ele não merecia, mas... meu Deus, sei lá. – A Sara olha para o teto, com lágrimas nos olhos. – Foi horrível, caralho. Ele ficou gritando sem parar. Lembra daquela vez que o seu gato pegou um rato e ficou brincando uma hora com ele antes de matar?

– Lembro. A gente tentou tirar o rato, mas ele surtou e até me mordeu.

Os barulhos que o rato fez enquanto morria foram altos em um nível impossível, um som de pânico e dor incompreensível, que foi diminuindo à medida que meu gato correu para o campo com ele na boca. O rato ainda tentava se libertar, apesar de ser óbvio que já era tarde demais.

– O Ray parecia aquele rato – fala a Sara. – Não deu para ouvir esse som vindo de um ser humano e não achar que algo muito errado tinha acontecido. Algo ruim.

Penso no banheiro da Alex e em ter jogado álcool na minha virilha. Também devo ter feito um som bem parecido com o do rato.

– Não quero mais falar disso – digo.

Porque não importa o quanto a gente fale, não vamos concordar. E, de todo modo, não sei se existe uma única resposta certa.

– Tudo bem – diz a Sara. Mas não está tudo bem, e eu sei disso. Ficamos mais um tempo sentadas em silêncio, fingindo estar tudo bem.

30. EFEPÊ

Estou sentada na frente da casa da Branley, contando as batidas da nova música da banda da escola, porque é mais fácil do que bater na sua porta. Posso até estar de castigo, mas quando falei para a minha mãe e para o meu pai que precisava pedir desculpas para alguém, eles suspenderam momentaneamente a proibição de sair. Fui de carro até a cidade com a *playlist* da nossa apresentação no *repeat*, e tenho certeza de que vou passar o resto da vida andando no compasso quatro por quatro se não sair do carro em dois segundos.

A Branley mora em uma das casas antigas da cidade, aquelas que as pessoas construíram esperando que os netos dos seus bisnetos morassem. É toda de tijolos e tem uma varanda daquelas que você imagina alguém sentado lendo um clássico da literatura o dia inteiro. Mesmo quando chego na frente da porta não consigo bater, mas me obrigo a fazer isso. Não sou a mais gata, nem a mais inteligente. Acho que não sou nem a mais engraçada. Sou apenas a filha do pastor.

Mas tenho meu orgulho, e esse não é um sapo que estou a fim de engolir.

A irmãzinha da Branley abre a porta. Está com chocolate nas sobrancelhas, o que me parece um feito, e tem um arco-íris recém-pintado na bochecha, que fica borrado quando ela sorri para mim.

– Oi – digo. – Sua irmã está em casa?

– Bran! – grita, virando o rosto para trás. Depois se afasta. – É para você.

– Já vou – berra a Branley, e aí a porta se abre mais.

Levo alguns segundos para reconhecê-la. É sábado de manhã, e ela está de cara limpa – sem maquiagem, sem delineador, sem várias camadas de rímel que a deixam com cara de quem faz teste para participar de um pornô estilo mangá. Seu cabelo, que normalmente é liso e perfeito, está preso em um rabo de cavalo bagunçado; seu corpo, normalmente coberto por grifes, está vestido apenas por um moletom nada sensual e uma calça de pijama. E ela está com os dedos manchados de tinta, porque estava pintando o rosto da irmãzinha.

Mas está estonteante. Como aquela sua conhecida que é capaz de jogar futebol, mandar uma cerveja para dentro e só se arrumar um pouquinho e sair para jantar. Por que ela não pode ter só uma espinha ridiculamente grande bem no meio da cara, como todo mundo?

– Oi – diz, desconfiada.

– Ei. Podemos conversar?

– Hum, sim, claro – responde a Branley. Mas, como não abre mais a porta, não pergunto se posso entrar. Ela é do tipo de pessoa capaz de dar comida para um gato vira-lata o verão inteiro, mas não deixa o bichano entrar em casa quando chega o inverno.

E esses gatos morrem, aliás.

– OK, bom... A Alex me falou que, ontem à noite, lá na igreja, você a ajudou... – Não, isso não está certo. – Que você *me* ajudou. E eu queria te agradecer. Então.... obrigada.

– De nada – diz a Branley.

– Fiquei meio surpresa, para ser sincera – admito, quando percebo que ela não vai dizer mais nada. – Depois de eu... bom, depois do que aconteceu na sala da Hendricks.

– Depois de você quase me socar?

– É – respondo, e olho para o chão. – Desculpa.

– Tudo bem. Você não é a primeira menina que quis me socar.

Duvido que serei a última, mas isso eu não falo.

– Não me importa quem era, só para você saber – continua a Branley. – Podia ser a sua amiga, a Sara, uma das minhas amigas ou alguma menina que eu nem conheço. Eu teria ajudado mesmo assim. Minha prima começou a fazer faculdade no ano passado e... – Ela deixa a frase morrer, e o clima entre a gente fica cada vez mais estranho. – Eu teria ajudado – repete.

Penso em como me senti naquela noite, ao ver a Branley, com seu corpo perfeito à mostra para os meninos ficarem babando e as meninas morrerem de inveja. Será que, se eu a tivesse visto sendo carregada, teria interferido? Simplesmente não sei.

– Então, a sua amiga Alex...

– O que tem ela?

A Branley olha bem para mim antes de continuar falando, com uma mão apoiada no batente da porta, tamborilando os dedos enquanto pensa.

– Você sabe o que ela fez depois que você apagou?

– Sei.

– Isso é tudo o que você tem a dizer?

– Também sei o que aqueles caras iam fazer comigo.

– Acho que ela é louca.

Sinto meu sangue ferver de leve, meu coração bater descompassado por alguns segundos quando penso na Alex, que não me fez nenhuma pergunta quando eu estava lá, no banheiro da casa dela, chorando só de calcinha.

– Ela não é louca – digo, tentando manter o tom da minha voz o mais neutro possível.

E aí vejo um chupão perto da gola do moletom da Branley, que está meio dependurado na sua clavícula. No mesmo lugar onde o Adam adorava deixar chupões em mim.

– Você não gosta dela porque ela fisgou o Jack – completo, descontando nela um pouco da mágoa que acabou de apertar meu estômago.

Ela levanta as sobrancelhas de repente, a expressão relaxada de menina como qualquer outra vai desaparecendo à medida que todos os seus músculos ficam tensos, e a velha Branley de sempre aparece. Com os olhos meio fechados, um leve rubor nas bochechas, o nariz um centímetro empinado demais para que os vassalos não tentem se aproximar.

– E por que eu me importaria com isso? – pergunta. – Eu tenho o Adam.

É um desafio, e ela está com o queixo apontado para cima, implorando para eu esmagá-lo junto com os dentes. E eu tenho vontade de fazer isso. Quero tirar aquele maxilar perfeito do lugar e arrancar um pouco de cabelo para inspecionar e descobrir se a cor é natural ou se ela tem algum tipo de ajuda química. Mas eu não sou assim, e sei que viver a fantasia na minha cabeça e fazer isso de verdade são duas coisas muito diferentes.

E também não foi para isso que vim aqui. Abro meus punhos cerrados.

– Olha, sabe de uma coisa, Branley? – digo, e ela levanta ainda mais as sobrancelhas, esperando minha próxima alfinetada, quase que com a resposta preparada, pronta para disparar assim que eu terminar. – Você é bonita de verdade – disparo, e a sua máscara perfeita cai, se transformando em uma expressão de confusão. – Sério. Sempre achei que a sua beleza era pura maquiagem, que você exagerava e tal. Mas você não precisa disso. Você é naturalmente bonita, de verdade.

– Eu...

E ela meio que fica ali parada na porta, de queixo caído, como se eu tivesse acabado de contar que estou grávida do próximo menino Jesus.

– Obrigada – diz, finalmente, fechando os olhos de novo, como se esperasse que um tapa acompanhasse o elogio.

– É só isso. Obrigada pelo que você fez naquela noite – vou logo completando e indo na direção dos degraus da varanda, da segurança do meu carro e da previsibilidade do ritmo quatro por quatro. Já tinha aberto a porta quando a Branley me chama, e viro para trás. Ela está parada na varanda, de pés descalços, abraçando o próprio corpo para se proteger do frio.

– A gente se vê na segunda – diz, e suas palavras já perderam toda a energia quando vencem a distância entre nós duas, porque o vento gelado roubou todo calor que ela havia pretendido.

Mas, mesmo assim, ela disse. E eu respondo:

– É, a gente se vê no colégio.

Quem sabe na segunda-feira não vou ter vontade de dar um soco na sua cara.

Quem sabe ela não vá me provocar.

31. ALEX

Tenho namorado.

Falei essa palavra em voz alta uma vez só, no túmulo da Anna. Fui lá contar porque ela deveria saber. A Claire sabe, o Jack sabe. Meu círculo social não vai muito além disso, então enrolei um pouco no final da minha corrida, fui desviando das estátuas até chegar à lápide da minha irmã.

Não tinha voltado lá desde o enterro, desde o dia em que meu pai me chamou de "espoleta" e reduziu minha ira a um apelido fofinho. Sei que os pedaços do corpo da Anna que foram encontrados estão debaixo de seis palmos de terra, protegidos, na medida do possível, dos vermes e da decomposição, repousando sobre cetim e em uma escuridão tão absoluta que não consigo nem imaginar. Mas sei que não é ela. Aquilo que nos torna quem somos, seja lá o que for, deixou seu corpo, tendo uma única testemunha até o momento, alguém que jamais deveria ter conhecido minha irmã.

Mas contei para a Anna mesmo assim, pronunciando a palavra "namorado" com cuidado, como se, ao deixar meus lábios, a palavra fosse se machucar na minha boca ou lascar meus dentes. A lápide dela ficou me encarando, sem expressão nem compreensão, o que, imagino, seria exatamente a cara que ela faria na vida real, se eu pudesse contar isso pessoalmente.

Dei risada desse pensamento e o som ficou ecoando na noite gelada, batendo nas lápides cujos nomes já foram apagados pelo tempo, testemunhas silenciosas de que alguém viveu e morreu, mas não sabemos mais quem foi. Minha risada voltou até mim, vinda do chão coberto de neve, do gelo debaixo dos meus pés, das árvores despidas com seus dedos negros apontados para o céu que escurece.

Ecoou de um túmulo atrás de mim, um túmulo que eu enchi de terra, e o som bateu nos meus ombros de forma acusadora. Parei de dar risada, e esse som foi interrompido pela minha garganta, que se fechou, com medo.

Corri. Saí correndo do cemitério e voltei para a minha trilha, meu coração batendo em um ritmo que nem de longe lembra o de um atleta, sem calma, na medida dos meus passos. Corri como se estivesse sendo perseguida, com a convicção da minha absoluta falta de valor no meu encalço.

A convicção de que não mereço isso.

32. JACK

A Alex Craft é minha namorada.

Esta é uma afirmação que precisa ser examinada, analisada com cuidado e até causar espanto, à medida que os dias que passamos juntos se transformam em semanas. A Alex é minha namorada, mas a palavra não faz justiça ao que existe entre nós. Já foi aplicada a outras meninas – sim, a um monte de outras meninas –, e sempre foi apropriada, uma indicação de que esta é a pessoa do sexo feminino para quem eu ligo ou mando mensagens, cuja mão eu seguro no corredor e cujo nome menciono quando estamos no vestiário falando de bocetas.

A Alex e eu vamos além disso. A Alex e eu nunca fomos nada disso.

Tenho coisas que quero dizer com ela, coisas que quero dividir com ela. Ligo porque quero ouvir sua voz, principalmente o jeito desconfiado com que diz "alô", como se estivesse tentando não ligar muito para o fato de ser eu. Gostei do jeito contido com que controlou seu entusiasmo no início, sem saber se queria dar mesmo esse passo. Mas gosto ainda mais agora, que isso já passou, a sutil animação da sua voz quando atende o telefone, que me diz que seu coração ficou só um pouquinho acelerado quando viu que era eu quem estava ligando, do mesmo jeito que meus dedos tremem um pouquinho quando faço a ligação. Não tem nada de rotineiro no fato de a Alex Craft ser minha namorada, e não estou só fazendo hora quando conversamos.

Meus colegas dão suas indiretas no vestiário, claro, mas estão mais cuidadosos do que antes. Não sei se é porque respeitam o que aconteceu com a irmã mais velha dela ou se lembram do que a Alex fez com o Ray Parsons e sabem que é melhor não ficar me pedindo muitos detalhes.

E eu estaria mentindo se dissesse que não pensei nisso. Sou o primeiro namorado dela. Não era o primeiro namorado de alguém desde a Branley, e passei da fase de dividir barras de chocolate para dividir a boca e, mesmo naquela época, não sei exatamente que tipo de relacionamento a gente tinha. Mas sei o que a Alex é para mim, e espero saber o que sou para ela e, se isso quer dizer que vou passar uns tempos sem transar, tudo bem.

E a melhor parte é que isso é algo que posso simplesmente falar para a minha namorada, que não vai ficar analisando cada frase em busca de um insulto para fazer manha. Na verdade, ela dá risada.

– Eu sei que tudo bem – diz.

Estamos na casa do Park. Como os pais dele foram passar o fim de semana fora, o cara convidou algumas pessoas.

Não muitas, uns dois caras do time de basquete, umas duas meninas do time feminino. A Efepê está por aí, e sei que a Branley também está porque ouvi um gritinho dela vindo do andar de cima perguntando quem foi que jogou um cubo de gelo nas suas costas.

Seu gritinho estridente atravessa o reboco e os blocos de concreto e chega ao porão onde, finalmente, consegui ficar a sós com a Alex. Estamos juntinhos em um pufe, com as luzes apagadas, e falei para o pessoal que a gente ia "ver um filme", o que, todo mundo sabe, significa "deixa a gente em paz por umas duas horas, caralho". E, por algum motivo, interrompo nossa sessão de amassos para dizer que, se ela ainda não está preparada, tudo bem.

– Eu sei que tudo bem – repete, confiando totalmente no fato de ser virgem. E Deus que me perdoe se isso não foi a coisa mais sensual que já ouvi da sua boca.

Eu tinha medo de que a Anna ficasse entre nós sempre que a gente ficasse a sós, a voz das sombras alertando sobre os perigos, que se colocaria no meio da gente sempre que eu tentasse chegar mais perto da Alex. Mas, se a Anna está presente, está muito mais na minha cabeça do que na irmã, porque minha namorada gosta de me tocar e de ser tocada. Mas estou indo com calma, ainda admirado com o fato de essa menina, que era um completo mistério para mim no começo do ano, me deixar beijá-la agora, sempre que eu quero. Conheço seu corpo, talvez não em todos os detalhes, mas definitivamente melhor do que qualquer pessoa, e, quando a toco, sinto o quanto ela é forte e, mesmo assim, não consigo ignorar a voz que não para de insistir: "não a machuque".

Neste momento, ela está passando a mão em mim, e eu estou passando a mão nela. Se fosse com qualquer outra menina, seria o momento de pegar a camisinha mas, com a Alex, nem penso em tirar a carteira do bolso. Muito pelo contrário: me afasto, para abrir um espaço entre a gente. Afinal, não estou exatamente ouvindo o meu coração e meu pau está tentando abrir o zíper da minha calça por dentro.

Outra menina poderia me perguntar qual é o problema, com um leve tom de manha na voz, como se não estivesse correspondendo às minhas expectativas. Só que, em vez disso, a Alex põe a mão espalmada no meu peito nu, uma pergunta silenciosa expressa na pressão que ela exerce.

– Só um minutinho. – Para ser bem sincero, preciso de um ano e mais um muro de seis metros entre nós para me controlar, mas me contento com o que dá. – Acho que você precisa conhecer meus pais.

Ela dá risada de novo, que, dessa vez, parece mais uma fungada que deixaria outras meninas com vergonha, mas não a Alex.

– Qual é a graça? – pergunto.

– Nunca me imaginei nesta situação – responde ela, também com a respiração meio ofegante. Tem uma lâmpada sem lustre no alto da escada, que nos ilumina o bastante para eu ver seus seios subindo e descendo, e o contorno do seu sutiã os apertando.

– Bom, então imagina – digo, olhando para o seu rosto, que está vermelho e com uma expressão de felicidade. Fui eu que a deixei assim, e isso é o suficiente para meus olhos não saírem dali.

– Tá, quando?

– Tem jogo na semana que vem. Que tal depois?

Ela concorda com a cabeça, e seu queixo sobe e desce no meu peito. E essa leve fricção me deixa excitado de novo, isso e o fato de que, há seis meses, se me dissessem que levar uma menina para conhecer meus pais ia me dar uma puta de uma ereção, eu daria um soco na cara da pessoa. Mas, se a Alex está disposta a fazer isso, a Alex que ainda forma suas frases com todo o cuidado, mesmo quando estamos só nós, quer dizer que ela está levando isso tão a sério quanto eu.

E isso dá um tesão do caralho.

Uma vez, perguntei para o meu pai como é que a gente sabe se está apaixonado. Ele disse que a gente simplesmente sabe e, se precisa perguntar, é porque ainda não está. E ele tem razão. Porque não há como descrever isso. Nenhuma combinação de letras poderia representar o que a Alex significa para mim.

Mas o lado ruim é que agora tenho medo de perdê-la. Medo de fazer merda, de que o Jack que estava na floresta na noite em que encontraram o corpo da Anna volte a atacar. Aquele cara não chegava aos pés da Alex. Ela está me melhorando todos os dias, me transformando da pessoa que eu era em alguém melhor. E eu preciso estar à sua altura.

Porque sou o namorado da Alex Craft.

33. JACK

Não me sinto bem com a Alex na minha merda de picape.

Quando a gente vai correr, estamos no mesmo nível; quando nos encontramos em festas, sabemos que vamos acabar achando nosso canto. Todas as noites, ficamos esperando ter notícias um do outro, checando o celular, para ver se não perdemos nada. Mas ainda não rolou um encontro de verdade, e existe um motivo para isso.

Não tenho grana para sair com a Alex Craft.

Caramba, não tenho grana para sair com nenhuma namorada, mas existia um acordo tácito de que a Branley pagaria tudo sempre que a gente saísse, e eu sempre dava um jeito de levar conosco outras meninas até me cansar de ficar com elas e dar um pé na bunda. Com a Alex, é diferente porque quero mesmo levá-la para sair, ter um encontro de verdade, e minha boca grande disse isso antes da minha carteira me avisar o quanto está vazia.

A verdade é que estamos na minha picape detonada, e ela combina com o carro, apesar de estar toda arrumada. Estamos indo a uma hamburgueria, afinal é isso ou um restaurante na cidade vizinha, e não tenho gasolina para chegar até lá. E, depois de a gente acabar com nosso hambúrguer de cinco dólares, vou ter que pedir para a Alex pagar, porque sou um fracassado da porra, e ela vai ter todo o direito de me chamar assim.

Então é isso que estou pensando quando paro na frente do restaurante no nosso primeiro encontro de verdade: sou um fracassado da porra.

Entramos no lugar, e fico ainda mais chateado, porque o Brian Spurlani grita meu nome lá da cozinha quando me vê. Três anos atrás, o Brian era tudo o que eu queria ser. Ele ia se formar, e eu estava no primeiro ano, quando ele acabava comigo nos treinos de futebol americano duas vezes por dia, em um calor de 32 graus. A gente perdia uns três quilos de manhã, voltava a engordar na hora do almoço, depois perdia mais uns quatro à noite. Ficávamos fedendo a suor de bunda e com a cara sempre toda zoada, mas o Brian mantinha a nossa cabeça no lugar, apartava as discussões antes que virassem briga e dizia para os caras prestes a desmaiar que conseguiam subir mais cinco degraus. E mais cinco depois disso.

O Brian é um cara legal de verdade. É por isso que me mata vê-lo sair da cozinha para conversar com a gente usando uma daquelas redinhas de cabelo.

– E aí, cara? – diz, virando uma cadeira ao contrário e sentando na cabeceira da nossa mesa. – Como vão as coisas?

– A gente só veio comer um negocinho – respondo. – Brian, essa é a Alex.

– Oi – a Alex diz, e o Brian olha para ela de cima a baixo.

– Alex Craft? Eu conhecia a sua irmã. O que aconteceu com ela foi uma bosta.

A Alex sorri e responde:

– Essa deve ser a melhor descrição que eu já ouvi.

E, por mais que ela não se importe que toquem no assunto, odeio o fato de a Anna ser a primeira coisa que as pessoas pensam quando veem a Alex, mesmo que não cheguem a falar. Tipo quando me encontram e só querem conversar sobre a campanha vencedora de tal time de qualquer esporte cujo campeonato esteja rolando, como se, na cabeça delas, eu fosse predestinado a bater recordes e nada mais. Sempre ganhando, mas nunca saindo do lugar. Preso para sempre nessa cidadezinha, ressurgindo das trevas daqui a vinte anos para entregar um troféu de basquete ou de futebol americano para o moleque que quebrar meu recorde no colégio, e aí já era. Estou acabado. Esquecido. Vou ser igual ao Brian, que está sentado aqui sorrindo para mim, com os poros tapados de graxa da chapa.

– Você não tinha ido jogar em Fairmont? – pergunto, e seu sorriso se esvai um pouco.

– Era mais um "Fui para Fairmont ficar no banco de reservas" – responde ele. – Isso e bater no boneco de treino. Tive uma ruptura do ligamento anterior cruzado porque um cuzão enorme bateu em mim, e foi isso. Vim passar as festas em casa e engravidei a Tammy. Aí... – Ele levanta as mãos, como se nada disso fosse sua culpa. – Aí já era.

Ponho meu hambúrguer na bandeja, e o pedaço que eu comi cai como uma bola de chumbo no meu estômago porque penso em todas as vezes que a Branley estava com pressa e eu estava com tesão demais para me dar ao trabalho de usar camisinha.

– Mas vou voltar – diz o Brian, com um tom esperançoso demais, tipo quando você fala dos seus sonhos, não dos seus planos de verdade. – Assim que a Becca entrar no Jardim da Infância, a gente não vai mais precisar pagar a creche, e esse dinheiro pode ser usado para o papai conseguir seu diploma.

– É, cara, legal – falo, mas sei tão bem quanto ele que esse dinheiro vai ser usado para fazer um segundo banheiro na casa ou pagar os custos do próximo filho.

– Então – continua, olhando para a Alex –, ouvi dizer que alguém fodeu a cara do Ray Parsons. Foi você, não foi?

A Alex dá um gole no refrigerante e responde:

– Foi.

– Boa – fala o Brian, e faz um "toca aqui" com ela. – O Ray era um cara decente, mas... vocês sabem – completa, colocando o dedo do lado do nariz.

Entendo. Caras decentes se jogam na metanfetamina e praticam estupro em grupo. Caras legais engravidam as namoradas e fritam hambúrguer.

A gente se levanta para ir embora, minha bandeja ainda está meio cheia porque só consigo pensar em vomitar. O Brian não deixa a gente pagar pela comida, o que resolve meu problema de grana, mas não faz eu me sentir menos fracassado.

– Ei, cara – diz o Brian, segurando meu braço quando chego na porta. A Alex sai na frente. – Só para você saber, o Ray não ficou muito feliz com o fato de estar todo mundo sabendo que uma menina encheu ele de porrada.

Fico olhando a Alex abrir a porta do carona da minha picape, que ela tem que sacudir um pouco, porque o troço tende a emperrar.

– A Alex sabe se cuidar – digo.

– Isso com certeza, mas, se eu fosse você, não andaria lá pela Central, a menos que precise muito, ouviu? A mãe do Ray mora lá, e os amigos dele se enfurnaram na casa dela. Sei lá, toma cuidado. A gente nunca sabe o que um drogado é capaz de fazer.

– Verdade.

A gente se dá um abraço meio sem jeito e saio do lugar. Sento atrás do volante fedendo a gordura de hambúrguer.

– O que foi isso? – pergunta a Alex, quando começo a dirigir.

Eu devia saber que não ia colar bancar o descolado com ela, fingir que encontrar o Brian foi só uma coincidência e não um *flash-forward* aterrorizante de como a minha vida vai ser se eu não cair fora daqui e nunca mais voltar.

E, por mais que a Alex me conheça ao ponto de entender, puxar esse assunto significa contar para ela que estou convencido de que posso alcançar isso sendo um cara legal, que sair e ficar fora daqui é a minha recompensa cármica por não ir a todos os bares e pegar todas as meninas bêbadas que sentam no meu colo nas festas. E talvez ela ache uma loucura o fato de que, todos os dias, cada decisão que eu tomo é uma escolha entre certo e errado em relação ao meu futuro.

– Jack?

Não sei como falar disso com ela. Então opto pela versão mais simples.

– Lembra do primeiro dia de aula de inglês, que a srta. Hendricks pediu para a gente escrever uma redação sobre a nossa definição de sucesso?

A Alex faz que sim.

– O que você escreveu? – pergunto.

– O que era esperado. O que você escreveu?

– Uma linha: sair dessa merda de buraco. Ela me deu nota dez.

– Ah, Jack Fisher – suspira a Alex, com um sorriso debochado. – Vai ser difícil, porque todo mundo te ama.

Tive que rir. Por sentir pena de mim mesmo, com o cérebro, a aparência e o talento que tenho. Ponho a mão no joelho da Alex, e ela a segura, entrelaçando nossos dedos. E vou indo em direção à saída da cidade – pela Central, porque o Ray Parsons que se foda.

– Defina "sucesso" – digo, quase para mim mesmo.

– Não matei ninguém hoje – responde a Alex.

Dou risada de novo.

– Dez com louvor, gata.

Acho que posso falar qualquer coisa para essa menina que ela vai entender.

34. ALEX

Estou me esforçando muito para ser normal.

Isso não é fácil para mim. O Jack me ajuda. A Claire me ajuda. Quando estou com eles, consigo me controlar um pouco melhor, filtrar o ambiente para que as pequenas coisas escorreguem pela minha nova fachada polida. Mas algumas dessas coisas penetram em mim e, quando isso acontece, sei que vou parar em lugares aonde não podem me acompanhar.

Estamos no ginásio. Lá fora, faz dez graus negativos, e foram tantos os ônibus vazios que colocaram quem tem carro no ginásio por enquanto, como em um chiqueiro, esperando até o resto do rebanho chegar. Não tem tanta gente assim ao ponto de eu passar despercebida, mas tem pessoas demais para eu conseguir ignorar todo mundo. Fico sem saber o que fazer, apesar de a Claire estar do meu lado, papeando com a Sara, sua amiga.

A Sara não gosta de mim, e tudo bem. Dá para ver pelo jeito que ela me olha, meio de lado, que não confia muito em mim. Depois de ter me visto arrancar o nariz e um pedaço da orelha do Ray Parsons, é uma sábia decisão da parte dela.

– Jesus – diz a Sara, quando a Branley passa por nós. – Está frio demais para usar decote, então ela opta por um jeans tão justo que dá para ver que está de fio dental.

– Ela está bonita – falo, e está mesmo. A Branley sempre parece arrumada, de um jeito que denuncia que passa horas na frente do espelho antes de sair de casa. E, por mais que eu não consiga entender porque ela faz isso, respeito.

A Sara olha para a Claire com cara de quem estava esperando um comentário, mas a Claire só encolhe os ombros.

– Que seja – diz, o que faz a Sara me olhar de um jeito sombrio que não consigo entender.

– Então você está a trinta pontos de bater o recorde do colégio, hein? – fala a Claire, e a expressão da Sara fica um pouco menos pesada. Elas ficam falando sobre basquete, depois o assunto muda para uma festa que aconteceu na semana passada e aí conversam sobre alguma outra coisa que eu não dou ouvidos, as vozes das duas viram um zum-zum-zum agradável.

Fico observando a Claire por um instante. Os danos físicos minúsculos que ela sofreu naquela noite lá na igreja já estão completamente curados. Mas os danos emocionais deixaram uma cicatriz, um queloide em algum lugar profundo da sua alma. É como se a sua ingenuidade tivesse sido extirpada, e a desconfiança cresceu no seu lugar. O que é bom. Eu a observo agora, essa menina que esteve tão perto do impensável, que agora consegue dar risada e conversar sobre coisas inconsequentes. Um lado meu quer perguntar como ela consegue fazer isso, mas o outro já sabe a resposta.

Ela vem de um lugar melhor do que eu. Sua fundação está mais próxima da normalidade do que a minha; o começo da sua vida foi uma planície regular, enquanto o meu sempre teve picos e vales. A Sara me levou até um vale neste momento. Ela sabe que aqui não é meu lugar; algo dentro dela pressente o lobo dentro de mim e poderia expulsá-lo. Então, tento agradá-la o máximo que posso, e me afundo em um dos vales. Esses são os lugares aonde meus amigos não podem me acompanhar, e deixo a voz da Claire sumir aos poucos do meu lado.

Lá na quadra, o Jack está jogando basquete. Mesmo de calça jeans, seus movimentos ainda são fluidos, seu corpo faz exatamente o que ele quer, quando ele quer. Eu poderia ficar olhando para o Jack e me tranquilizar um pouco, mas atrás dele está acontecendo outra coisa.

Tem um menino no canto fingindo que mete numa bola de basquete e que vai chegar ao orgasmo. Seu rosto se contorce de jeitos complexos. A imitação é tão real que chega a ser lasciva, e não suporto o fato de que não vou conseguir tirar essa imagem da minha cabeça, de como a cara desse desconhecido fica durante seu momento mais íntimo. E odeio o fato de ele começar a fazer isso de novo, incentivado pelos amigos que parecem ver algo de muito inteligente no fato de o menino agora estar se comportando como se a bola de basquete estivesse fazendo sexo oral nele.

Os professores estão vendo, tenho certeza. A Hendricks olha para o outro lado e sacode a cabeça; os outros reviram os olhos quando ela aponta, mas ninguém intervém. Seu comportamento inapropriado ergueu um muro de nojo à sua volta, que ninguém quer atravessar. E ele continua fazendo o que está fazendo.

Mais para baixo, nas arquibancadas, um grupinho de alunos do primeiro ano repara e cai na gargalhada. Não acho engraçado, mas não consigo tirar os olhos do menino. Quando dou por mim, estou memorizando seu rosto, meu cérebro cataloga seu nome, que as meninas mais embaixo falaram. Sacudo a cabeça para apagar isso e finalmente ele sai do meu campo de visão bem na hora em que ele "finaliza", como se tivesse vital importância chegar ao fim do seu falso ato sexual com o equipamento esportivo.

O que será que ia acontecer se eu fosse lá embaixo, pegasse uma bola de basquete e começasse a fingir que estou transando com ela? Acho que as pessoas iam parar para olhar. Acho que o ginásio inteiro ia ficar imóvel e que os professores, com certeza, interviriam. Haveria toda uma discussão (de novo) sobre qual é o meu problema e por que tenho esse tipo de atitude. E eu com certeza teria que passar mais umas horas na sala da orientadora.

Mas "meninos são assim mesmo", é nossa expressão preferida e que serve de desculpa para tanta coisa, ao passo que para falar do gênero oposto, só dizemos "mulheres...", com um tom de desdém e acompanhado de um revirar de olhos.

Começam os pronunciamentos, e avisam que todos os ônibus chegaram; podemos ir para a sala de aula, retomar a vida cotidiana. Vou tentar. Vou fazer o máximo para tirar o rosto daquele menino da minha cabeça, para banir aquela expressão específica do seu prazer do meu cérebro, para conseguir abrir meu armário, pegar meus livros e sorrir para o Jack quando ele encostar no meu cotovelo.

Estou tentando ser normal.

Mas é tão difícil.

35. JACK

Tem um ponto morto no chão do ginásio, um lugar onde o isolamento térmico se soltou da madeira. Quando a bola bate em um ponto morto, ela não quica direito; as leis da física assumem o comando, e o talento não é páreo para a ciência. Você perde o ritmo, aquele milímetro de impulso que esperava não vem e, a partir daí, é efeito dominó. Você perde o controle do drible, aquela jogada rápida de surpresa que parecia tão promissora acaba em uma perda de posse de bola que te deixa parecendo um imbecil. Só que isso não acontece no meu time, porque sabemos exatamente onde é o ponto morto. É a própria definição da "vantagem de se jogar em casa", e precisamos muito disso esta noite.

Estou na linha de falta, o ginásio inteiro está virado em um terremoto de som, porque os torcedores do time adversário, nas arquibancadas, estão gritando para mim, para ver se me dou mal, enquanto os torcedores de casa gritam na mesma altura para me apoiar. Todas as suas palavras se mesclam em uma parede de som onde nada é compreensível. Olho para o relógio, apesar de saber que só faltam alguns segundos. Depois desse meu lance, só vai ter um tempinho de nada para o outro time marcar pontos, e nosso caminho para o título da divisão ficará pavimentado com facilidade, com o acerto desse lance livre.

Se eu conseguir fazer a cesta.

Tiro os olhos do placar e, no meio de todos aqueles cartazes nas arquibancadas, do pessoal girando matracas nas mãos e das pessoas gritando, vejo a minha Alex, parada como uma estátua, com os dois punhos cerrados dos lados do rosto, com os olhos grudados nos meus. À sua volta está um caos, o ginásio está lotado com todo tipo de gente, da avó do armador ao dono do bar da cidade, porque o melhor time que nossa escola já teve em uma década passou a régua no campeonato. A Alex está em silêncio, com uma expressão intensa, o extremo oposto de todo mundo ao redor dela e, mesmo assim, é a única pessoa que chama a minha atenção. Até parece que estamos sozinhos neste momento e, tenho certeza, antes de a bola sair das minhas mãos, de que a jogada vai ser boa.

Vou direto até ela quando soa a campainha, ignorando os torcedores que saem das arquibancadas, os tapinhas nas costas, as unhas das líderes de torcida que arranham meus braços. Só quero a Alex, que está em pé, parada, esperando eu chegar até ela. Eu lhe dou um abraço, e sua pele fica encharcada do meu suor, a camisa do meu uniforme fica tão colada nela quanto em mim quando a gente se separa.

As pessoas ainda estão gritando à minha volta, todo mundo está com o celular para cima, tentando capturar o momento. Moleques que eu nem conheço espremem o rosto contra o meu para fazer uma *selfie*. E estou vibrando por a gente ter ganho e eu ter feito a jogada decisiva, só que agora minha cabeça está em outro lugar completamente diferente. Seguro a mão da Alex e vou atravessando a multidão, levando-a até onde meu pai e minha mãe estão.

– Alex – digo, puxando-a para a minha frente. – Este é o meu pai, e esta é a minha mãe. Mãe, pai, esta é a Alex.

– Olá – fala, acenando com a cabeça para eles. – Prazer em conhecê-los.

Minha mãe vai logo lhe dando um abraço, e eu me encolho todo, mas a Alex deixa rolar. Sua mão, que estou segurando, fica meio dura, mas ela não deixa minha mãe no vácuo, então não é um fracasso total.

– Estamos muito felizes por, finalmente, conhecermos você – diz a minha mãe, ainda com as mãos nos ombros da Alex. E ainda põe uma mecha do cabelo da Alex atrás da sua orelha, e eu entendo completamente sua vontade incontrolável, porque eu mesmo já fiz isso uma centena de vezes, mas, mesmo assim, olho feio para ela.

Meu pai é esperto e só sorri e diz:

– Você é a menina que...

E juro por Deus que se ele falar "a irmã morreu" vou me enterrar no ponto morto da quadra. Mas, em vez disso, ele completa a frase com:

– ...era dona do carro que tiramos da vala, não?

A Alex me pergunta:

– Você tira muitos carros de valas por aí?

Aperto sua mão e respondo:

– Não.

– Então, sim, sou eu.

– Bom, valeu a pena o esforço – fala o meu pai, e ela dá o maior sorriso amarelo que eu já tinha visto se esboçar no seu rosto lindo.

– Vocês dois têm planos? – pergunta minha mãe, dando a mão para o meu pai. – Ou querem ficar com os velhos depois do jogo?

E, para ser bem sincero, eu tinha esperança de poder estacionar o carro na 27 e ficar um pouquinho com a Alex antes de levá-la embora, mas ela diz para a minha mãe que adoraria ir lá em casa, então vou ficar preso em pelo menos duas horas de enrolação e mais vinte minutos com a minha mãe mostrando fotos de quando eu era bebê para a Alex.

E estou um pouco a fim que isso aconteça.

Aperto a mão dela quando eles vão embora e as últimas pessoas estão saindo do ginásio.

– Você foi muito bem – digo. – Falei para não se preocupar. É só ser você mesma.

– Esse é um péssimo conselho – responde.

Eu a abraço de novo. Afinal, não consigo parar de tocar nessa menina.

36. EFEPÊ

Estou deitada de pijama toda encolhida para conservar o calor do meu corpo, encostando meus joelhos nos da Alex, e nossas vozes se misturam na escuridão, baixas e em tom de confidência, para não acordar os meus pais.

– Por que falamos "dar uns amassos"? – pergunta.

É nesse tipo de coisa que a Alex pensa: em vez de falar sobre dar uns amassos, quer saber a origem da expressão. E super vou fazer um interrogatório sobre o que ela pensa que significa "dar uns amassos" dentro de um minuto, mas é de fato uma pergunta razoável e, como tudo o que a Alex fala, demanda que você pare e pense.

– Não sei – respondo. – Porque a gente não está "dando" ainda e, se a coisa esquentar, provavelmente não vai ter roupa para amassar.

Ela dá uma risadinha, revelando que sabe exatamente do que eu estou falando, o que significa que é minha vez de fazer perguntas.

Conheço o Jack Fisher assim como ele me conhece: crescemos juntos, sabemos identificar o carro um do outro na rua e até nos cumprimentamos com um tchauzinho quando nos encontramos. Mas, fora isso, não saberia dizer se ele é o tipo de cara que contaria para todo mundo seus avanços com a Alex ou se maneira quando o assunto é boceta. Não sei também se a Alex chega a entender que esse tipo de merda acontece, que existe a possibilidade de o cara ter passado a mão nos seus mamilos e isso já ser de conhecimento público ou de os sons que ela faz quando está sozinha com ele no escuro serem imitados nos vestiários.

A Alex é capaz de mutilar quem puser droga na minha bebida, e eu não posso fazer isso por ela. Mas posso protegê-la de outro jeito, ajudá-la a caminhar pelas trilhas tortuosas do seu primeiro relacionamento e tentar impedir que seja feita de boba ou, pelo menos, assoprar a mordida se isso acontecer.

– Então, vocês já...

– Não – responde ela, sem dizer mais nada.

– Eu também não – conto. – Quase, com o Adam. Mas aí a gente terminou.

– Pelo jeito que o Park te olha, acho que logo, logo, você vai ter outra oportunidade.

– É – digo. – A gente anda trocando mensagem, mas não aconteceu nada, sabe? A verdade é que o Adam é o único cara que eu já beijei. Então não vou, tipo, dar para o Park logo na primeira vez que ele tentar. Mas isso não significa que eu não queira.

– Eu também. E isso não tem nada a ver com a minha irmã.

Ficamos em silêncio por um instante, absorvendo essa informação. E então a Alex continua:

– Você acha que vai conseguir deixar alguém te tocar depois do que aconteceu lá na igreja?

– Não sei – respondo, e é a mais pura verdade. – Ainda não tive oportunidade de descobrir.

Tive alguns pesadelos, que terminam com aqueles drogados conseguindo fazer o que queriam. Acordo enrolada nas cobertas como se elas fossem um casulo, camadas e mais camadas de algodão que me protegem do mundo real.

– Sexo parece uma coisa tão intensa – continua a Alex. – Muita gente trata isso de forma tão natural, como se colocar uma parte do corpo de alguém dentro do seu não fosse grande coisa. Não consigo entender isso. São os seus genitais tocando os genitais de outra pessoa.

– Só você para descrever sexo desse jeito.

– Bom, mas é isso que é – retruca a Alex.

– É, e agora não quero fazer isso, tipo, nunca mais.

– Quer sim. E eu também quero, não há nada de errado nisso. Mas não é uma coisa que eu vou fazer com o Jack só porque sou namorada dele e é minha obrigação.

– Então, em outras palavras, você não é a Branley Jacobs – digo, tentando fazer uma piada que não tem graça. A Alex não dá risada e, na mesma hora, me arrependo de ter dito isso.

– Você não devia falar assim dela – responde a Alex. – Ouço o que os outros falam dela e aposto que metade é mentira. E, mesmo que seja verdade, tudo bem. A Branley não é diferente de mim ou de você, só quer fazer sexo. Deixa ela.

– É fácil dizer isso porque não é com o seu namorado que a Branley está transando.

– Mas o Adam era seu namorado quando isso aconteceu ou vocês já tinham terminado?

Tecnicamente, eu não sei, e a mágoa já passou. Minhas palavras não têm mais a mesma raiva, e estou falando mais por força do hábito do que por sentir de verdade. Penso na Branley que vi aquele dia, na porta da sua casa, e como ela tem sido mais legal comigo no colégio, falando "oi" no corredor de vez em quando, mesmo sem ter motivo para isso.

– Eu meio que não sei.

– Eu também – diz a Alex. – Ela gosta de ficar com meninos e tem como fazer isso. Você ficou magoada por causa disso, mas não foi a Branley que te magoou, foi o Adam.

– Tudo bem. Mas a Branley e o Jack ficavam o tempo todo, Alex. Tipo assim, os dois se comiam e nunca pararam de fazer isso, nem quando estavam namorando outras pessoas. Como é que você se sentiria se descobrisse que o Jack continua pegando a Branley?

– Eu ia ficar uma fera. Mas não com a Branley. Ela não me deve nada.

– Você, tipo, arrancaria um pedaço da cara do Jack?

Ela dá risada, uma risada alta que precisa abafar com as mãos. E, por um lado, fico meio chocada. Mas, por outro, adoro.

– Não – diz, como se tivesse pensado por um segundo em fazer isso. – Mas, definitivamente, daria um soco no pau dele.

Minha vez de dar risada.

– Então... – falo, finalmente tendo a oportunidade de tocar em um assunto sobre o qual só eu e a Alex conversamos. – Lembra daquele dia em que eu bati na Branley?

– Hum, você quase bateu na Branley – corrige a Alex, e eu dou um empurrãozinho nela no escuro.

– Você sabe o que eu quis dizer.

– Sei, e eu te falei que a diferença entre pensar em fazer mal a alguém e realmente fazer é...

– É tipo enorme para caralho, sim – interrompo. – Mas tenho pensado em uma coisa esquisita.

– Ah, céus – diz a Alex, e eu a empurro de novo.

– Cala a boca. Eu escuto suas merdas esquisitas o tempo todo.

A Alex faz "pffff".

– OK. Então, é o seguinte. Eu me dei conta de que, sim, às vezes eu penso em violência, mas também me imagino pedindo desculpas.

– Porra, isso é estranho – diz a Alex, que quase nunca fala palavrão. – Explica.

– Tipo quando vejo alguém fazendo *bullying* no corredor e tal, isso me incomoda e fico pensando muito, tipo *muito*. Tanto que eu repasso a cena na minha cabeça e crio essa situação em que sou muito legal com a pessoa, digo que sinto muito que isso tenha acontecido e tal, convido para sentar comigo na hora do almoço.

A Alex fica em silêncio, como se estivesse pensando, e eu continuo a falar.

– Minha mãe e meu pai compram essas revistas cristãs, certo? E, quando eu era pequena, sempre tinha umas fotos de crianças africanas com lábio leporino na quarta capa, e se você doasse tipo cinco dólares eles teriam a cara consertada. Tinha uma menina que era mesmo muito zoada, parecia que o seu rosto estava partido ao meio, e eu tinha toda uma história na cabeça, fingia que eu tinha feito meu pai e minha mãe irem para a África e adotar a menina. Ela vinha para cá e morava comigo, e a gente consertava a cara dela, mas também era minha irmã, porque nunca tive uma, e eu dava metade do meu quarto, metade dos meus brinquedos e metade das minhas roupas para ela. E isso era meio foda, porque eu me sentia melhor pensando assim, sabe? Como se pensar em fazer alguma boa ação me livrasse de toda a minha culpa. Tipo como me imaginar batendo na Branley me ajudou a parar de querer bater nela, sem chegar a fazer isso de verdade.

– Só que, nesse caso, não é uma boa ação, porque aquela menina lá na África não tira nenhum proveito dos seus delírios de heroína – diz a Alex. – Se o meu pai só pensasse em nos mandar dinheiro em vez de mandar mesmo, eu seria sem-teto e teria que comer no sopão da caridade.

– E a sua mãe ia ter que beber uísque barato – completo.

A Alex finge tremer.

– Ainda bem que somos ricaças.

– É, pode crer.

– E aí, você mandou os cinco dólares?

– Não, pedi para a minha mãe, mas ela disse que era uma foto de banco de imagem que os caras usavam, tipo, desde os anos oitenta, e que ela não acreditava que o dinheiro das doações era mesmo usado nisso.

– Que merda – diz a Alex.

– É.

E o assunto morre, porque nós duas começamos a pegar no sono. A respiração da Alex se torna mais regular, e sei que ela está dormindo, mas eu não consigo. Toda vez que fecho os olhos, vejo o lábio leporino daquela menina. Vou em frente e finjo que fui para a África buscá-la, que ela veio morar comigo e somos irmãs. Mesmo que, se minha mãe tiver razão, a menina seja vinte anos mais velha do que eu ou possa até estar morta.

Mas isso não vai me ajudar a pegar no sono, então finjo. Finjo que faço do mundo um lugar melhor.

37. JACK

A novidade uma hora acaba.

Isso é uma coisa que aprendi sobre os relacionamentos. Já tive vários que seguiram seu curso, e as idiossincrasias que no começo eram fofas se tornam irritantes, o coração já não vai mais parar na boca quando vejo a menina, bate um pouco menos rápido, depois você só a reconhece mesmo, mais para frente isso se torna um pavor, e então a gente sabe que é hora de terminar.

Com a Alex é diferente. A novidade pode até ter passado, o que é inevitável, mas se transformou em algo melhor. O pânico de não conseguir encontrar assunto para conversar virou o conforto de um silêncio em sua companhia, onde fico com a mão no seu joelho, ela com a cabeça no meu peito. Aquela necessidade frenética de estar com a Alex e de saber o que ela sente por mim se transformou em uma dor quase agradável de saudade quando ela não está comigo, porque eu sei que vamos nos ver de novo.

Estamos felizes, enroscados no porão da minha casa,

um jogo de basquete passa na TV, mas nem eu nem ela prestamos atenção, tem uma caixa de pizza vazia no chão que eu preciso muito jogar fora, antes que fique óbvio que tem uma infestação de ratos. Mas não quero tirar meus dedos do cabelo da Alex, nem que ela saia de cima do meu peito.

Só que tem uns assuntos sobre os quais ainda não conversei com ela. Coisas que eu tenho vontade de falar, mas tenho medo de estragar o momento. Dou uma puxadinha no seu cabelo, para ver se está acordada, tendo consciência que seria muita sorte dizer algo importante para uma menina que está dormindo. A Alex senta e, na mesma hora, sinto falta da pressão e do calor do seu corpo contra o meu.

– O quê? – pergunta, prendendo o cabelo em um rabo de cavalo.

– Lembra de quando a gente se conheceu?

É uma pergunta estranha a se fazer para alguém que vive em uma cidade tão pequena. Há grandes chances de jamais ter havido uma época em que nossas vidas não se cruzavam, quer a gente saiba disso ou não. É bem possível que a gente tenha se jogado água na área infantil da piscina pública, enquanto nossas fraldas ensopadas ficavam caídas. Podemos ter nos tocado ao passar um pelo outro no mercado, sentados nos carrinhos de compras, quando nossas mães se cruzaram.

Mas quero saber se a Alex se lembra daquela noite em que o corpo da Anna foi encontrado, se pensa na versão da minha pessoa que participou daquilo, o cara chapado de calça arriada, a Branley seminua embaixo de mim. Não quero que se lembre, mas também quero me explicar caso isso aconteça, provar para ela e para mim mesmo que aquele não sou eu. Que aquele cara morreu agora que estou com ela.

– Na sala da orientadora? – ela pergunta, e meu coração, que estava no estômago, volta um pouco para o lugar.

Eu poderia dizer que não e abrir o jogo, mas a Alex me parece tão feliz, e mencionar a Anna não vai ser o agradável início de uma boa conversa.

– É – respondo.

– O que é que tem?

Minha cabeça ainda está na floresta, naquela noite, quando eu ainda era um cuzão, e ela ainda tinha uma postura normal, não andava toda tensa.

– Jack? – diz, batendo na minha perna. – O que é que tem?

– Você disse que não queria fazer faculdade. Por que não? – disparo. É a primeira coisa que vem à minha cabeça, minha reação inicial à declaração que ela fez meses atrás, e que eu nunca consegui perguntar.

Seu rosto se fecha na mesma hora, os mais sutis movimentos dos músculos deixam claro, mesmo na escuridão do porão, que a conversa terminou antes mesmo de começar.

– Não quero e pronto – responde, medindo cada palavra.

Sento, e nossas pernas se descruzam, o calor que emanávamos logo se evapora, por causa do ar frio que circula no porão escuro.

– Mas você tem boas notas. É inteligente para caramba. E pagar a mensalidade não é exatamente um problema.

A Alex não fala nada e olha para o chão.

Cutuco sua perna com a minha, tentando voltar a ter a comunicação natural que existia entre a gente.

– Não consigo entender – falo.

– Não é para você entender.

A primeira pontada de irritação vem rápida, rasteira e dói, porque é uma nódoa no nosso relacionamento perfeito. Nunca quis me sentir assim. Não em relação à Alex.

– Tenta explicar – peço, pegando na sua mão.

– Minha vida não é como a sua.

– Eu sei – vou logo falando. A Alex fecha os olhos, e tenho certeza de que ela também sentiu a mesma pontada. – Desculpa. Continua.

– Não é como a sua – repete. – Você nasceu para circular entre as pessoas, ampliar seus horizontes.

– E você não?

– Não – diz ela, sacudindo a cabeça vigorosamente. – É melhor eu não fazer isso.

– Não é melhor – argumento. – O que você vai fazer da vida? Arrumar emprego no posto de gasolina? Desperdiçar sua vida fritando hambúrguer?

– Não é o melhor para mim. É o melhor para os outros.

Estou prestes a dizer que essa é a coisa mais imbecil que eu já ouvi, mas aí lembro do som de pele se rasgando e do sangue do Ray Parsons no chão de pedra da igreja.

Ela solta a minha mão e aponta para a caixa de pizza vazia.

– Tem ratos no seu porão.

Que fogem quando eu fico de pé, voltando para as sombras. Pego a caixa e levo para a lata de lixo, lá em cima; a Alex vem atrás de mim e veste seu casaco. A gente se beija na porta de casa. A conversa fica inacabada, mas já terminou.

Fico deitado na cama pensando na ferida que a primeira alfinetada no nosso relacionamento deixou, se é uma que pode ser curada ou será fatal. Penso na conversa que podíamos ter tido se eu tivesse colhões de perguntar a Alex se lembra da noite em que o corpo da Anna foi encontrado, e se isso teria sido melhor.

Mando uma mensagem para ela, desejando boa-noite, e ela me responde com as mesmas palavras. Fico segurando meu celular bem apertado, com a consciência de que o momento presente é tudo o que teremos se nem eu conseguir tocar no passado e nem ela quiser falar do futuro.

38. ALEX

Não gosto de voltar para casa.

A casa das outras pessoas tem calor, as conexões entre as pessoas que moram ali chegam a fazer barulho, de tanta energia acumulada prestes e ser descarregada. Conversas passadas ainda pairam no ar, esperando para serem retomadas. O ar daqui é frio e tão vazio que chega a ser estéril. Quando ouço meu nome, é sempre um choque, uma palavra que nunca é dita. Tabu.

Veio da sala, e vou atrás do som, a única luz do recinto é o luar refletido pela neve, lá fora. Minha mãe está sentada no sofá, com uma garrafa de cristal facetado na mesinha à sua frente e um copo na mão.

– Mãe? – digo, o que não soa certo aos meus ouvidos, nem nunca soou. A palavra carrega uma história que não compartilhamos, implica piqueniques, balanços e idas à piscina.

– Quem mais? – pergunta ela, e fico sem saber o que responder. – Vem cá. Toma um uísque.

Não quero uísque nem beber com ela, mas é a única bandeira branca que a minha mãe tem a oferecer, então eu tomo, e o álcool desce rasgando e queimando minha garganta. Minha mãe engole o dela como se fosse água e serve mais uma dose para nós duas.

– Você tem saído bastante – diz.

E tenho mesmo. E não gosto da culpa que toma conta de mim ao ouvir suas palavras. Como se eu não devesse estar saindo.

– Estou namorando – conto. E essa palavra me parece tão sem sentido aqui, sem a plenitude da casa do Jack, onde sinto o peso da mão da mãe dele no meu ombro enquanto ficamos na cozinha, lado a lado, tomando cerveja de marca genérica em copos descartáveis. Tomo mais um gole de uísque, na esperança de que a bebida faça as palavras saírem com mais facilidade. – Ele se chama Jack.

Minha mãe fica analisando o fundo do seu copo, como se não conseguisse entender como é que ele ficou vazio tão depressa.

– É aquele menino que trouxe seu carro?

– É.

– Ele é bonito.

Sei que é, por isso não respondo.

Ela se serve mais uma dose e faz careta quando derrama um pouco nos dedos, espalhando gotas cor de âmbar na escuridão.

– Será que preciso conversar com você sobre...

– Não – falo.

Ficamos bebendo em silêncio no escuro, e cada gole desce mais fácil do que o anterior. O uísque toma conta de mim em alguns minutos, fico meio zonza, e as palavras que preciso articular para continuar a conversa escorregam na superfície do meu cérebro que, de repente, ficou liso.

– Você tem amigos? – pergunta minha mãe, enfim.

– Tenho uma – respondo. Penso na Sara por um segundo, uma pessoa com quem eu convivo porque nós duas convivemos com a Claire. – Talvez duas.

– É sempre um início – diz minha mãe, e sua fala começa a ficar enrolada.

Ficamos em silêncio de novo, e essa coisa estranha que é conversarmos uma com a outra não é agradável, mas também não é tão dolorosa quanto eu havia imaginado.

– Você é tão parecida com ele – fala. – Não é nada fácil para mim, sabe?

E eu não digo nada porque não quero falar sobre isso. Não quero falar de como a raiva que sinto aperta meu estômago e faz minha cabeça ferver, e que a descarrego com as mãos e a boca, como se fosse vapor que sai de uma panela de pressão. Não quero falar que ele é igual a mim e que eu vi isso uma ou duas vezes, que meu pai queria dar um soco ou quebrar a mandíbula dela. Mas ele sempre conseguiu se controlar e, talvez, essa é uma coisa que ele poderia ter me ensinado se não tivesse ido embora.

– Quando ele foi embora, achei que as características que você herdou de mim iam ter mais espaço – diz a minha mãe.

– Isso não aconteceu.

– Não – fala, balançando a cabeça. – Eu queria poder te abrir, Alex, remexer tudo dentro de você e queimar o que puxou do seu pai, te fechar de novo e enxergar minha filha e não o meu marido toda vez que te vejo.

Tomo mais um gole. Se a minha mãe não entende, por instinto, que é tudo a mesma coisa, eu é que não vou explicar.

– Faz dez anos que eu tento arrancar ele da minha vida – continua, enchendo o copo de novo. – Coisinhas sem importância se acumulam quando você mora com alguém. Seis meses atrás encontrei um vaso que alguém nos deu de presente de casamento, levei lá para fora e quebrei. Mas não posso fazer isso com você. Passo uma década tentando tirar tudo o que ele tocou de dentro dessa casa e acabo tendo que criar ele próprio.

Minha mãe tem o dom da poesia, coisa que eu não suspeitava. Deve ser dela que puxei meu talento para as palavras, que fluem em mim com um poder comparável apenas ao fogo que sinto nas minhas entranhas. E elas estão se movimentando, escapando de mim de um jeito que eu não queria nem esperava.

– Eu matei o Comstock – falo.

– Eu sei.

E bebemos mais um pouco no escuro, e essa conversa fica pairando no ar. E quem sabe, um dia, uma de nós duas irá retomá-la.

39. EFEPÊ

Meu pai usa algumas frases como muleta. Uma das principais é "O que se vê é transitório" (2 Coríntios 4:17-18, caso você esteja se perguntando de onde é). Minha mãe sempre completa com sua própria versão: "O tempo cura todas as feridas". Mas não sei se ela tem total confiança no fato de a Terra continuar girando, porque sempre complementa isso com chá de camomila. Ou seja: a maioria das vezes que chorei na vida, tive nas mãos uma caneca fumegante, com ervas boiando em cima, o cheiro de mofo da Bíblia grandona do meu pai aberta na minha frente, e batidinhas bem-intencionadas nas costas que deveriam resolver tudo.

É assim que lidam com meus traumas, qualquer um, da morte da minha vó ao meu primeiro gatinho que foi atropelado com um jipe em alta velocidade, passando pela minha primeira menstruação. A propósito, quando menstruei pela primeira vez, joguei na cara do meu pai que o tal "o que se vê é transitório" não funcionava. Aí minha mãe bancou a esposa leal e me explicou sobre a menopausa e disse que, "tecnicamente", meu pai tinha razão, só ia demorar uns quarenta anos, e eu chorei ainda mais.

Então é compreensível que eu não tenha comentado sobre o meu coração partido com eles, tipo jogar os pedaços ainda sangrando em cima da mesa do jantar depois de comermos um *cheesecake* de cereja. Mas eles sabem. Não tinha como *não* notarem que, de uma hora para a outra, o Adam não estava mais sempre na nossa casa, um cara que era tão bem-vindo, em quem eles confiavam tanto, que não precisava mais nem bater na porta antes de entrar. Mas acho que a minha mãe e o meu pai são espertos e se deram conta de que só falar que tudo vai passar não vai fechar o buraco feito bem na minha aorta.

Só que é o seguinte: eles tinham razão.

Estamos em pleno inverno, e parei de sentir aquela lança atravessando meu peito toda vez que vejo o Adam em cima da Branley no corredor do colégio. Para dar os devidos créditos, eu até a vi empurrar o cara algumas vezes quando ela viu que eu estava passando. Não é como se fôssemos amigas, ou algo do tipo. A gente se cumprimenta acenando com a cabeça ou dizendo um "com licença" desconfiado quando se bate na fila preferencial dos formandos na cantina, mas não chegamos a combinar com que roupa vamos para a aula à noite. Mesmo assim, só o fato de ela não estar esfregando o namoro na minha cara trouxe um pouco de luz ao buraco negro por onde, imagino, a tal lança passa, tantas vezes que a ferida só aumenta.

Só que eu acho que a ferida se fechou quando eu não estava prestando atenção.

Outra noite, recebi uma mensagem de um número desconhecido, um como vai vc? anônimo.

Respondi: quem é? Recebi uma ligação do mesmo número dois segundos depois. Deixei cair na caixa postal, e ouvi o recado assim que ouvi o bipe. E era a voz do Adam, com certeza mordido: "Sério que você deletou meu número?".

Não gravei o número nos meus contatos, mas salvei a mensagem. Me diverti com aquele tom de indignação.

Mandei outra mensagem de texto: deletei, sim. E aí?

Vc tá falando com o Park?

O que também achei divertido. Sim. Estou meio que falando com o Park. Tudo começou quando ele me mandou uma mensagem perguntando se eu estava bem, depois do que aconteceu lá na igreja, uma mensagem inocente, camarada, e não vi nenhuma segunda intenção, respondi que eu estava bem e agradeci por ter perguntado. Uns dois dias depois, ele me perguntou se eu ia no jogo de basquete, e respondi sim, e a mensagem que ele me mandou depois – um simples legal – meio que transformou aquela luz da qual falei em uma faísca.

Então a gente anda fazendo esse joguinho com cuidado, que é divertido porque sei que não vou me machucar muito, porque só estamos trocando mensagens. Uma vez, tivemos um encontro duplo por acaso, porque a Alex e eu, e o Jack e o Park acabamos indo jantar no mesmo restaurante. Só que, quando pedi a conta, percebi que ele já tinha pago meu queijo quente. Eu comentei e ele sorriu para mim, então talvez não tenha sido um acaso a gente ter se encontrado, afinal de contas.

Por isso, quando meu ex-namorado pergunta vc tá falando com o Park?, respondo sim, e as nossas mensagens, que começaram do nada, chegam a um fim abrupto.

E eu não dou a mínima.

40. JACK

Eu sinto falta da Branley.

É estranho. Sob muitos aspectos, a Branley é minha melhor amiga, e cortá-la da minha vida de repente tornou isso bem claro para mim. Sim, às vezes preciso escavar montanhas de futilidade para chegar à verdadeira Branley, a menina que vinha por trás de mim no sétimo ano e empurrava meu joelho. E é difícil fazer essa menina vir à tona, mas vale a pena, sempre, e sinto falta dela, por mais que ela esteja enterrada dentro de uma boneca Barbie bronzeada, depilada, com a boca cheia de *gloss*, fazendo biquinho e que quer trepar antes de conversar.

Porque é isso que ia acontecer se eu tentasse falar com ela. Sei disso porque a Branley continua me mandando *nudes*, um mais vulgar do que o outro, porque eu nunca respondo. Chegou até a mandar um vídeo, que eu assisti porque *dah*, né?, e aí fiquei me sentindo péssimo. Se ela me mandasse uma mensagem de texto, caramba, em vez de fotos dos seus peitos, eu até poderia responder.

Mas não vou. Porque a Branley é um pé de cabra em uma porta que estou tentando fechar, e ela vai forçar a barra e me obrigar a ir para a cama e, caramba, não sei se sou capaz de dizer "não". Sinto falta da Branley e também sinto falta de sexo, mas estou tentando ser um cara legal. Afinal de contas, por que essas duas coisas não podem ser diferentes?

Esta noite não vai ser fácil. O Park quer que a gente vá lá para a igreja, por mais que esteja fazendo um frio do caramba. Ele teve essa grande ideia: se a Alex for lá comigo, a Efepê, por *default*, também vai, mas o lado ruim é que o Adam também se enfiou nessa, ou seja, a Branley também vai estar lá. Pelo Park, tudo bem, porque aí vai ficar óbvio que é um lance de casal, e ele está muito a fim da Efepê. Eu não tenho como explicar para o cara que a Branley anda me mandando vídeos dignos de uma punheta, e isso tornaria essa coisa toda muito estranha para mim, porque aí o Park ia querer ver os vídeos e, definitivamente, não vou fazer isso.

Tentei expressar minha falta de interesse sobre essa saída só fazendo uns ruídos enquanto ele falava comigo ou respondendo as mensagens com um "só" ou "sei lá". Mas, por algum motivo, eu e a Alex fazemos parte do plano dele de se juntar com a Efepê, e agora vão ter três casais na igreja. A Alex e eu, o Adam e a Branley, a Efepê e o Park.

Ou seja: o cara-que-comia-a-Branley-cuja-namorada-por-vezes-violenta-não-sabe-que-a-Branley-ainda-manda-*nudes*-para-ele, o ex-namorado-da-Efepê-que-talvez-ela-ainda-não-tenha-esquecido, a menina-que-ainda-manda-*nudes*-para-o-

-cara-que-comia-ela, a-menina-que-quase-bateu-na-cara-da-Branley-não-faz-muito-tempo e um cara-sem-noção-que-acha-que-isso-é-uma-boa-ideia.

Moramos em uma cidade pequena. Não tem muitas opções de namorado e namorada mas, mesmo assim, isso é uma grande confusão.

Tudo bem, porque sei como quero que esta noite se desenrole. Nós seis juntos podemos passar apenas um certo período de tempo sem virar uma bomba nuclear, então eu e a Alex vamos dar uma caminhada depois de mais ou menos uma hora. Vamos ficar a sós, do jeito que a gente gosta, e tenho uma surpresa para ela. Se eu dissesse isso para a Branley, ela pensaria que a surpresa era meu pau, por mais que estivesse fazendo tipo menos quinze graus e, afinal de contas, eu sou humano.

Hoje à noite vou falar para a Alex que a amo. Isso tem me causado uma pressão interna, é uma combinação de palavras que quer vir à tona nos momentos errados, parece que pode escapar por vontade própria se eu não estiver concentrado. Juro por Deus que consigo sentir o "eu te amo" na minha garganta, uma sensação física, e preciso garantir que, quando isso finalmente sair da minha boca, vai ser do jeito certo.

Porque isso é uma coisa especial, a Alex é especial. E eu preciso fazer que essa noite também seja especial.

A noite não começa muito bem.

O Park é ótimo de planejamento, mas a execução é uma coisa completamente diferente. E fazer fogueira só com madeira molhada não é nada fácil.

– Filho da puta – diz, porque mais um fósforo queimou até o fim, e o fogo não pegou.

A Alex olha para o meu amigo com as sobrancelhas levemente levantadas. Sei que ela está se segurando para não assumir o controle, não fazer o Park passar vergonha, mas está um frio do caramba, e nossas necessidades básicas vão ultrapassar a boa educação a qualquer momento.

A Efepê está com as mãos embaixo das axilas e começa a bater o pé no chão, o que faz seus peitos balançarem. O Park nem tenta disfarçar o fato de que está olhando fixamente para eles. A Alex pega discretamente a caixa de fósforos da sua mão quando o cara se distrai.

– Jesus, que frio – diz a Branley, ao chegar. O Adam vem logo atrás. Ela está usando o casaco mais fino possível e que marca a sua cinturinha, acentuando a explosão que são seus peitos. Está fantástica, mas não é para menos que sente tanto frio.

– Cheguei trazendo um pouco de calor humano – fala o Adam, e o Park finge que vai vomitar no ombro da Alex. Ela dá uma cotovelada no meu amigo que o faz cair de bunda, e as chamas, sob seu comando, ganham vida.

– Então, que bom que a Alex conseguiu fazer a fogueira – diz a Branley, obviamente achando o namorado tão ridículo quanto a gente achou.

O Park arrasta umas duas pedras grandes até a fogueira, e eu o ajudo a carregar um dos bancos da igreja. Mesmo juntos, nossos músculos não dão conta de levantar a porcaria do chão, e o negócio faz um som agudo terrível, porque essa massa de carvalho que não se move há anos raspa o chão de pedra.

Mas acabamos conseguindo. Temos uma fogueira que produz calor, temos onde sentar e cerveja para todo mundo. A Efepê senta no banco ao lado do Park tão depressa que, tenho certeza, essa função toda nem precisava ter acontecido, mas agora já estamos aqui. A Branley senta em uma das pedras, com as mãos geladas dentro dos bolsos. Ou seja: o máximo que o Adam pode fazer é sentar na outra pedra, do seu lado, e passar o braço pelo seu ombro. Os dois parecem um casal naquelas fotos estranhas de baile de formatura, e fica muito claro que, se forem dançar, ela é quem vai estabelecer o passo.

É meio engraçado. Cruzo o olhar com a Branley, e ela dá um jeito de enrugar uma sobrancelha só. Estou me segurando para não dar risada, porque estabelecer uma comunicação secreta com uma menina que te manda *nudes* quando a sua namorada está bem ao seu lado não deve ser uma coisa muito legal.

Só que a Alex não está bem do meu lado. Ela resolveu sentar no chão, por algum motivo, e só me resta sentar em uma cadeira velha de alumínio que alguém deve ter deixado aqui nos anos noventa. Mesmo assim, ficamos perto. A Alex está na altura do meu joelho e encosta o lado do rosto nele um segundo depois de eu sentar, o que é muito legal e tal, mas gosto de ver seu rosto e não estou conseguindo. Me contento com fazer cafuné e abro uma cerveja.

A fogueira está quente, e a cerveja gelada ao ponto de ter pedacinhos de gelo flutuando. Estou semiadormecido, mas, bem nessa hora, o telefone da Efepê toca. Ela dá um pulo, e ninguém consegue deixar de notar a cara de arrasada que ela faz quando lê a mensagem.

– Desculpa – diz, se soltando do Park. Começa a ligar para alguém e se afasta de nós. Sua silhueta se perde nas sombras. Mas suas palavras ecoam na escuridão. Em alguns momentos da conversa, sua voz falha, mas, se ela tivesse gritado, teria dado na mesma.

– Quê?... Achei que ele estava... seus pais... OK?... de você? ... da puta... a polícia?... não acho... terrível, porra... sinto muito...

Não deve ser nada de bom, e ficamos nos olhando, não conseguimos ter a educação de fingir que não estamos escutando e estamos curiosos demais para disfarçar conversando. A Efepê volta, se joga no banco ao lado do Park mas não se encosta nele, e meu amigo fica com cara de cachorrinho que ia ser adotado mas não vai mais. Fica um silêncio de morte, e ele olha para mim, porque não faz ideia do que dizer ou fazer, mas aí a Branley o salva sendo uma intrometida, coisa que ela faz muito bem.

– O que foi isso?

Fiquei esperando a Efepê mandar a Branley se foder, mas tem três latas de cerveja vazias no chão, perto dos seus pés, e a luz da fogueira só chega até aí. Ou seja: parece que só nós três existimos.

Então, em vez disso, ela tira os olhos do telefone, agora que a tela está escura, e o aparelho não faz mais barulho, e diz:

– Vocês sabem do tio da Sara, né?

E a gente sabe, então a Efepê nem precisa dizer mais nada. Nesta cidade, não dá nem para cortar a grama sem que todo mundo fique sabendo quando você começou e quando terminou. Ou seja: se você curte pornografia infantil, vamos ficar sabendo. Vamos ficar sabendo, e o assunto não vai ser comentado abertamente, mas será sussurrado, as mães vão trocar mensagens sobre isso, o corretor automático não vai funcionar nas palavras que não usamos com muita frequência, porque são terríveis demais. Manteremos as crianças um pouco mais perto quando o encontrarmos no supermercado, daremos sorrisos forçados ou sorriso nenhum. Mas vamos ficar sabendo. E você vai saber que sabemos.

Só que a Alex não sabe, porque recém saiu do buraco negro que é sua casa para fazer parte da turma. Então, quando a Branley fala "A Sara tem uma irmãzinha, não tem?", e a Efepê simplesmente começa a chorar e o Park diz "filho de uma puta", com toda a vontade, a Alex não sabe o que fazer. Olha para mim, com uma cara muito perdida, e não quero ser eu a contar a história, mas alguém precisa fazer isso. Seguro sua mão e vamos dar a volta que tínhamos planejado. O calor da fogueira vai deixando nosso corpo no mesmo instante que saímos da luz, e seus dedos, que estou segurando, parecem tão gelados quanto ossos descarnados.

Neva um pouquinho, e as pegadas que eu havia deixado já foram apagadas, e essa poderia ser a coisa mais romântica que já fiz na vida, só que não vai ser, porque não acho que vou conseguir combinar uma conversa com a palavra "pedófilo" com a minha primeira declaração de amor da vida.

Mas o orvalho congelou, e a lua está tão cheia que parece que a floresta inteira é feita de sombras cobertas de diamantes. Talvez eu possa resgatar esse lance, afinal de contas. Bem quando estou tentando dar um *reset* no meu cérebro, a Alex pergunta:

– O que é isso?

Ela se afasta de mim, e seus pés pisam firme na neve.

– Espera – digo, porque quero ficar ali com ela, mas a Alex já está lá na frente. Quando consigo chegar do seu lado, ela já está na pequena clareira, que tem um pinheiro solitário de sentinela bem no meio.

Encontrei esse lugar na semana passada, depois do trabalho, quando meu pai me falou que minha mãe disse que já está na hora de fazer uma árvore de Natal. Só que a gente não tem vinte contos para comprar uma, e eu pensei que, se eu conseguir pegar escondido uma árvore da floresta, sem ser preso por invasão do terreno, não seria problema. E encontrei esse pinheiro, do tamanho certo, sem falhas nos galhos. Até parecia que estava fazendo teste para o papel de árvore de Natal. Fui para o carro e peguei o machado mas, quando voltei, não consegui cortá-la.

Tinha nevado um pouco naquele dia e os galhos estavam cheios de floquinhos. Floquinhos que seriam expulsos no primeiro golpe de machado, depois destruídos pelas minhas botas sujas de lama à medida que eu cortasse o tronco, o golpe de aço arrancando essa vida que durou mais do que a minha, só para a árvore morrer na sala de casa e ser jogada no lixo no dia 26 de dezembro.

Não consegui. Mas também sei que este é o último Natal que passo em casa e que é por isso que minha mãe insistiu em ter uma árvore, por mais que a gente saiba que não vai colocar muitos presentes debaixo dela. Então fiquei acordado até as duas da manhã, fui até o lugar que vende árvores e roubei uma, depois saí de fininho, com os faróis desligados e com o mais estranho dos sentimentos no coração. Porque o que eu tinha acabado de fazer era tecnicamente errado, mas me pareceu mais certo do que cortar o pinheiro da clareira. E, além disso, a árvore amarrada no meu carro ia morrer de qualquer jeito, então o melhor era que eu a levasse.

Fiquei deitado na cama aquela noite inteira, pensando em árvores. A coisa mais besta do mundo. E eu não sabia direito o que estava me tirando o sono até me dar conta de que não era o rosto da minha mãe (chorando, porque ela sempre fica assim nessa época) que não saía da minha cabeça, mas o da Alex, que uma vez me contou que na casa dela não tinha árvore de Natal desde que o seu pai foi embora. E foi aí que eu tive a ideia: a floresta, as palavras "eu te amo", esperando para ser pronunciadas, e todas as coisas que não tenho como dar para ela porque sou pobre e ela não.

Mas eu poderia fazer isso, e me esforcei para tudo dar certo, e agora a Alex está olhando para mim. Os enfeites, que são tão velhos que nem minha mãe consegue encontrar uma desculpa para continuar usando, estão transformados pelo orvalho congelado e pela lua, e cada centímetro é uma explosão de beleza que será dissolvida pelo sol. Laços de fita que custaram centavos, com pingentes de gelo, virarão lixo em algumas horas, quando a realidade tomar conta da situação. Mas este momento não é real, e a manhã ainda não chegou. É o presente, e esse é o meu momento. Pego na mão da Alex, e ela diz:

– Me conta sobre o tio da Sara.

41. ALEX

Não devia ser assim tão fácil.

Existem leis que servem para nos impedir de fazer coisas. É isso que usamos para tentar nos convencer. Na verdade, impedimos a nós mesmos; as leis são diretrizes de como punir alguém que é pego.

O pai da Claire vive dizendo que nada é por acaso, tudo acontece por um motivo. Deve repetir muito essas frases porque só estive algumas vezes na sua casa e já as ouvi duas vezes. E, se o pai da Claire tem razão, talvez eu *tivesse* que ter ouvido.

Talvez a Claire tivesse que receber aquela mensagem da Sara hoje à noite, quando eu estava lá para ver a expressão do seu rosto. Talvez ela tivesse que beber demais e chorar no carro, compartilhando lembranças dos tempos em que ia com a Sara à casa do tio dela. Talvez ela tivesse que me mostrar qual era a casa quando passamos na frente, se engasgando com palavras tão duras que não conseguiu pronunciar, mesmo depois de tanta cerveja. "Acho que dei sorte", falou.

Vivo em um mundo em que não ser molestado na infância é considerado ter sorte.

Um fogo se acendeu dentro de mim e, se nada acontece por acaso, a lenha estava se acumulando há anos, empilhada bem direitinho, esperando a chama aparecer. E esta noite foi o estopim, um calor que pulsa dentro de mim, que me aquece mesmo no frio.

Mesmo quando estou do lado de fora da casa dele na calada da noite.

Depois que deixei a Claire em casa, tentei fazer a coisa certa, tentei ser normal. Fiquei olhando as mensagens no meu celular. Fui até a porta lateral de casa. Pus a mão na maçaneta e, aí, comecei a correr, meus pés pressionando a neve e deixando uma trilha escura atrás de mim. Agora estou na frente da porta da casa dele, não da minha. As pessoas não têm o costume de trancar a porta por aqui. Chamam isso de confiança, mas eu chamo de arrogância, presunção de que nada de ruim vai acontecer.

Não com elas.

Eu entro.

Ele está dormindo no sofá. O abajur da mesinha lateral ilumina seu jantar deixado pela metade, que agora está decorado com uma mosca bem gorda, atolada no purê de batata. Ainda tenta se soltar, as pernas que mais parecem fios tentam se livrar do molho.

O homem pegou no sono com a TV ligada, as cores da tela brilham no seu rosto enquanto o observo: o sobe e desce regular do seu peito, as unhas que precisam ser cortadas. O ângulo estranho do seu pescoço, a cabeça caída para o lado.

Vai acordar com um torcicolo. Talvez.

Eu poderia ir embora agora. Há motivos para isso. Também há motivos para eu ficar. Não me apresso, toco objetos, me movimento pelos cômodos pequenos da vida dele para descobrir o que este homem guarda. E ele guarda muitas coisas. Coisas que ninguém deveria guardar. Vejo fotos, granuladas mas nítidas o suficiente para eu saber o que estou vendo.

E agora não posso ir embora.

O homem queima lenha para se aquecer. O aquecedor de ferro no meio da sala emite um calor que parece uma parede, que atravesso quando me aproximo. Tem uma pazinha para recolher as cinzas encostada no aquecedor, inclinada na minha direção, como se me chamasse.

Sério, não deveria ser assim tão fácil.

Jogo as brasas no seu colo, e sua roupa pega fogo. Ele abre os olhos de sopetão, mas não me vê. Só há um olhar de confusão, uma falta de entendimento tão grande que abafa até a dor. A tira de elástico da sua cueca vira um líquido que percorre sua pele, e os pelinhos da sua barriga queimam por um breve e ardente instante antes de se tornarem cinzas.

As mãos dele tateiam imediatamente o lugar onde dói, querendo protegê-lo e encobrir o sofrimento, mas esse movimento não traz nenhum conforto. Bolhas surgem e estouram na mesma hora, e suas mangas queimam, o fogo sobe pelos seus braços quando ele levanta com dificuldade. O homem quer correr – é a segunda reação instintiva à dor – mas não sabe para onde ir, e a mesinha de centro está no caminho, se despedaçando na altura das suas canelas com tanta força que fere sua pele, mas nem isso o faz parar.

Vai para o quarto, e as chamas líquidas incendeiam o carpete à medida que ele passa, porque pedaços do seu suéter caem no chão. Esse quarto o chama. Apesar de ele estar pegando fogo, é um buraco negro para onde se dirige, com as mãos derretendo, destruindo as fotos que dispus sobre a cama. Não vou atrás, porque não preciso ver essa cena.

Consigo escutá-la.

Animais morrem na floresta o tempo todo. Já ouvi seus gritos, assustadoramente humanos, no embate com algo mais forte, mais rápido, maior. Mas há um instante final, quando sabem que a batalha está perdida, em que a presa fica quieta e aceita seu destino, um acordo passivo com o predador, reconhecendo que foi superada.

O silêncio acompanha a fumaça que vem pelo corredor, e sei que está terminado. Os pequenos focos de incêndio que se formaram à sua volta aumentam, lambem as fibras do carpete e procuram mais combustível.

Vêm crepitando na minha direção. Fiquei observando tempo demais. Vou em direção à porta, meus olhos lacrimejam com a fumaça, e minha garganta se fecha por causa dos vapores do carpete em chamas. Só que não consigo me mexer muito depressa porque sinto um peso estranho no estômago. Luto contra ele quando chego ao ar limpo e gelado, meus pés finalmente conseguem ser rápidos, e vou correndo pela entrada da casa, até a estrada, atravesso a floresta, lugares onde não posso deixar pegadas.

O que antes era a casa dele agora virou uma coluna de fumaça, cinzas caem do céu, e são tudo o que restou dos seus atos horrendos. Mas não é isso que me faz ficar de joelhos. Não é isso que me faz vomitar sem parar, com o vapor do meu vômito subindo até meu rosto.

O peso no meu estômago se foi, deixando um buraco negro e meus músculos cansados. Deito de costas na neve, com o corpo tremendo. Não sei o que fazer, pela primeira vez em muito tempo. Não sei o que pensar.

Esse vazio dentro de mim parece culpa.

42. JACK

O som se propaga no ar gelado. Mesmo com as janelas à prova de tempestade, ouço um trem, apesar de os trilhos estarem tão longe que nem consigo ver suas luzes. Seu ronco supera o som constante da brisa que sopra através dos pinheiros aqui perto de casa, o grunhido grave de um cervo que passou pelo quintal e vê algo do qual não gosta. Ouço ele sair em disparada, seus cascos quebram o gelo ao fugir.

Não consigo dormir, e não tem nada a ver com esses ruídos. Tenho ouvido essas coisas a vida inteira, e olhado para essa fresta no teto a minha vida inteira também. Para algumas pessoas, a constância de certas coisas tranquiliza; encontram conforto no fato de que nada muda. Mas eu não sou assim, e neste exato momento odeio a fresta no teto, odeio o trem só por ele existir e, principalmente, odeio o vento por soprar nos pinheiros do quintal e me fazer lembrar que vou ter que voltar à clareira e tirar todos aqueles enfeites ridículos da árvore.

Cerro o punho embaixo da cabeça, me segurando para não dar um soco na parede. Falei "eu te amo" para a Alex, logo depois de contar a história do tio da Sara. Seus olhos fizeram a coisa certa, se iluminaram, ficando tão claros quanto a neve à nossa volta. Mas sua boca fez tudo errado, ainda fechada por uma raiva inexplicável. Ela falou "obrigada", o que foi pior do que se não tivesse dito nada. A gente ficou se olhando por alguns segundos depois disso, e mais um silêncio embaraçoso, como o que rolou no dia em que a Alex atacou o Ray Parsons, se impôs entre nós.

Odeio não saber o que dizer para a Alex e é óbvio que aqui, deitado na minha cama, pensei em um monte de coisas incríveis, palavras que poderiam ter dado um jeito na minha falta de senso de oportunidade, feito alguns dos músculos em volta dos seus lábios relaxarem. Mas essas coisas nunca me vêm à cabeça quando preciso, então simplesmente voltamos para a igreja. A Alex foi com as mãos nos bolsos, olhando para o chão, com uma expressão tão gelada quanto o vento. A Efepê tinha bebido demais, e a Alex a levou para casa, e acenou para mim meio sem vontade quando entrou no carro.

O trem já passou, levando seu ronco vibrante. Fiquei só com o vento e a fresta no teto e com tudo o que eu poderia ter feito de diferente na noite de hoje, e alguém bate na minha janela. Ignoro, concentro-me na fresta, me perguntando se tem um pouco de massa corrida velha lá na garagem, e se posso ir lá de fininho e pegar sem que meus pais tenham que se perguntar por que raios estou consertando o teto do meu quarto às quatro da manhã.

Ouço o ruído de novo, seguido por outro, mais insistente. Rolo na cama, empurro um pouco a cortina e vejo a Alex parada na frente de casa, com o braço para trás, prestes a jogar outra pedra. Aceno para ela, que joga a pedra no chão e faz sinal para eu descer.

Sei me vestir depressa e sem fazer barulho, sei quais são os pontos da escada que rangem alto e sei abrir a porta de tela direitinho sem fazer um ruído. Mas não sei como fazer nada disso com o coração batendo tão alto que consigo até enxergá-lo no meu peito, e com meu sangue fluindo tão rápido que enxergo pontinhos pretos.

É a saída de fininho mais desengonçada da minha vida, mas não ligo. Se a Alex está parada no gramado da minha casa no meio da noite, também deve achar que o assunto não foi esgotado, e talvez não tenha conseguido dormir. Talvez estivesse deitada olhando para o teto e pensando em mim, e é exatamente isso que vou dizer para a minha mãe e para o meu pai se eles acordarem.

Tem coisas que são importantes demais para esperar.

Estou do lado de fora, e a neve bate na lateral dos meus sapatos e escorrega pela minha pele, porque não deu tempo de pôr as meias. A Alex vem na minha direção, com as mãos fora dos bolsos, que eu seguro, e a nossa pele congelada se encosta.

– Oi – diz, com uma voz rouca e séria.

Seu rosto está cheio de lágrimas congeladas, e, por baixo delas, suas bochechas estão esticadas, em uma expressão dura. Seus cílios estão grudados, pedrinhas de gelo pretas que emolduram seus olhos vermelhos.

– O que você está fazendo, Alex?

Coloco minhas mãos em seu rosto, esfrego com os dedos o sal que ficou ali, que derrete, é levado pela brisa e deixa marcas vermelhas. Todo o rosto da Alex está duro entre as minhas mãos, e tento puxá-la para perto de mim, para lhe aquecer, mas ela me empurra.

– Preciso conversar com você – fala, com um tom sombrio.

Dou um passo para trás. Conheço esse tom de voz; já vi esses movimentos. Vi na minha mãe quando o vovô morreu, no Park, quando ele descobriu que a irmãzinha estava com câncer. Dores físicas a gente pode aplacar, se proteger delas, tratar. As dores que vêm lá de dentro a gente tenta expulsar, soltá-las por meio de pequenos movimentos de preocupação com as mãos, olhos que não ficam quietos, como se gastar toda a energia que temos ajudasse a minar a dor, a deixá-la exposta, a empurrá-la para fora da gente, onde alguém pode enxergá-la a nos ajudar a destruí-la.

A Alex está sentindo dor; está estampado em algum lugar do seu corpo. Cada músculo que ela tem está tremendo. Parece um animal selvagem prestes a fugir, mas que não tem para onde ir. Sabe que seu sofrimento está dentro dela, e que correr não vai adiantar, mas me procurou – *me* procurou – e fico tão orgulhoso que isso me faz sentir *bem*. Mas também me sinto péssimo, porque minha namorada está tendo um ataque nervoso.

A Alex respira fundo, seus lábios se movimentam, procurando palavras. Finalmente, se acalma, uma calma que irradia dos seus olhos, até ela não parecer mais um animal em pânico. Vira uma estátua congelada da minha namorada e, quando começa a falar, sou eu quem quer sair correndo.

– Jack – diz ela, com toda a calma –, tenho reações ao meu ambiente que as pessoas não entenderiam. E eu as sigo porque acredito em instinto.

Ouço uma sirene, o lamento estridente da ambulância atravessando a cidade. Que penetra nos meus ouvidos, os quilômetros que nos separam viram nada graças ao vento gelado do inverno. O caminhão dos bombeiros vem em seguida, o único que a cidade possui, acabando com a calma que, há poucos minutos, eu odiava.

– O que você quer dizer? – pergunto, dando um olhar sugestivo para a Alex, apavorado demais para me mexer, com medo de ela sair correndo caso eu a assuste.

– Outra noite você me perguntou sobre fazer faculdade.

– Você disse que seria melhor não fazer.

– Melhor *para os outros*, Jack – corrige. – Tenho sentimentos demais.

Seu rosto se enruga de leve, um degelo se esboça.

– Eu não deveria estar fora de casa – diz, com a voz falhando. – Não é seguro.

– Alex – falo, baixinho, entre uma sirene e outra. – Alex, o que foi que você fez?

Ela fecha os olhos e solta o ar, e o calor da sua respiração contamina tudo à sua volta.

– Se eu não permitir que meus sentimentos guiem as minhas ações, é como se eu não tivesse sentimentos.

Então abre os olhos e está de novo com medo. A calma momentânea foi estraçalhada pelo barulho.

– É como se eu não existisse – completa.

– Você existe – digo, e ela chega perto de mim. Novas lágrimas percorrem os rastros deixados pelas outras, congeladas. Fica nos meus braços por um instante, mas se afasta para me olhar nos olhos.

– Eu também te amo – fala.

E meu coração vai parar na boca na mesma hora em que meu estômago vai parar nos joelhos.

Porque a Alex me ama.

E está cheirando a fumaça.

43. EFEPÊ

A Alex está arrasada, e é uma coisa que dói de olhar.

Uma vez, recebemos uma cadela no abrigo, pastor irlandês. Uma cadela grandona, maravilhosa ao seu modo. Demos o nome de Brigit – bem irlandês –, demos banho e colocamos sua foto nas redes sociais enquanto esperávamos chegar o único *scanner* dos condados à nossa volta, que pedimos emprestado para ver se os bichos perdidos têm chips implantados.

A resposta foi imediata. Todo mundo meio que perguntou: Mas que porcaria é essa?

As pessoas daqui têm golden retrievers e pastores alemães, cachorros que fazem sentido, bichos de estimação práticos, que os outros sabem identificar e lhes dão os parabéns pela aquisição. Muita gente veio ver a Brigit ao vivo e a cores, passearam com ela por pena, depois a puseram de volta na gaiola e levaram um beagle para casa, falando: "Acho que estamos procurando algo um pouco mais... normal".

E a Brigit, com sua cara comprida e seu porte característico, se encolhia na gaiola, com orgulho irradiando de cada músculo seu. Mas dava para ver pelos seus olhos que tinha ficado magoada. Quando chegou a nossa vez de usar o *scanner*, eu mesma o passei na Brigit, e meu coração pulou quando ouvi o bipe e o aparelho mostrou um contato. A sua família era de Nova York, o que não fica assim tão longe se você pensar bem, são duas horas de voo, mas todo mundo do abrigo ficou tão surpreso que não parava de repetir isso, como se a gente tivesse descoberto que ela era da Irlanda.

A família veio buscá-la, e chegou bem na hora. A Brigit estava começando a ficar de cabeça baixa, não esvaziava mais o prato de comida em um ritmo saudável. Quando ouviu aquelas vozes tão familiares vindas da sala de espera, acho que não acreditou. Eu pensava que ela ia enlouquecer, sair me arrastando pelo corredor, como fazem tantos cães quando reencontram seus donos. Mas a Brigit só ficou me olhando quando prendi a guia na coleira e abri a porta da gaiola, parecia até que suspeitava que era mais uma oportunidade de ser tirada dali e ficar diante do público só para as pessoas a olharem com ar desconfiado.

Se essa cadela tivesse dedos do meio, posso garantir que teria feito gestos obscenos para todo o condado quando foi embora no jipe da sua família.

Alguém finalmente *ficou* com a Alex. Alguém finalmente se deu conta de que aqui, no meio de tanta gente comum, com suas vidinhas normais, tinha uma pessoa extraordinária de verdade, uma menina diferente das outras, que nem pensa como a gente. A Alex é de uma raça completamente diferente mas, por aqui, só queremos variações da mesma coisa. Garantida. Conhecida. Finalmente, alguém viu algo além disso.

Infelizmente, esse alguém foi o Jack Fisher, e ele é do tipo que leva todos os cães para passar uma noite na sua casa, mas nunca adota nenhum.

Faz duas semanas que eles pararam de se falar. Duas semanas de neve e de um frio inclemente, com gelo pendurado na janela e carros congelados. Está escuro quando acordamos e escurecendo quando saímos do colégio. Tem dias que o frio é tanto que podemos morrer só de sair de casa. Quando temos aula, o vento atravessa nossa roupa enquanto andamos até o prédio, eu toda encolhida, a Alex, de queixo erguido, como se nem se abalasse.

Seus olhos têm andado sem expressão, sua boca articula as palavras certas para responder, mas não há nada por trás delas, nenhum sentimento. Ela foi dormir lá em casa algumas vezes, e falei, como quem não quer nada, o nome de alguns meninos que vi olhando para ela (porque, vamos ser sinceros, assim que alguém resolve ficar com um pastor irlandês, outros ficam curiosos). Mas a Alex sacode a cabeça, diz que não está interessada. Não deixa de ir ao abrigo e faz todas as lições de casa, continua no caminho para ser a primeira da classe. Comparece a todos os eventos agendados como se cada dia fosse um trabalho, e qualquer coisa a mais fosse hora extra. Fico na posição certa, lá no colégio, protejo a Alex do Jack quando ele passa, na esperança de que meu corpo sirva de escudo para a faca caótica que é a risada da Branley, de braço dado com o Jack. Mas, se ela está dando risada, não é de algo engraçado que o cara disse.

O Park contou que o Jack não faz mais piadas. Tentamos fazer perguntas: eu para a Alex, ele para o Jack, escolhendo bem as palavras para não parecer que estamos tentando descobrir por que os dois terminaram.

Os meninos dizem que é por que ela não transa.

As meninas dizem que foi por que o Jack sempre acaba se cansando.

Os dois estão completamente arrasados.

E ninguém sabe o por quê.

44. ALEX

Não sabia que um ser humano poderia machucar tanto a gente.

Quando a dor tem origem em alguém que se foi, são suas próprias lembranças que te machucam. Andar pela casa, tocar as coisas que a pessoa tocou, ouvir os sons que ela ouviu, imaginar se teria pensado em uma coisa ou outra. Essa é a dor que conheço, a dor que dou conta, a dor que é uma parte tão grande de mim que, se me fosse tirada, eu ficaria incompleta.

Mas quando é alguém vivo que te machuca, não tem como a gente escapar da dor. As coisas que você toca ainda estão quentes, porque a pessoa esteve ali recentemente, os sons que ela escuta também chegam aos seus ouvidos – às vezes, a própria voz da pessoa, o que é excruciante. Sei o que ele acha disso, daquilo ou daquele outro, porque posso ouvi-lo dando sua opinião. Mas não para mim. Ele não fala mais comigo.

Quero voltar no tempo.

Não só retirar o que eu disse no escuro, vendo seu rosto se fechando devagar, à medida que a fumaça subia das minhas roupas e as sirenes cortavam o ar. Quero voltar mais para trás no tempo, até aquele momento em que fiquei na porta da minha casa. Sonho que estou atravessando essa porta em vez de sair correndo pela escuridão. Sonho que fui dormir naquela noite sentindo o aroma do xampu de coco, com a tela do meu celular brilhando com a última mensagem que recebi do Jack.

Quero isso em vez do que aconteceu, em vez da fumaça que ainda não consegui tirar da minha fronha, a tela escura do meu celular que vejo sempre que olho para ele. Não quero ter as lembranças que tenho. Os cheiros e os sons, e todas as pequenas coisas que fiz resumidas em uma grande coisa.

Uma grande coisa que não tenho como desfazer.

45. JACK

Levei um bom tempo para conseguir voltar.

A clareira estava dura de tão congelada quando finalmente tive coragem de subir o morro na picape do meu pai, e as correntes nos pneus foram a única coisa que me impediu de descer de novo. Tem feito tanto frio que ninguém tem ido à floresta. Não vi nem pegadas de cervo. Todos os seres vivos estão encolhidos, esperando a primavera.

Eu também, de certo modo. Toda noite, quando deito na cama, dou graças a Deus por haver um período de oito ou nove horas de inconsciência pela frente, em que não vou precisar pensar na Alex e no que aconteceu. O sono é uma espécie de vitória para mim, porque, quando acordo, significa que mais um dia inteiro passou, me afastei um passo a mais daquela noite. Quero empilhar tempo em cima de tempo, anos em cima de anos, para conseguir esquecer ou pelo menos tornar o que ela fez uma lembrança fugaz. Quero pular uma década, para quando eu estiver fora dessa porcaria de cidade, o túmulo recém-fechado no cemitério estiver assentado, e ouvir o nome da Alex não seja como uma facada no meu coração.

Desligo o motor e fico ouvindo ele resfriar, e esses leves ruídos mecânicos são os únicos sons que ouço aqui em cima, enquanto o sol se põe. Fica mais fácil pensar quando estou sozinho, e meu cérebro repassa tudo. As palavras da Alex, os cheiros impregnados nela, as lágrimas no seu rosto e as notícias sobre o tio da Sara que ecoaram nos corredores no dia seguinte. O negócio é esse: sempre fui bom de charadas, e a única resposta que se encaixa é a Alex ter matado alguém.

Pode ter sido um acidente: é isso que a polícia disse, aliás. Não seria a primeira casa a pegar fogo neste inverno. Está todo mundo congelando na própria cama, com os dedos gelados do vento que consegue passar pelas mínimas frestas e nos encontrar, não importa em que lugar da casa estivermos.

Mas foi o único incêndio com uma vítima fatal, e o único depois do qual minha namorada apareceu na porta da minha casa, tendo uma espécie de ataque nervoso e cheirando a fumaça. Todas essas malditas cosinhas insignificantes querem dizer muita coisa, e toda aquela pressão que estava tentando empurrar as palavras "eu te amo" para fora da minha boca agora quer me fazer gritar que a Alex é uma assassina, mas não posso fazer isso. Não onde os outros vão poder escutar, pelo menos.

O Park quer saber qual é o meu problema. A Branley quer saber qual é o meu problema.

Todo mundo acha que eu e a Alex tivemos uma briga feia e terminamos. Quase queria que isso tivesse acontecido. Queria ter dito que ela é louca, ter empurrado essa menina para longe de mim. Mas não fiz isso. Eu a abracei e falei que tudo ia ficar bem, mesmo quando as cinzas começaram a se precipitar vindas pelo norte, mais pesadas do que a neve e muito mais escuras.

O que eu fiz foi muito pior. Eu a abandonei.

Tudo começou quando o toque do celular que eu tinha escolhido para ela me dava vontade de vomitar em vez de atender a ligação, a culpa me dando um aperto no estômago e me sufocando. Não conseguia ler suas mensagens de texto nem ouvir suas mensagens de voz, com medo do que ela poderia dizer depois disso. Com medo do que ela poderia *fazer* depois disso. Até cheguei a ficar olhando para a foto, que ainda tenho no aparelho, dos contatos do guarda Nolan uma ou duas vezes.

Mas o negócio é o seguinte: eu falei para ela que tudo ia ficar bem. Falei isso quando essa menina que eu nem imaginava que podia ser derrotada estava completamente arrasada, chorando abraçada em mim e se odiando. E eu já fiz isso. Sei exatamente como é foder com tudo e não poder consertar, então não posso condená-la, por mais que o que ela tenha feito seja infinitamente pior do que as minhas cagadas, tanto que nem dá para comparar.

Deixo essa lógica tomar conta de mim. Esperei tanto que, se eu dedurar a Alex agora, o Nolan vai querer saber por que a acobertei. Até se eu fizer uma denúncia anônima estou fodido, porque nós – o casalzinho feliz – terminamos bem quando a merda aconteceu, e ele vai me fazer perguntas. Perguntas que vão acabar com a minha imagem de bom moço e com as minhas chances de conseguir uma bolsa de estudos.

A Alex deu uma sumida nas últimas duas semanas. A Branley está em primeiro lugar na minha lista de chamadas recentes. O número da Alex ficou enterrado em algum lugar, debaixo do de uma aluna do segundo ano que criou coragem para me ligar no meio de um porre. Não consegui entender nada do que ela disse, mas salvei a mensagem de voz, na esperança de achar isso engraçado um dia.

A Branley tem feito de tudo para me animar, mas não encostei um dedo nela. O que a deixou confusa e fazendo manha. Por mais que eu saiba que ela poderia me distrair por uma ou duas horas, ainda estaria com a Alex na cabeça. Porque, sumida ou não, ela ainda brilha mais do que qualquer uma, e tem noites em que me dá vontade de ligar, apesar de tudo. Foda-se o incêndio, a fumaça e as lágrimas escorrendo pelo seu rosto.

– Caramba! – grito, metendo a mão na buzina, o que faz alguns passarinhos saírem do ninho e me repreenderem cantando em um tom duro.

Saio da picape e pego o saco de lixo que trouxe. Que tremula no vento que sopra atrás de mim como uma vela de navio preta. A árvore está uma merda: os laços que eu fiz, com os dedos congelados, na ânsia de dizer "eu te amo" para a Alex viraram trapos, as pontas estão desfiadas e quebradiças. Alguns enfeites explodiram e piso em um sem querer. Ele quebra sem oferecer nenhuma resistência, e um milhão de cacos prateados se espalham pela neve.

Nunca vou conseguir juntar todos os pedaços. Vão afundar no chão quando a neve derreter, testemunhas não biodegradáveis da minha noite fracassada que jamais vão apodrecer, só soltar os químicos com os quais foram pintados. Tento recolher tudo, mas sempre que acho que consegui, o sol bate em outro pedaço, e não demora muito para minhas luvas ficarem encharcadas, meus dedos duros e doendo. Acabo de passar meia hora tentando limpar uma porcaria de um enfeite de Natal e estou puto.

O meu lado que se apega a tudo o que sei está inchado, uma raiva amarga que inflama meu coração e faz meu sangue circular com muita força pelas veias, me faz ver pontinhos pretos quando volto para a picape. O machado do meu pai está na caçamba, e sinto seu peso na minha mão quando dou o primeiro golpe, e a árvore treme. Enfeites caem e são esmagados pelas minhas botas, mas eu continuo golpeando, e a pressão no meu peito diminui a cada golpe, e a lâmina do machado vai ficando grudenta, por causa da seiva.

Me arrependo quando chego à metade, mas é tarde demais. A árvore já está caída para um lado, as fitas, que eram vermelhas, mas agora estão cor-de-rosa, arrastam no chão. Piso com força no tronco bem em cima do nó profundo por onde a matei, e o *cléc* reverbera pela floresta.

Está quase escuro quando chego em casa, mas levo a árvore para a pilha de lenha mesmo assim, pego a motosserra do meu pai e começo a cortá-la. Minha mãe sai de casa, enrolada no casaco, com cara de interrogação. Faço sinal para ela ir embora, e a serragem voa à minha volta à medida que vou cortando os galhos, um por um, e as agulhas do pinheiro cobrem o chão aos meus pés. Meu pai chega em casa e vejo minha mãe conversando com ele pela janela da cozinha, as mãos se mexendo, tão alarmada quanto os passarinhos da floresta.

Na hora em que meu pai sai, já terminei de serrar a árvore. Ele me ajuda a empilhar a lenha em silêncio, sem comentar que ainda tem uns ganchos de enfeite de Natal em alguns lugares e fios de laços estragados misturados com os cacos do chão. Terminamos, e ele dá um tapinha no meu ombro.

– Bom, está feito – diz. Como se cortar uma árvore e empilhar lenha verde que só poderemos queimar daqui a um ano estivesse na lista de tarefas de hoje. – Entra, vamos jantar.

Aceno com a cabeça, para dizer que já vou, e ele sai sem olhar para trás, sabendo, de algum jeito, que a loucura que acabei de cometer foi algo mais saudável para mim do que as merdas que tenho feito todos os dias só para ir levando. Meus braços parecem feitos de chumbo, e meus pés se arrastam até em casa. Vou dormir bem hoje à noite, um sono pesado. Vou deixar o dia de hoje para trás, sobreviver a essa noite.

E, quem sabe, amanhã não vou pensar na Alex a partir do momento em que abrir os olhos.

46. EFEPÊ

– Estou convocando – digo.

– O quê? – pergunta a Sara, sentada no banco do carona.

– Um Pacto de Emergência das Amigas.

Ela tira os olhos do celular.

– Por quem?

– Pela Alex.

A Sara olha de novo para a tela, começa a mexer os dedões e resmunga:

– Hummmmm.

Paro no sinal e arranco o celular da sua mão.

– É sério – insisto.

A Sara suspira.

– Tudo bem, mas a Alex é sua amiga, não minha.

– Desde que você esteja dentro.... Preciso de uma força.

Vou até a casa da Alex e ficamos alguns minutos paradas na frente da porta, ouvindo a batida ecoar lá dentro. A Sara se encolhe para se proteger do frio, com as mãos enfiadas nos bolsos.

– Não tem ninguém em casa – declara.

– Só porque ninguém atendeu não significa que não tem ninguém em casa.

Resolvo arriscar, giro a maçaneta e forço a porta com o ombro. Que se abre meio contra a vontade, e eu entro.

– Sério? – diz a Sara, mas talvez tenha uma nota de admiração no seu tom de voz.

– Alex? – chamo, e seu nome ecoa de volta até mim, batendo nas paredes imaculadas.

– Claire? – diz ela, aparecendo no alto da escada, com um papel na mão. – Por que você está aqui?

– Noite das meninas – declaro, subindo a escada, com a Sara atrás de mim. – Vamos nessa.

– Eu...

A Alex olha para mim, depois para a Sara, hesitante.

A Sara olha para os pés descalços da Alex.

– Você vai precisar de sapatos – diz.

E essa simples afirmação faz a Alex começar a se mexer. Ela enfia um casaco e pega um gorro quando saímos pela porta.

– Você vai na frente – insiste a Sara, entrando no banco de trás.

– O que está acontecendo? – pergunta a Alex, quando começo a dirigir.

– Estamos comemorando – digo.

– Comemorando o quê? O meu sequestro?

– A Efepê declarou um Pacto de Emergência das Amigas – conta a Sara.

– A gente faz isso sempre que uma das meninas termina o namoro – explico. – Estamos comemorando a nossa libertação de um namorado.

– Ou, no meu caso, de uma namorada – completa a Sara.

– Vamos beber demais e comer demais. Que se foda – digo.

– Ela não empregou a última coisa no sentido literal, né? – a Alex se vira para perguntar para a Sara, e vejo um sorriso se esboçar nos seus lábios pelo retrovisor.

– Não – responde a Sara. – Mas as duas primeiras alternativas são obrigatórias. Pedi pizza.

– E eu, comida chinesa – conto. – Algum pedido?

– Hum... Gosto de *cheeseburguer*.

– Pronto. – A Sara está mandando mensagens de texto no banco de trás. – A Lila está trabalhando no palácio da gordura. E o meu irmão, na loja de bebidas hoje à noite. A birita já está providenciada.

– Então, para onde estamos indo?

– Essa é a melhor parte – falo, parando o carro na frente da loja de um dólar, colocando a marcha em ponto morto e olhando a Alex de cima a baixo.

– Acho que temos um Código Amarelo – digo para a Sara.

– Não mesmo – responde ela, indo para a frente e protegendo o rabo de cavalo da Alex com as mãos. – Você não vai arrancar essas penas de corvo. Código Vermelho, até o fim.

– Explicação? – pergunta a Alex, com uma das sobrancelhas levantadas.

– Essa é a parte onde a gente compra tinta de cabelo barata, vai para casa, fica bêbada e pinta o cabelo.

Para minha surpresa, a Alex é a primeira a sair do carro.

Comemos até sentir dor física, bebemos demais e fizemos uma fogueira no quintal da minha casa, o que não foi uma decisão muito sábia, considerando os níveis de álcool no nosso sangue e os produtos químicos no nosso cabelo. Mas não importa. Meu pai e minha mãe estão em um retiro para casais da igreja, e estamos aproveitando ao máximo.

– Você é boa de garfo – diz a Sara para a Alex. – Não estava brincando quando disse que gosta de *cheeseburguer*.

– Gosto, sim – concorda a Alex, com o olhar meio perdido. – Gosto muito.

– Você vai dormir aqui – informo, e ela concorda com a cabeça. O papel alumínio que tem no cabelo reflete a luz das chamas.

– Horas? – pergunto para a Sara, que olha para o celular, e os seus pedaços de papel alumínio caem na sua cara.

– Temos dez minutos – responde. – E aí vamos ficar combinandinho.

– Ótimo – falo.

Resolvemos fazer luzes vermelhas no cabelo preto da Alex, que vai combinar com os nossos castanhos mais escuros.

– Vai valorizar seu rosto – explicou a Sara, enquanto misturava as tintas, cujos vapores queimavam nosso nariz.

A Alex assentiu, como se entendesse o que ela estava dizendo, e eu fui obrigada a segurar um sorriso.

– Obrigada – diz a Alex, se inclinando na minha direção, do outro lado da fogueira.

Bato minha garrafa na dela, e a Sara abre mais uma.

– Somos amigas? – pergunta a Alex, de repente, para a Sara.

Ela dá um gole na cerveja, aperta o papel alumínio da sua cabeça e, em seguida, o da Alex.

– Acho que já deu – responde. – Uma vez concretizado, o Pacto de Emergência das Amigas não pode ser revogado. Agora temos cabelo combinando. Isso é coisa séria.

A Alex dá um sorriso e olha para a fogueira.

– Sinto muito pelo seu tio – fala.

Como sempre, suas palavras têm mais peso do que o necessário, fazendo parecer que ela foi responsável por isso e não que está apenas dando suas condolências.

A Sara congela por um segundo e cruza o olhar com o meu. Aceno com a cabeça para dar a entender que contei para a Alex e espero que não tenha problema.

– Bom... – a Sara dá um suspiro profundo. – Sei que o que vou dizer pode parecer terrível, mas facilitou as coisas para a minha família. Não precisamos pensar no assunto, sabe, prestar queixa nem nada disso. A situação foi simplesmente... resolvida.

A Alex assente, como se isso fizesse sentido para ela.

– Mas falaram que ele morreu queimado – continua a Sara, e seu tom leve desaparece. – Normalmente, é a fumaça que mata e tal, mas ele morreu queimado. E não consigo nem imaginar a dor que isso provoca. Acho que ninguém deveria morrer desse jeito, mas foi isso que aconteceu.

– É... – diz a Alex.

– Ei, parabéns por cortarem o clima.

A Sara encolhe os ombros e fala:

– Desculpa.

– É uma coisa que precisava ser dita – completa a Alex.

– Estou oficialmente mudando de assunto – decreto. Ponho a mão na sacola da loja de um dólar que está do meu lado e tateio em busca de algo que comprei quando a Alex não estava olhando.

Os olhos da Sara brilham, e ela bate palmas.

– Ai, você vai amar isso – fala para a Alex.

– O quê?

Sacudo uma tiara de plástico, com pedras falsas e tudo, e coloco na Alex, prendendo-a no seu cabelo.

– Você vai usar isso para ir para a aula na segunda – explico. – É a Tiara do Término do Namoro.

Ela faz que sim, como se fizesse todo o sentido, e a tiara escorrega, tapando um dos seus olhos.

– Vou mesmo – fala.

Batemos nossas garrafas de novo, e começa a nevar.

47. ALEX

Tenho amigas.

Tem gente que gosta de mim, e descobri que gosto dessas pessoas. Hoje vou usar um brinquedo na cabeça e andar pelo colégio como se isso fosse perfeitamente normal. Quando viro a cabeça, as pontas dos meus cabelos caem sobre os meus ombros, e vejo um sutil tom de vermelho, suficiente para refletir a luz. Toco os fios, esfrego meu próprio cabelo entre os dedos e penso no fato de que, em algum lugar do colégio, tem duas meninas com mechas exatamente iguais às minhas.

Sinto um calor nas entranhas, como se a fogueira do quintal da Claire não tivesse se apagado, mas se transferiu para dentro de mim, um lugar protegido do vento e da neve. Um lugar onde posso pensar no rosto delas à luz do fogo e como sorriam enquanto eu falava e interagiam comigo. Como escutavam o que eu dizia, e eu as escutava também e como dormimos no chão da sala, em uma perfeita confiança que nos fez cair em um sono profundo.

– Ô, Alex, você sabia que é uma vagabunda? – grita a Sara, para mim, de dentro da cabine do banheiro, enquanto a Efepê se olha no espelho para conferir a maquiagem.

– Essa é nova – respondo.

A Sara sai da cabine, abotoando a calça jeans.

– Bom, está escrito, com a letra da Branley, atrás da porta, só para você saber.

– Parabéns – diz a Claire, esfumando o lápis de olho com a ponta do dedo. – Você foi malhada no banheiro. Você é oficialmente normal.

Pego o lápis da mão dela e risco a acusação feita pela Branley, depois digo para a Claire que vou comprar um lápis novo para ela, que dá risada. A Sara pega o lápis e transforma meu borrão em um cocô gigante é incrivelmente realista.

Existe um código por aqui que eu nunca soube interpretar, até agora, e vai além dos "toca aqui" que as outras meninas fazem comigo pelos corredores quando veem a minha tiara. Agora que assumi, estou percebendo o jeito como conversam, sem uma postura defensiva, esperando a pancada, mas de um jeito aberto. Mostrando os dentes e com um tom acima na voz, que sai de uma boca sorridente. Todas essas coisas eram estranhas para mim.

Estou aprendendo.

48. EFEPÊ

Primavera significa filhotes de gato. E estamos nos afogando neles.

É só abril, e a Rhonda diz que as coisas vão piorar antes de melhorar, mas, pelo jeito, essa é a sua postura em relação a tudo, então não levo muito a sério. O Park entra pela porta da frente do abrigo trazendo uma caixa de bebês choramingões, e tento me convencer de que o meu coração foi parar na boca porque gosto de gatinhos – e só.

Combinamos que, por enquanto, vamos só nos divertir, esperar os últimos meses do Ensino Médio passarem na companhia um do outro, para não termos que ficar sozinhos. O Park conseguiu uma bolsa de estudos bem razoável por causa do beisebol, em uma universidade particular no Kentucky, e eu vou para a universidade luterana, onde filhas de pastor têm um belo desconto. Então, já estamos fazendo contagem regressiva para o meu novo relacionamento terminar, mas estou tentando me convencer de que tudo bem.

– Oi – diz ele, assim que me vê, e levanta a caixa. – A gente entendeu tudo errado, gata. Você é quem deveria ter bebês.

Bato no seu braço, mas não com muita força, e pergunto:

– Onde é que você encontrou?

– Lá perto do córrego Lick.

– Tem certeza de que eles não têm mãe?

O Park balança a cabeça.

– Tenho. O cuzão que os abandonou teve a bondade de deixar uma tigela de leite como presente de despedida. Eles...

– ... só se jogaram na tigela e ficaram molhados, sei.

Pego na mão dele e o levo lá para trás, onde reservamos uma sala para os gatinhos. Tem várias caminhas aquecidas no chão e um estoque de mamadeiras e leite em pó. A Alex está sentada no chão, de pernas cruzadas, com um bebê do tamanho da sua mão enfiado na dobra do braço, tomando mamadeira.

– Tem mais alguém esperando na fila pelo seu amor – anuncio.

– E eu trouxe gatinhos – completa o Park. – Oi, Alex.

Ela olha para cima e responde:

– Oi. Quantos?

– Três – diz o Park.

A Alex coloca o bebezinho de lado, que grita em protesto, quando ela o coloca junto com seus companheiros de ninhada.

– Um para cada um, então – fala a Alex, pondo as mãos dentro da caixa e me entregando um gatinho. O Park dá uns dois passos para trás quando ela lhe oferece um filhote branco, quase do tamanho de um rato.

– Oi? Eu não...

– Eles precisam se aquecer – diz a Alex, curta e grossa, enrolando o bichinho em uma toalha morna e colocando nas mãos do Park. – Segura perto do seu corpo.

Sento no chão com o meu gatinho, e o Park meio que se joga, derrotado, do meu lado, enquanto a Alex prepara mais leite em pó. Mostro para o Park como se segura a mamadeira no ângulo certo e, logo, logo, estamos os três segurando filhotes na dobra do braço, e só se ouve o sugar frenético deles, tentando encher a barriga vazia.

Olho para o Park e, mais uma vez, me lembro de não ir muito fundo. Ele está uma fofura segurando a mamadeira com aquela mão enorme, os olhos fixos no gatinho. Eu tipo amo as mãos do cara. São gigantes, com nós dos dedos salientes, tão masculinas. A primeira vez que ele me tocou, fiquei com medo de congelar, de só conseguir lembrar de mim vomitando no banheiro da Alex, do cheiro forte de álcool, porque joguei um frasco inteiro na minha virilha. Mas não foi assim. O Ray Parsons sequer existe quando as mãos do Park me tocam.

Mas acho que não estou apaixonada. Também acho que nunca fui apaixonada pelo Adam. Só que fiquei com ele por tanto tempo que pensar em outra pessoa ficando com ele me fez sentir como se tivessem me roubado algo que me pertencia, mas não algo sem o qual eu não conseguiria viver.

Tive certeza de que eu tinha esquecido o Adam quando a Branley deu o fora nele, logo antes de os convites para o baile de formatura começarem a ser vendidos. E não pensei duas vezes antes de aceitar o convite que o Park tinha comprado para mim. E posso até ter imaginado, mas acho que vi um leve brilho de pânico no seu olhar, quando ele entregou o papel para mim, como se nosso acordo de pura diversão fosse ser cancelado, agora que o Adam estava livre.

O único motivo para o fato de o Adam estar livre significar qualquer coisa para mim é a Branley ter dado o fora nele no mesmo instante em que a Alex e o Jack tiveram problemas, e agora a menina está grudada no cara que nem um parasita. Um parasita deslumbrante, verdade, mas que, mesmo assim, suga a vida dele. O Jack não consegue sair de perto da Branley. O dia em que a orientadora anunciou que ele tinha ganho uma bolsa completa para a Universidade Hancock, a Branley foi direto para a sala dela e preencheu a ficha para concorrer a uma vaga também.

Eu não era apaixonada pelo Adam. E tenho quase certeza de que não estou apaixonada pelo Park.

A Alex e o Jack, eles sim é que eram apaixonados.

Mudo meu gatinho de posição, e ele faz um barulhinho patético que rompe o silêncio.

– Ele terminou? – pergunta a Alex.

– Acho que sim – respondo. Então levanto o bebê, que está com a barriga redonda de tão cheia. – Hora de fazer xixi.

– Oi? – diz o Park, olhando para mim e para a Alex.

– Você tem que fazer o seu ir ao banheiro – explica ela. – Eles não vão sozinhos.

O Park arregala muito os olhos, e dou risada dele.

– Você está dispensado – falo, retirando o gatinho do seu braço e pegando uma mamãe gato de pelúcia em uma pilha de outros bichos que fica no canto da sala.

– Que merda – dispara o Park, e não consigo evitar de ficar meio vermelha.

A Rhonda costurou uns mamilos de plástico nas mamães gato de pelúcia, e nos explicou que os filhotinhos mamam neles porque se sentem bem, mesmo que não saia leite dali. E, apesar de ser verdade que os nossos órfãos adoram suas novas mães, elas causam um certo estranhamento entre os humanos.

– É uma gatinha de peitinho – diz o Park, já querendo pegar, mas eu não deixo.

– Está na hora de você ir embora – aviso, olhando para a Alex. – Você dá conta sozinha por um minutinho?

– Dou – responde ela, ainda com os olhos fixos no gatinho que está tomando mamadeira.

Acompanho o Park até a porta, mas ele pega a minha mão.

– A Alex está bem? – pergunta.

– Melhorando – respondo.

– Ela vai para o baile?

– Não. Está sem par e diz que não quer segurar vela para nós nem para a Sara.

– Até parece que ia ser difícil para ela arranjar um par.

Seguro o riso e digo:

– É. Você devia dizer isso a ela. Só cuida para ver se não tem nada pontiagudo por perto.

– Fala para ela ir mesmo assim. O que mais a Alex tem para fazer? Ficar sentada em uma sala cheia de bichos de pelúcia com mamilos falsos?

– Tá. Vou ver o que posso fazer.

49. ALEX

Dentro da minha cabeça, tem uma balança.

Não sei quantas vidas pequenas equivalem a uma grande, nem se existe uma fórmula para esse cálculo. Quantos gatos preciso salvar? Quantos cães? Quantos animais feridos na beira da estrada preciso arrastar para um local seguro, com seu sangue nas minhas mãos, o cheiro forte do seu pelo nas minhas roupas?

Acho que, se esse número existe, deve ser muito grande, por isso fico de olhos bem abertos quando dirijo, quando corro, quando ando pelos corredores do colégio. Já tirei aranhas da frente de pés pesados, deixei um rato do campo entrar pela porta de casa em pleno inverno, desviei de guaxinins na pista congelada. Tudo o que eu puder imaginar, qualquer coisa que eu puder fazer para melhorar a situação.

Quero contar para o Jack que estou fazendo essas coisas, tentar mostrar para ele que, apesar de eu não me arrepender exatamente, pelo menos sinto culpa. Já organizei as palavras, formei as frases à noite, na esperança de que, pela manhã, eu tenha coragem de cuspi-las como se formassem um fio, a segunda saindo com mais facilidade do que a primeira. Mas a Branley está sempre com ele, e sua normalidade é tão grande que não quero ficar ao lado dela, para que minha escuridão não fique em um contraste gritante.

Então deixo para lá. Alimento os gatinhos. Ouço a felicidade do Park e da Claire e pego mais um órfão de dentro da caixa.

E os pratos da balança se mexem um pouquinho mais.

50. JACK

Minha carona chegou, um tapete mágico em forma de papel, e as pessoas tiraram foto quando eu o assinei.

Meu pai e minha mãe estão sorrindo mais, com meu futuro garantido por um traço de caneta, mas sei que, para minha mãe, isso tem seu lado ruim. E não posso nem prometer que vou vir para casa bastante, porque não vou. O Park vai para o Kentucky, e a Branley vai comigo porque suas garras não se soltam facilmente, e a única outra pessoa por quem eu me daria ao trabalho de voltar é a Alex, em quem não posso pensar sem ser tomado pela culpa e por um gosto de vômito na garganta.

Fizeram um estardalhaço no colégio porque ninguém recebia uma bolsa integral desde o tempo que dava para pagar a mensalidade com moedas. Fizeram até a banda andar atrás de mim tocando o grito de guerra durante um intervalo. Foi estranho, vergonhoso e meio incrível, tudo ao mesmo tempo e, quando passei pelo cartaz que tem a contagem regressiva dos formandos, juro que me engasguei. O que não faz o menor sentido porque ir embora é tudo o que eu sempre quis e, de qualquer jeito, tenho um novo grito de guerra para decorar.

Aí passei pelo Park e ele me deu um soco no estômago. A gente ficou lutando no chão, com a banda ao nosso redor tocando, porque não sabiam o que fazer. O que foi tão engraçado que eu e o Park começamos a rir como dois imbecis, e aí a Efepê nos chamou de cuzões, e o Park pegou na canela dela e puxou a menina para o chão. Ela ficou com o instrumento no ar, enquanto caía, gritando: "Cuidado com o meu trompete!", o que foi igualmente hilário.

Foi um dia bom para caralho, e pude fingir que estava com lágrimas nos olhos de tanto rir. Ninguém sabe que era porque agora que consegui ir embora, um lado meu vai sentir falta desse lugar e ninguém sabe que, quando passei pela Alex, e nossos olhares se cruzaram, vi que ela também tinha lágrimas nos olhos.

51. EFEPÊ

Você não chega simplesmente para a Alex Craft e diz que ela vai para o baile de formatura.

Tenho quase certeza de que a Alex nunca fez nada que não estivesse a fim, e dar um jeito de ela ir ao baile é a mesma coisa do que sugerir, como quem não quer nada, para o meu pai pensar em se converter ao islamismo, só para variar.

A Sara ainda precisa comprar o vestido, então falei que a Alex vai com a gente, na esperança de que araras cheias de vestidos causem o mesmo efeito nela que cachorros deprimidos presos na gaiola. Mas a Alex só fica sentada na loja, observando sem fazer nenhum comentário enquanto a Sara desfila. Com recortes na frente, fenda até a coxa, decotão, com a saia tão curta que dá para ver a voltinha da bunda... Por fim, ela põe um roxo escuro aberto nas costas, e a Alex abre a boca.

– É esse – diz.

São as primeiras palavras que saem da sua boca desde que entrou no carro, e a Sara é toda ouvidos. E eu fiquei fazendo elogios e dando conselhos por quase uma hora. Estou sentindo nos braços o peso de um vestido magenta "talvez" e um rosa-flamingo "quem sabe", mas é o único comentário que a Alex faz que consegue a atenção da Sara.

– Por quê? – pergunta, com as sobrancelhas franzidas de desconfiança, virando o rosto para a Alex.

– Porque seus músculos das costas são lindos – responde a Alex.

– São mesmo, né? – concorda a Sara, conferindo seu reflexo no espelho triplo. – E você?

– E eu o quê?

– Vamos dar uma olhada nos seus músculos das costas, gata.

A Alex chega a dar risada, mas despista a Sara.

– Não vou provar vestido nenhum.

– Por que não?

– Ela *jura* que não vai ao baile – respondo.

A Sara para de se admirar, se vira e olha feio para a Alex.

– Nem me fala que é por causa do FDP do Jack Fisher.

– Não só – diz a Alex. – Eu não quero mesmo ir.

A Sara cruza os braços e dou graças a Deus por ainda estar meio escondida, segurando aquele monte de vestidos.

– Por causa do FDP do Jack Fisher.

– Eu...

– Escuta... – diz a Sara, descendo os três degraus do provador e ficando bem na frente da Alex. A saia faz barulho quando ela anda. – Ano passado, quando a Alice me falou que eu era só uma experiência antes de ela ir fazer faculdade em outra cidade, me deu vontade de me enfiar em um buraco e morrer. Tipo, morrer de verdade. Mas eu fiz isso?

A Alex a olha de cima a baixo, bem devagar, e responde:

– Pelo jeito, não.

– Eu não queria ir para a aula, porque ela ia estar lá. Não queria ir para o treino, porque ela ia estar lá. Não queria ser orientadora do acampamento, porque ela ia estar lá também. Então, das duas uma: ou eu não fazia mais *nada* pelo resto da vida ou eu engolia essa e fingia que não me incomodava. E quer saber? Se você fingir que não se incomoda por um tempo, logo, logo não se incomoda mesmo.

– Ela tem razão – digo, levantando o pescoço debaixo da pilha de seda e de cetim que estou segurando. – Lembra do jeito que eu fiquei por causa do Adam?

– É – concorda a Sara, com as mãos no quadril. – Foi patético.

– Valeu – disparo.

A Sara tateia e puxa um vestido da pilha que estou segurando, o rosa-flamingo com recortes.

– Então, a senhorita vai pôr um vestido, Alex Craft, e na segunda-feira vai comprar um ingresso para o baile.

– Acho que essa cor não fica bem em mim – diz a Alex.

– Então escolhe você a porcaria do seu vestido – retruca a Sara, dando um soco no braço dela.

A Alex devolve o soco, e aposto que as duas vão ficar com marcas, mas isso não importa, porque a Alex está dando uma olhada nas araras, puxando alguns cabides para o lado, para olhar melhor os vestidos.

– Valeu – digo para a Sara.

– Pelo quê?

– Estava aqui queimando as pestanas, tentando encontrar um jeito de convencer a Alex a ir para o baile. Não cheguei a pensar em gritar com ela e socar a menina até ela mudar de ideia.

– Bom, se nada mais der certo, a gente faz uma trilha de *cheeseburguer* até o clube – diz a Sara.

– Eu ouvi essa – fala a Alex, lá das araras.

A Alex ressurge com alguns vestidos, e damos uma olhada. A Sara a manda para o provador com instruções claras de mostrar *todos* para a gente, sem trapaça. Me encosto na cadeira, e a Sara me conta da menina que mora em Waterloo e vai com ela no baile, e eu não penso no Adam nem no Park nem em nada.

E isso é muito, muito bom.

52. JACK

Bosta. Banho. Barba. É assim que um homem se arruma para o baile de formatura.

A Branley está se arrumando há dois dias, o que inclui uma sessão bem longa no salão que, pelo que ela me contou, é quase só para se depilar e fez questão de me dizer que tiveram que encomendar mais cera porque ela é *muito metódica*. Hoje é a fase dois. A fase dois consiste em manicure, pedicure, cabelo e maquiagem. E ela me conta de uma marca de maquiagem que, mais uma vez, o salão teve que encomendar, porque o único lugar que faz tratamentos faciais na cidade não trabalha com as coisas mais caras. E eu não me importo um caralho, mas o baile de formatura é a coroação das suas conquistas, e eu tenho que desempenhar um papel nisso.

Sei que vou acabar na cama com ela. Hoje à noite vou ficar bêbado, provavelmente vou bancar o cuzão com algumas pessoas, e depois vou comer a Branley porque é isso que ela quer que eu faça. E, sendo bem sincero, a minha parte de baixo está bem a fim, por mais que a de cima – onde ficam meu cérebro e meu coração – saiba que tudo isso é errado e que eu não deveria ir para a pousada que o pessoal reservou para depois do baile.

Eu não deveria ir porque, se fizer isso, vou continuar sendo o mesmo Jack Fisher que começou o último ano do Ensino Médio, o cara que era guiado pelo pau e bebia demais. O cara que jamais teria se apaixonado nem ficaria de coração partido. Um cara que não conhecia a Alex Craft. Mas aquele cara, em muitos sentidos, era mais feliz. Não sabia o que eu sei.

Limpo o resto de espuma de barbear do queixo, deixo minha mãe tirar umas fotos minhas de *smoking* e saio pela porta. Na casa da Branley, tem todo um processo. Seus pais me fazem esperar na sala de estar, e ela desce a escada para me encontrar, de verdade, como se a gente estivesse se casando e tal. Eles filmam minha reação, e não preciso fingir. Ela está incrível. Deslumbrante. Absolutamente maravilhosa.

Falo isso para a Branley, estou sendo sincero e ela chega a ficar um pouco vermelha. Dá para ver por baixo de toda aquela maquiagem, e me dá vontade de falar para ela ir lavar a cara, pôr uma calça jeans para a gente ir para a pousada mais cedo, caminhar no córrego, como a gente fazia quando era criança. Mas a mãe da menina está prendendo uma flor na minha lapela (tingida para ficar do tom exato do vestido da Branley: verde-água. Sei disso porque ela me falou muitas e muitas vezes) e, se eu dissesse "Vamos deixar essa merda para lá e só sermos nós mesmos" centenas de dólares seriam jogados fora.

Então, dou meu sorriso falso, e os pais da Branley tiram umas mil fotos e falam que a gente forma um bonito casal, e mordo o lábio porque não sei se formamos mesmo um casal, nem hoje nem nunca. A Branley dá risada e sorri, encosta a cabeça no meu ombro, deixando uma mancha cor de pele no meu paletó que espero muito que saia, porque não tenho como pagar a multa do aluguel do *smoking*.

Aí entramos no carro, e estou tentando dirigir, mas a Branley fica pondo a mão na minha perna, a cabeça no meu braço, me tocando tanto que a coisa vira mais uma distração do que algo erótico, e só consigo pensar que é assim que as coisas vão ser na faculdade. Ela vai ficar indo atrás de mim, pegando em mim o tempo todo, passando a mão, me tocando, carente, e eu vou dar o que essa menina quiser porque sempre fiz isso, e as coisas só vão piorar. Minhas notas vão baixar, e eu vou perder minha bolsa de estudos e ter que desistir, e a Branley vai voltar comigo para casa e, *caralho*, vou acabar casando com ela, e vamos ter filhos, que vão crescer e ir na igreja dar uns amassos nos filhos das pessoas que a gente vai ver hoje à noite no baile.

– Para de passar a mão em mim – falo, com uma voz tão fria que ela obedece.

Dou uma olhada nela, e dá para ver que ficou magoada, mas não posso deixar isso me incomodar, não depois de tudo isso que passou pela minha cabeça, um *loop* infinito que não consigo deixar de imaginar.

O baile é um mar de cores, todas competindo por atenção,

assim como as meninas que as usam. Vermelho, verde, azul, algumas almas corajosas de amarelo, umas duas outras cores que não sei o nome e que, com certeza, não existem na natureza. Mas o que eu mais vejo é pele, por todos os lados. Tecnicamente, na noite do baile, as pessoas deviam seguir o código de vestimenta do colégio, mas os professores sabem que se expulsarem uma aluna que gastou centenas de dólares em um vestido vão ter que lidar com os pais putos da vida, esteja a menina mostrando ou não os mamilos.

Então, tem pernas e peitos por todos os lados, e várias barrigas de fora. Dentes brancos reluzem atrás de lábios cobertos de *gloss*, com um brilho que não é natural por causa das luzes. Trouxe uma garrafinha de bebida e estou tomando mais do que deveria, mas não sei lidar de outra maneira com esta noite. Falo para a Branley que preciso sentar durante uma música, que, se continuar me movimentando, vou soltar o frango *cordon bleu*, pelo qual paguei trinta dólares, em cima do vestido dela. Como é uma ameaça à sua perfeição, ela me deixa ir sentar.

Estou na nossa mesa, tentando pegar a garrafinha no bolso do paletó, quando vejo um buraco naquela claridade, um ponto escuro que se destaca do caos. A Alex está atravessando a multidão em um vestido marrom que, no cabide, devia parecer um saco, mas nela, ficou melhor do que sexo. Cobre tudo que deveria mas é bem justo, dando uma ideia do que tem por baixo, e que é muito mais provocante do que deixar tudo à mostra.

A Branley está fantástica, sem sombra de dúvida. Parece a perfeita adolescente indo ao baile de formatura, uma criança brincando de se fantasiar. A Alex parece uma *mulher*, uma adulta que já viu de tudo e não precisa provar merda nenhuma. Ela se dirige a uma mesa no canto, onde estão a Sara e a namorada, de vestidos combinando.

A Branley olha para mim por cima do ombro do cara que está dançando com ela, com os olhos espremidos como os de um gato prestes a dar o bote. Pego meu copo de coquetel de frutas e viro a garrafinha dentro dele por baixo da mesa, quase despejando metade do conteúdo, porque a Efepê sentou na cadeira do meu lado.

– E aí, cuzão? Dança comigo – diz ela.

Não é o convite mais lisonjeiro que já recebi, mas sei que o Park também trouxe uma garrafinha, e a Efepê deve ter começado os trabalhos cedo. Ela me arrasta para a pista de dança com tanta força que tropeço para não pisar no seu vestido, que fica arrastando no chão, mesmo ela estando de salto alto. Apesar do sapato, a cabeça dela fica na altura do meu peito, então tenho que ficar olhando para baixo, para as suas bochechas bem vermelhas, quando começamos a dançar.

– Você viu a Alex? – pergunta.

– Vi.

– Ela está bonita, né?

Como não tem mal nenhum eu admitir isso, faço que sim, tentando ficar longe da Branley, para ela não ouvir nossa conversa.

– Então, o que foi que aconteceu? – insiste a Efepê.

– Como assim?

A Efepê revira os olhos e, de uma hora para a outra, sinto uma unha bem pontuda e muito bem pintada no meu peito.

– Escuta aqui, Jack Fisher, seu FDP – diz ela. – A Branley é carne de vaca. É um golden retriever, está me entendendo? A Alex é um pastor irlandês – completa, enterrando um pouco mais a unha. – Um *pastor irlandês* – repete, com os olhos vermelhos, me desafiando a discordar. – E você não pode simplesmente cair fora.

Ela está tão brava comigo que não sei se vou ter a oportunidade de explicar que acabo de me dar conta disso – ou de algo parecido com isso que não envolva raças de cães – há poucos minutos. Seguro a Efepê pelo cotovelo e a levanto para a gente ficar cara a cara, o que, pelo menos, tira aquela unha da minha pele. Ela fica tão surpresa que para de falar.

– Eu sei – digo, e a profundeza do quanto sei disso deve ficar evidente, porque a Efepê de repente dá um sorriso que transforma seu rosto. Eu a coloco de volta no chão, e ela me dá um abraço, e aqueles bracinhos são mais fortes do que eu imaginava.

– Se a Branley é um golden retriever e a Alex é um pastor irlandês, você é um cocker puto da vida – falo.

– Com raiva – completa ela. – Não vai esquecer.

Aí mostra os dentes para mim e some na multidão.

Estou na ponta da pista de dança, e a mesa da Alex está a poucos metros, e as dúvidas que tive nos últimos meses se reduziram a nada. Minha mente está tentando construir um argumento contra, mas meu coração sabe o que quer, e meus pés já estão andando na sua direção. Não é uma decisão, é mais um instinto e, quando vejo, estou do seu lado, segurando a sua mão e dizendo seu nome.

A Alex olha para mim, e seus olhos estão ainda maiores com o traço de delineador.

– A gente pode conversar? – pergunto.

Ela concorda com a cabeça, segura minha mão, e me leva para fora, para a sacada, onde o ar fresco e a Alex do meu lado me deixam mais sóbrio do que qualquer outra coisa que já experimentei. Não quero falar nada imbecil. Não quero dizer que ela está bonita ou que eu não esperava vê-la por aqui. Só quero falar das coisas que realmente importam, das coisas que têm passado pela minha cabeça há meses, batendo nas coisas normais em que estou tentando me concentrar e tirando-as do prumo. Mas a única coisa que sai da minha boca é a verdade, pura e simples e, ao mesmo tempo, impossível.

– Quero você – digo.

Seu rosto se ilumina, as sombras que eu havia visto à distância, nos últimos meses, ficam de lado quando ela sorri, e sua expressão é a única resposta que eu preciso. E, por algum motivo, isso foi o mais importante. Agora que falei, sinto que tudo o mais, por mais terrível que seja, é contornável.

– Tem certeza? – pergunta, percorrendo meu rosto com os olhos.

– Preciso te perguntar umas coisas primeiro – respondo. – Você vai para a pousada depois?

– A Claire e o Park vão, mas acho que não fui convidada.

– Estou te convidando.

Ela levanta a sobrancelha.

– E tudo bem?

– Vai ter tanta gente que ninguém vai ficar sabendo. A gente não pode conversar aqui. A Branley vai grudar em mim a qualquer segundo e é capaz de jogar bebida na sua cara.

A Alex encolhe os ombros e diz:

– Aí eu mato ela.

Quase dou risada, mas o som fica entalado na minha garganta. A Alex fica me olhando em silêncio por um segundo.

– Brincadeira – completa. – Tenho critérios.

E aí eu dou risada, sim, expulsando toda a escuridão que estava dentro de mim desde a última vez que a vi, e a confusão transborda para fora de mim nesse momento reluzente de clareza. A Alex sai de perto, volta para o redemoinho caótico de cores do qual acabamos de escapar, e eu apoio a cabeça nas mãos.

Sei que tem algo de errado em volta de tudo isso, sei que a Alex fez uma coisa terrível – talvez mais terrível do que eu imagino. Mas, soterrada debaixo de todas essas perguntas e respostas que eu posso não querer ouvir, tem uma verdade muito sólida.

Estou apaixonado por essa garota.

E é nisso que estou me segurando, neste exato momento.

Levo essa paz comigo para a pousada. Nada pode penetrar na leveza que tomou conta de mim desde que cruzei o olhar com a Alex e disse as palavras que estavam se acumulando há tanto tempo dentro de mim.

A Branley se separa de mim na porta, passando o dedo no meu peito e dizendo que está na hora de começar a fase três da arrumação. Balanço a cabeça, sabendo que estou prestes a decepcioná-la. Ela entra em um banheiro e desaparece. Pego uma cerveja na geladeira e desvio dos grupinhos de gente.

Tem um belo jogo de sinuca rolando. Alguns dos caras já conseguiram se livrar dos pares, prestando mais atenção no Xbox do que nelas. A Efepê e o Park estão enroscados no sofá, envolvidos um com o outro e não com a cerveja. Todo mundo me fala "oi". Umas meninas me perguntam "Cadê a Branley?", mas eu as dispenso, percorrendo a multidão à procura da única pessoa que realmente importa.

Eu a vejo no deque, de costas para a casa. Trocou o vestido por um moletom de capuz verde-escuro e uma calça jeans, mas ainda está com o coque no cabelo. Saio de fininho pela porta dos fundos, e ela se vira com um meio sorriso nos lábios, a mão esticada para mim.

– Preparado? – pergunta.

Meu celular apita, e recebo uma foto da Branley. Está esparramada na cama, com uma *lingerie* minúscula vermelha, pétalas de rosas espalhadas por cima do lençol. Sedutora, maravilhosa, incrível. O sonho erótico de 99 por cento da população masculina.

Estou pronta. Você vem?

Mando uma resposta simples – não –, sabendo que mais tarde vou ouvir um monte de merda. E aí desligo o celular.

– Sim – digo, e dou a mão para a Alex.

Me afasto da casa, do calor das pessoas, da luz.

E vou em direção à escuridão com a Alex.

53. ALEX

Minha coluna está vibrando como se quisesse sair das minhas costas, cantando no ar da noite, e encontramos um tronco caído para sentar, com a lua iluminando nosso caminho.

– Me conta – diz ele. – Me conta tudo.

Então começo a falar.

– Depois do que aconteceu com a Anna, fiquei anestesiada. Começou pelo meu coração, um mecanismo de defesa para eu não sentir aquela dor toda. Mas acabou se alastrando pelas minhas veias, chegou até o meu cérebro. Eu não conseguia sentir nada, nunca. Nem tristeza. Meu corpo inteiro, minha cabeça, tudo, parecia que tinha virado um tecido cicatricial. Insensível. Morto. Protetor.

O Jack assente. Já vi seu corpo, conheço bem. De tecido cicatricial ele entende.

– Senti algo pela primeira vez em muito tempo quando soltaram o Comstock – digo. O Jack abaixa a cabeça, solta um gemido, seguido do vapor da sua respiração.

– Mas você só estava no primeiro ano – fala.

– A única coisa capaz de nos impedir somos nós mesmos – afirmo, e ele cobre o rosto com as mãos. Não sei o que está pensando, mas já falei e não tenho como retirar o que disse. Como tantas outras coisas.

Então eu conto.

Conto para o Jack da bebedeira do Comstock e do taco de beisebol, do barulho que o metal fez quando atingiu seu crânio, e como ele escorregou até o chão como um saco cheio d'água. Falo da minha força, que o levantou e o sentou na cadeira, do martelo e dos pregos, do ruído de sucção do seu pulmão, tentando se encher de novo, do fluir das coisas que eu precisava aparecendo na minha frente bem na hora. Da facilidade com que me convenci de que tudo estava acontecendo como deveria.

Eu conto e ele escuta, com o rosto ainda coberto pelas mãos, e os sapos começam a cantar à nossa volta à medida que se acostumam com a minha voz. Continuo.

– Eu era uma cicatriz, por dentro e por fora. A Claire apareceu e começou a cutucar as bordas, seus dedos deram um jeito de ir me abrindo aos pouquinhos. E depois veio você. Você me estraçalhou, e agora sou uma ferida aberta, pegando ar e todas as infecções à minha volta. Tudo entra e tudo dói. Sou essa coisa em carne viva, sangrando, sentindo tudo pela primeira vez, a alegria e a dor. Quando a Sara ligou para a Claire aquela noite, lá na igreja...

Os dedos do Jack estão sobre os meus lábios.

– Para.

– Achei que você devia saber – digo.

– E eu sei. Eu sei e estou bem aqui, do seu lado.

Começo a chorar, e ele também, o calor que emana do nosso rosto se evapora na noite. Caio em cima do Jack, e a gente só se abraça, tão apertado que não sabemos onde ele termina, e eu começo, e isso não importa, afinal. A gente se separa, e o Jack segura meu rosto com as duas mãos, as lágrimas rolam para baixo dos seus dedos.

– Você consegue parar?

Não sei. Já me perguntei isso, tive tantos momentos em que as palavras estavam na ponta da minha língua, os sons necessários para me condenar e me salvar sem conseguirem sair da minha boca, debaixo do olhar sombrio da minha mãe.

– Não sei – falo.

– Você pode tentar? Por mim?

– Sim – digo, e seus olhos refletem toda a luz da lua quando ele sorri.

– A gente pode fazer o seguinte – fala, segurando minhas mãos e apertando bem. – Recebi uma boa bolsa para a Universidade Hancock. Vem comigo. Você tem as notas para isso. Paga a taxa de matrícula atrasada e vai embora daqui, porra. A gente vai juntos, e procura ajuda profissional.

Suas mãos soltam as minhas e giram no ar, ajudando a tecer esse conto de futuro esperançoso. Algo que até pode acontecer, agora que não tenho mais esse peso no meu coração, agora que cada batida não é mais um grande esforço.

– Sim – falo.

– A gente pode alugar um apartamento, morar fora do campus – continua, agora que confirmei que seu delírio pode virar realidade. – Não tenho muito dinheiro, mas vou arrumar um emprego, faço o que for preciso.

– A gente adota um cachorro – digo.

– Um pastor irlandês – completa, com convicção.

E dou risada. Risada do seu otimismo, da sua absoluta convicção de que tudo vai dar certo.

E talvez ele tenha razão.

Talvez dê certo mesmo.

54. EFEPÊ

A Branley está tão perdida que não ia conseguir se achar nem se tivesse um chip.

Quase morro de susto quando ela sai de um quarto lá em cima, batendo a porta com tanta força que a festa inteira para. Está quase pelada e segurando uma garrafa de vinho que parece vazia, e toda a maquiagem dos seus olhos está escorrendo pela cara, em um rio de lágrimas multicoloridas.

– Cadê o Jack, caralho? – grita, e o Park e eu nos encolhemos na mesma hora.

Está todo mundo olhando, cada um por seus motivos. As meninas, porque, para elas, testemunhar a queda do topo da pirâmide é um esporte, e os caras porque a Branley está no topo da escada sem calcinha.

– Cadê? – grita, de novo, e levanta a garrafa como se fosse jogar na cabeça de qualquer um que ocultar informações.

– Branley, querida... – diz a Lila, com cuidado, subindo os degraus na direção do que só pode ser sua completa aniquilação.

– Não me chama de "querida" – berra a Branley, escaneando o andar de baixo em busca de um alvo. Ela cruza o olhar com o meu, e rezo para ela estar bêbada ao ponto de não me reconhecer.

– A Alex está aqui? – questiona. – Ela veio até *aqui*, porra?

Parece que minha língua está colada no céu da boca, mas não preciso responder porque a Branley já vem descendo, e seus pés descalços escorregam nos últimos degraus. A Lila a segura, mas ela se solta do seu braço, ainda com os olhos grudados nos meus.

– Bran, acho que é melhor... – o Park começa a falar.

– Não estou falando com você – interrompe a Branley. – Perguntei para a Efepê.

E aponta para mim, com o dedo a menos de um centímetro do meu rosto.

São as unhas que me matam. Conheço a Branley, quer queira, quer não, e ela não se contenta com nada menos que a perfeição. Antes de ir para o baile, essas unhas foram polidas, lixadas, feitas, e o tom perolado destaca o azul do seu vestido de um jeito minimamente notável, coisa que só alguém que passou algumas horas refletindo sobre cores é capaz de apreciar.

E agora essas unhas estão destruídas. Em frangalhos. Roídas até os dedos. Até as cutículas foram mordidas. Não sei há quanto tempo a Branley estava lá em cima sozinha, mas acabou com uma garrafa de vinho e se mordeu antes de a raiva a arrastar até aqui embaixo.

Ela tentou. É isso que vejo na mão destruída que está bem na minha cara, nos borrões de maquiagem que escorrem pelo seu rosto. A Branley tentou segurar seu abandono sozinha, tentou não fazer uma cena, tentou ter um pouco de dignidade.

Que está se esvaindo, neste exato momento, bem na minha frente. As meninas estão cobrindo os sorrisos maldosos com a mão, e os caras não estão nem disfarçando para tirar fotos da Branley de *lingerie*.

– Vamos – falo, tirando uma manta de cima do sofá e colocando nos seus ombros. Ela solta um leve suspiro e meio que cai para a frente em cima de mim. Toda a sua energia acabou, agora que descontou sua raiva. Levo a Branley até o banheiro e ela se joga em um canto, e suas pernas bronzeadas estão arrepiadas.

Molho um pano e começo a limpar seu rosto, tirando as camadas de maquiagem que foram tão cuidadosamente aplicadas, e tudo isso para o Jack. Limpo o resto do batom, que está borrado e craquelado e não enfeitando o corpo do Jack, como ela havia planejado. Fico limpando seu rosto enquanto a Branley chora de soluçar, seus ombros sobem e descem em uma dança silenciosa de uma tristeza sem fim, que eu conheço tão bem.

A Branley está de coração partido, e foi o Jack Fisher quem fez isso com ela.

E eu só posso confortá-la, apertar a manta em volta do seu corpo, enquanto ela tenta encontrar palavras, me contar coisas que eu não deveria ouvir. Ouço algumas batidas hesitantes na porta, perguntas em voz baixa, feitas por meninas que "só querem ajudar", mas a Branley as manda ir embora. Sou eu quem ela quer, é comigo que está desabafando. E, como sou amiga da Alex, a Branley não poderia ter escolhido uma pessoa pior.

– Ele a ama? – pergunta a Branley, segurando um lenço de papel.

– Não sei – digo, feliz por poder dar uma resposta sincera. – Se disse isso, ela nunca me contou.

– Mas o que você *acha*?

Queria poder dizer "não sei" de novo, mas percebi a expressão do Jack quando ele viu a Alex no baile, eu o observei tentando passar por cada dia em que os dois ficaram separados como se não estivesse arrasado.

– Sim, ele a ama – respondo. – E tenho quase certeza de que a Alex o ama.

Achei que a Branley ia chorar de novo quando falei isso, mas ela só balança a cabeça afirmativamente, como se eu tivesse confirmado algo inevitável, e assoa o nariz.

– É tudo o que eu tenho, sabe? – diz.

– O quê?

– Isso – responde, mostrando seu corpo escultural com um gesto casual. – Não sou inteligente nem divertida nem misteriosa.

– Hum, você é bonita – digo. – Isso vale muito.

– Não – responde, sacudindo a cabeça. – Quanto tempo me resta? Dez anos? Quinze anos? Quanto tempo falta para meus peitos ficarem caídos, meu cabelo ficar branco, e eu ficar cheia de rugas? Quanta maquiagem vou ter que usar para competir com as mulheres que são interessantes e as pessoas prestam atenção no que dizem, que têm empregos porque são inteligentes, que ficaram com o Jack porque são misteriosas? Quanto tempo até meu marido ficar entendiado e começar a trepar com uma versão mais nova de mim mesma porque eu estou acabada?

A Branley acabou de me fazer uma longa lista de perguntas muito deprimentes, e eu não tenho resposta para nenhuma delas. Acho que está se menosprezando, porque já vi suas notas, e ela tem uma média sete. Pode não servir para uma universidade de elite, mas ela não é uma burrona, e ser legal poderia ajudar muito se ela, sabe.... tentasse praticar um pouco mais. Não falo nada disso porque a menina está bêbada para caralho e enrolando a língua e, provavelmente, não vai lembrar de nada.

– É isso que eu sou – diz. – E só me resta um certo tempo para usar isso a meu favor, e é isso que eu tenho feito e nem sempre foi a atitude certa e, às vezes, eu nem me sinto bem com isso.

Ela assoa o nariz de novo e amassa o lenço. Eu lhe passo mais um.

– Desculpa pelo Adam – fala.

O cara ficou tão para trás que levo um segundo para entender, como se ele tivesse morrido há uns dois dias e ninguém tivesse me contado, e a Branley estivesse me dando condolências.

Começo a dar risada.

– Qual é a graça? – pergunta a Branley.

Eu explico, e ela dá um sorriso, e a pele em volta dos seus olhos inchados fica enrugada.

– Você sabe o que eu quis dizer – completa.

– Sei, sim. Não se preocupa.

– É sério. Fiz você se sentir do jeito que estou me sentindo agora – diz, e seus olhos se enchem de lágrimas de novo. – E não desejo isso para ninguém.

Olho para a água que escorre dos seus olhos, suas bochechas que começam a ficar vermelhas de novo.

– Eu também não – falo.

E dou a mão à Branley enquanto ela chora.

55. JACK

O mundo é um lugar novo, onde eu renasci.

Claro, a primavera sempre traz essa sensação. Parece que esquecemos de viver durante o inverno. Nossos pulmões puxam o ar parado de dentro de casa e soltam, para nos manter vivos. Vamos de um prédio para o carro para o próximo prédio o mais rápido possível, com as costas curvadas contra o vento, o rosto escondido atrás de capuzes e chapéus, com os olhos fixos no chão. A alegria vaza do nosso corpo no inverno, e qualquer coisa que não esteja bem protegida congela.

Mas é mais do que esse degelo que afeta meu corpo, e não estou conseguindo disfarçar. Até o Park me falou para tirar essa porra desse sorrisinho da minha cara, mais de uma vez. Estou apaixonado ao ponto de ficar imbecil e contando para todo mundo que eu encontro. A grama está mais verde, o ar, mais agradável, as bolas de beisebol têm um tom mais vivo de branco.

A contagem regressiva para a formatura já está com um dígito só, eu e a Alex estamos em uma disputa acirrada pelo posto de orador e amando cada segundo das alfinetadas que damos um no outro. Tento atrasá-la no corredor com longos beijos, falando que ela não precisa estudar, e a Alex responde mordendo meu lábio com força suficiente para eu entender que não vai ser assim tão fácil.

– Vão para o motel – grita o Park quando passa, com o braço pendurado no pescoço da Efepê.

Atiro uma caneta nele, mas o cara a pega no ar, e vejo a Branley entrando em uma sala de aula no fim do corredor, o brilho do seu cabelo é inconfundível. Não posso negar que sinto um golpe no estômago toda vez que a vejo, uma ferida que ficou, as pontadas de culpa. O que ignoro, me concentrando nas sardas da Alex, que estão mais escuras agora que ela começou a assistir minhas partidas de beisebol.

– A gente se vê hoje à noite?

– Noite das meninas – a Alex responde, sacudindo a cabeça.

– Você pode ver a Efepê a qualquer hora – argumento.

– Posso ver *você* a qualquer hora.

E, para essa, não tenho argumento. Agora que a Alex foi oficialmente aceita na Universidade Hancock, e que a Efepê vai para a universidade luterana, seria egoísmo da minha parte querê-la só para mim, já que vou poder ficar com ela o quanto quiser depois.

– OK – respondo. – Vou arrumar outra coisa para fazer.

O Park anda me enchendo o saco para eu ir caçar com ele, antes que a temporada de caça ao peru termine, apesar de eu ter certeza de que a gente vai só acabar enchendo a cara na floresta. E, por mim, tudo bem, mas meu celular vibra no fim do dia. É uma mensagem de texto da Branley, o que não acontecia há semanas. A gente pôs tudo em pratos limpos pelo telefone, no dia depois do baile, e ela ficou tão histérica que eu tive que pôr no viva-voz porque não consegui ficar com o aparelho na orelha. Mas fiz por merecer, e sabia disso, então deixei ela descontar sua raiva e não argumentei nada do que ela disse.

E ela disse umas coisas bem horríveis. Que eu só a usei para transar (eu poderia dizer a mesma coisa), que eu nunca me importei com ela (queria que isso fosse verdade), que eu era um safado, um mentiroso, um filho da puta. E eu fui isso, tudo isso. Então deixei a Branley falar, na esperança de que, assim, pagasse pelos meus erros.

E estava esperando que a mesma coisa acontecesse agora, uma última torrente de ódio que ela precisa pôr para fora, para a gente conseguir superar isso. Só que a Branley me mandou um simples:

podemos conversar?

Não sei. Podemos? A verdade é que eu quero conversar. A Branley pode ter se apaixonado por mim sem que eu percebesse mas, quando se apaixonou, foi uma tempestade dos infernos que erradicou nossa amizade.

A Alex corre nas minhas veias e está em todos os meus pensamentos. Eu gostaria de poder dizer que meu coração é todo dela, mas tem um cantinho que é da Branley por direito. Um cantinho cheio de espoletas, lagostins e da minha infância. Movimento os dedos pelo teclado.

que foi?

queria dizer q vou pra Hancock. Nunca foi por sua causa. O curso d enfermagem lá é bom.

E o curso de enfermagem de lá é mesmo bom, a Branley vai ser uma ótima enfermeira. Mas não sei o que devo dizer depois dessa.

legal

Pelo jeito, não foi o suficiente, porque meu celular toca dois segundos depois. Penso duas vezes antes de atender mas, como sempre, a Branley consegue o que quer.

– Oi.

– Oi – responde, com a voz que eu gosto, grave e normal. E não aquela Branley que quer alguma coisa, estridente e manhosa.

– Tudo bem o lance da faculdade. Nunca pensei que você quisesse ir só por minha causa mesmo – falo.

– Os outros pensavam – diz ela, e isso não posso discutir. Abro a boca para contar que a Alex também vai para a Hancock, caso ela ainda não saiba, mas a Branley continua falando.

– Estou com umas coisas suas – diz, o que não é uma grande surpresa. Guardei umas merdas no armário dela mais de uma vez, para não ter que ir até o meu na hora do almoço. A gente foi juntos para o colégio por anos. A Branley deve ter mais coisas minhas do que eu mesmo.

– Tipo o quê?

– Não sei, um monte de merda – responde. – Tem, tipo, uma pilha. Umas camisetas, um *pen drive*, uns bonés. Hum... pelo menos uma cueca.

– Só uma? – pergunto, sem conseguir me segurar, com um sorrisinho nos lábios.

Ela dá uma risadinha e fala:

– Lavei tudo.

– Graças a Deus – disparo, e nós dois começamos a rir.

– Bom... eu queria te devolver – diz a Branley. – Você pode me encontrar na igreja daqui a meia hora?

– Passo na sua casa para buscar.

– Não é uma boa ideia – fala. – Eu... eu falei umas coisas nem um pouco legais sobre você para a minha mãe e para o meu pai. Eles não estão muito felizes com você nesse momento.

Solto um suspiro. Os pais da Branley foram minha segunda família a vida inteira. O fato de eles "não estarem muito felizes comigo" faz eu me sentir um bosta.

– Dê tempo ao tempo – diz ela. – Vai passar.

– Tá. Te encontro em meia hora.

– Legal.

E, quando ela vai desligar, eu impeço:

– Ô, Bran?

– Sim?

– Tudo certo entre a gente?

– Ah, tudo – fala, e eu ouço seu sorriso. – Eu e você vamos nos acertar.

56. EFEPÊ

Uma noite das meninas com a Alex nunca é normal, isso porque ela é uma garota que odeia ficar dentro de casa.

Mesmo no auge do inverno, ela me arrasta para o quintal e faz uma fogueira. A parte da frente do nosso corpo fica quente demais, e as costas, geladas demais, e a gente fica passando a garrafa para lá e para cá. Ela me levou para o parque estadual várias vezes, sem se importar com as minhas reclamações, enquanto eu me arrastava atrás dela por trilhas tão íngremes que só os animais silvestres andavam por elas. Mas as noites das meninas com a Alex sempre trazem uma paz e, ultimamente, é disso que eu ando precisando.

Todo mundo só quer saber de falar de términos. As aulas estão quase *concluídas*. O último dia do último ano. Uma fase da nossa vida que está quase *acabando*. Uma era que está chegando ao *fim*. Estou de saco cheio de ouvir conselhos de pessoas bem-intencionadas que não cansam de dizer que eram adolescentes "não faz tanto tempo assim".

Todo mundo enxerga a linha de chegada, e eu estou presa aos começos. Meu coração diz que gosto do Park um pouco mais do que combinamos quando começamos a sair e, olhando para a Alex, que está dirigindo, sinto uma pontada ainda mais aguda.

É difícil de acreditar que só faz um ano que somos amigas. Essa menina sabe tudo sobre mim, já me viu nos meus melhores e piores momentos. Chegamos àquele ponto da amizade em que dá para ficar em silêncio sem que isso seja constrangedor, mas também podemos cantar bem alto no carro sem ficar com vergonha, porque a voz das duas é uma merda.

É assim que as coisas são. E, de repente, me dei conta de que isso é tão temporário quanto meu lance com o Park. Ela vai morar do outro lado do estado para cursar a Hancock, e eu vou para o outro, estudar na universidade luterana. É claro que a gente pode trocar mensagens e se mandar emails, prometer que logo vamos nos encontrar ou que nos veremos quando voltarmos para a casa durante as férias. E aí, quando realmente sairmos, vai ser só para pôr a conversa em dia, como aquelas cartinhas dobradas que a gente recebe dentro de um cartão de Natal – "É isso que eu fiz desde a última vez que nos falamos, agora você já sabe". E vamos fazer isso de novo no ano seguinte, e cada encontro será uma conversa em tópicos só para manter a outra informada, mas sem a menor intimidade.

Tenho medo que isso aconteça com todos os meus amigos, mas mais com a Alex. É mais provável que ela ache tudo uma mentira ou não apareça em encontros casuais, porque não gosta dessa amizade falsa que não existe mais. Queria encontrar uma maneira de dizer tudo isso, e já tomei umas duas cervejas para que a situacão seja menos constrangedora enquanto ela dirige até uma represa feita por castores que quer me mostrar (sim, isso mesmo). Está com os olhos fixos na estrada, cantarolando uma música que tenho certeza de que está inventando, quando ponho para fora tudo o que está se passando na minha cabeça.

– Queria poder ficar mais tempo com você – falo, e fico vermelha até as orelhas. – Espera... isso foi estranho. O que eu quero dizer é... esquece. Foda-se.

A Alex franze as sobrancelhas e pisa no freio. Sai da estrada e para à sombra de um retorno na floresta.

– Eu entendo – diz.

Como estou um pouco zonza, só assinto, tendo plena consciência de que não sou tão boa quanto ela com as palavras.

– Claire, me escuta – fala, com o tom de voz que faz os cachorros sentarem mesmo quando ela não manda. E eu escuto.

– Por muito tempo, não tive nada. Só conhecia a minha casa e o colégio. Tinha uma trilha entre os dois, da qual eu nunca saía, como se eu fosse sonâmbula. Você me fez despertar, Claire. Me tirou desse caminho e me fez enxergar outros, outras pessoas. Tem noção de que eu não ia fazer faculdade se não fosse por você?

– Sério? – falo, com a voz baixinha. E cutuco as cutículas.

– Sim – confirma. – Depois da formatura, nem aquela trilha eu ia ter mais. Acabando o colégio, só me restaria ficar em casa.

– Isso não é nada bom.

E eu tremo toda só de pensar na Alex presa em casa com a mãe, duas sombras que se cruzam sem se falar até as duas esquecerem como é que se faz isso.

– Não é mesmo – diz, pondo o carro em primeira marcha e voltando para a estrada. – Então, não pense que a faculdade vai mudar...

Seu celular, que estava no porta-copos, notifica uma mensagem de texto.

– Quer que eu leia? – pergunto.

– Claro.

– Caralho! É da Branley.

A Alex encolhe os ombros.

– O que está escrito?

– Só que ela quer conversar com você, para se encontrarem na igreja daqui a meia hora.

A Alex não fala nada, mas vira à esqueda no próximo cruzamento, o que faz a minha cabeça ficar apitando, alarmada, por cima da tontura da cerveja.

– Você não está pensando em ir.

– Por que não?

– Ãhn... Por que ela é tipo sua arqui-inimiga e tal.

– Não é, não.

– Alex, sério...

– A Branley não é má pessoa. Se ela quer conversar comigo, conseguir pôr um fim nessa história, não vou negar isso a ela.

Tenho vontade de dizer que esse papo de pôr fim nas histórias é supervalorizado, mas a Alex já voltou para a nossa conversa de antes, que foi interrompida pela mensagem de texto da Branley.

– A faculdade não vai mudar nada entre a gente, Claire – diz. – Uma amizade como a nossa não termina assim.

Como não quero discutir sobre ir encontrar a Branley ou não, abro outra cerveja enquanto nos dirigimos à igreja, e as sombras da floresta à nossa volta vão ficando mais compridas à medida que o sol se põe.

57. JACK

Eu sou o maior imbecil da face da Terra.

Um imbecil por pensar que a Branley ia me deixar escapar assim, tão fácil, por não ter percebido suas segundas intenções quando ela me ligou, por não questionar por que ela queria me encontrar na igreja e não na sua casa. Sou um imbecil por não levar em consideração tudo o que sei a respeito da Branley e não me dar conta de que a soma não fechava. A Branley, que não desiste. A Branley, que sempre consegue o que quer. A Branley, que está esparramada em cima do altar quando chego, o sutiã que levanta os peitos aparecendo por baixo do uniforme de líder de torcida, de calcinha de renda bem na minha cara.

O pior é que sou um imbecil que tem pau, e esse meu lado está morrendo de curiosidade, querendo saber quais são seus planos.

– Jack – diz ela, traçando círculos com o dedo na poeira do altar. – Que bom que você veio.

– Que porra você acha que está fazendo, Branley? – pergunto, tentando não levantar a voz. Quando ela me mandou uma foto depois do baile, só precisei desligar o celular para não ver. E agora ela está bem na minha frente, e não consigo parar de olhar.

– Quantas vezes, Jack? Eu e você, aqui, em cima desse altar... – Ela fala numa vozinha baixa e sensual, e tento me convencer de que estou indo na sua direção para conseguir ouvir e só por isso. – Quantas vezes? – repete.

Muitas. A resposta é muitas. Com o cabelo dela caído para o lado, roçando a terra. Os nossos ruídos ecoando nas paredes de pedra. Limpo a garganta.

– Onde estão as minhas coisas?

Ela arregala os olhos, fingindo surpresa. Põe um dedo na boca coberta de batom, com um ar de falsa confusão.

– Droga. Esqueci lá em casa.

– Caramba, Branley – falo, entredentes, mas ela está sorrindo para mim, a mistura perfeita de menina que conheço muito bem e mulher que qualquer cara hétero da face da Terra gostaria de comer. – Desce daí.

Ela sacode a cabeça e diz:

– Sobe aqui comigo.

– Você sabe que eu não posso.

– Mentira, Jack – dispara, e a manha aparece por trás da cena sensual. – Você foi meu por muitos anos. Ela não pode simplesmente te tirar de mim, e você não pode fingir que não foi nada.

– Você não foi um nada – digo na mesma hora, por mais que me odeie por isso, principalmente porque é verdade.

Sua expressão se suaviza.

– Então vem cá – fala. – Mais uma vez.

E eu penso seriamente em ir. Que mal poderia haver em me despedir da Branley do jeito que ela mais gosta? A Alex nunca vai ficar sabendo e, caramba, eu *estou a fim*. Esses são os únicos motivos para eu fazer isso, contra um milhão de motivos melhores para eu não fazer. Mas os desejos falam mais alto, são imediatos e tomam conta dos meus pensamentos quando a Branley se encosta em mim, roçando o cabelo perfumado no meu rosto.

– Jack – diz no meu ouvido, e meu corpo inteiro vibra. Acho que ouvi um carro lá fora e me afasto, mas a Branley está com as mãos na frente das minhas calças, e não consigo ir muito longe.

– O que foi isso? – pergunto.

– Nada – diz ela, com a mão em mim. Ela vai me dar um beijo, mas o meio segundo que nos separa me traz clareza, acabando com tudo o que eu quero fazer e me lembrando do que devo fazer.

– Bran – falo, colocando as mãos nos seus ombros. – Isso não vai acontecer.

– Caramba, Jack – sussurra. – Eu só quero que você me coma.

– Se você não fizer isso, com certeza eu faço – diz uma voz penetrante vinda da fachada da igreja.

Eu me viro, escorregando nos cacos de vidro, com os braços na frente da Branley, como se isso fosse impedir que os dois caras que acabaram de chegar a vissem. São caçadores, armados até os dentes para a temporada de caça ao peru, com rifles na mão e uma onda de bafo de uísque que chega antes deles e denuncia que matar uma ave não é seu único objetivo.

– O que vocês dois estão fazendo? – pergunta o cara da frente, com um sorrisinho doentio que deixa claro que ele já sabe a resposta. Ele chega mais perto e vejo por que o tal sorrisinho é algo bem maior e pior. É por que ele não tem um pedaço do nariz.

A gente se reconhece no mesmo instante e o Ray Parsons se vira para o amigo, aquele, no qual a Alex não chegou a encostar o dedo porque não foi preciso.

– Ora, olha só quem é, Billy.

– A gente estava de saída – falo, sentindo os joelhos da Branley nas minhas costas, seus dedos apertando meus ombros. Ela está com a respiração acelerada e curta, sinto pequenas bufadas de ar no meu pescoço.

– Não vão, não, porra – diz o Ray. – Faz tempo que a gente anda louco para te encontrar. Onde é que está sua namorada, hein? Arrumou outra? Essa aqui não dá tanto medo, dá, Billy?

Os olhos vermelhos do Billy passam reto pelos meus ombros e vão parar na Branley.

– Nem um pouco – responde. – Aposto que você deixa ela de quatro em dois segundos, Ray.

– Saiam daqui – diz a Branley, com a voz trêmula. – Deixem a gente em paz.

– Não vamos te machucar – continua o Ray, me ignorando e falando direto com a Branley. Depois encosta o rifle na parede perto da porta. O Billy faz a mesma coisa. – Viu só?

Então mostra as duas mãos, mas não para de vir na nossa direção, com um sorriso largo demais, vazio demais, e a Branley percebe.

– Falei para vocês saírem daqui, porra – grita a Branley.

– Olha só como ela é bocuda, Ray – diz o Billy, indo atrás do amigo.

A Branley se encolhe atrás de mim, e eu ainda estou com os braços estendidos, mas não sei o que fazer com eles. Se esses caras inventarem de fazer algo além de nos provocar, a gente está fodido, sei disso.

– A gente não quer confusão – falo.

– Nós também não – retruca o Ray, e agora o seu peito está a poucos centímetros do meu, seu bafo bem na minha cara. – Mas me contento com uma boceta – diz para a Branley.

– Para com isso, caralho.

Eu lhe dou um empurrão, mas ele mal se mexe. Nem tira aquele sorrisinho do rosto. Estica o braço em volta de mim e segura a perna da Branley.

Ela grita e começa a chutar, e seu pé descalço o antige no meio da cara, partindo seu lábio. Tento dar um soco, mas o amigo do Ray está em cima de mim, e meu golpe o atinge no ombro, sem força para causar qualquer outro dano que não seja fazer nós dois perdermos o equilíbrio. Caímos no chão e rolamos na terra, tateando em busca de um apoio.

Ouço os gritos da Branley, mas só consigo tentar me desvencilhar. O Billy é mais forte do que parece. Consigo ficar de pé, só que ele também, e segura meus braços nas costas. Eu me sacudo e chuto, falo um palavrão atrás do outro, porque vejo que o Ray arrastou a Branley para perto dele, por cima do altar, e a sua saia fica para cima, deixando à mostra uma calcinha fio dental vermelha que não cobre quase nada.

O cara dá um tapa na bunda dela e deixa uma marca.

– Você veio até aqui porque queria alguma coisa, menina – diz. – E vai conseguir.

Estou brigando e me contorcendo, fazendo tudo o que posso para me soltar, mas o Billy me segurou de um jeito que não consigo me libertar.

– Quando o Ray põe alguma coisa na cabeça, não tem muito o que você possa fazer para impedir – fala o Billy, com um tom casual e muito estranho. – E o cara bebeu um pouco também. Deixa ele se divertir que ninguém vai se machucar. Não vai levar nem cinco minutos.

Cinco minutos. Como se o problema fosse a porra do tempo e não o fato de a Branley estar prestes a ser estuprada na minha frente. Ela chuta e grita, mas o Ray já tirou sua calcinha e está com a mão no cinto. E, bem nessa hora, ouço um disparo de rifle.

Por um momento, cruzo o olhar com o da Alex, que está absolutamente calma, com o rifle na mão. Tenho uma fração de segundo para dizer para ela não fazer isso.

Mas não falo nada.

58. ALEX

É assim que mato uma pessoa. Seguro o metal frio de uma arma desconhecida, mas fácil de decifrar.

Quando puxo o gatilho, ele é empurrado para longe do altar, e um jato de sangue descreve uma curva no rosto da Branley, que grita. Há um outro grito, grave e gutural. Ouço alguém vindo na minha direção, mas não sei como recarregar a arma e sempre soube que acabaria assim, de um jeito ou de outro. Violência gera violência e, se quero ser uma engrenagem dessa máquina, tenho que aceitar quando vier parar em cima de mim.

O ombro dele me acerta bem no osso esterno e saio voando, com as costas arqueadas, por cima de um banco da igreja. A primeira estrela que desponta no céu foge do meu campo de visão porque aterrisso com tanta força que alguns dentes se soltam e descem pela minha garganta antes de eu conseguir cuspi-los.

Ouço o Jack gritando e a Branley chorando e um vácuo de silêncio onde deveria vir a voz da Efepê, enquanto o sangue desce pelos meus ombros, tão grosso que parece cabelo, molhado e pesado.

É assim que eu morro.

E não estou nem um pouco surpresa.

59. JACK

A Branley está histérica, com sangue escorrendo pelo rosto. Ela se arrasta para fora do altar e cai de joelhos. Tenta achar sua calcinha e não para de falar meu nome, mas passo reto por ela e vou para o outro lado do banco. O cara que atacou a Alex está encostado na parede, de queixo caído.

– Merda – diz ele, olhando para mim. – Merda, merda, merda.

A Alex está com metade do corpo em cima de uma pilha de entulho – a mesma em que sentamos há alguns meses, quando ela me deu seu número de celular. Tem um osso saindo do seu braço, e seus ombros parecem estranhos, mas é o que está acima disso que arranca um som da minha garganta quando me abaixo ao seu lado e seguro sua mão. A parte de trás da sua cabeça está afundada, e o sangue escorre pelas pedras, um vermelho vivo que contrasta com o rosa clarinho do seu cérebro.

– Alex? – falo, com as mãos no seu rosto, os dedos na sua boca aberta. – Alex?

Ela mexe os olhos, e uma esperança ridícula floresce no meu peito.

– Está tudo bem – digo. – Você vai ficar bem. Vamos dar um jeito em você.

E é isso que eu quero, agora mesmo, com seu cérebro na minha frente. Quero pôr a mão lá dentro e arrancar a escuridão, encontrar as partes que não deviam estar lá e deixar os médicos tomarem conta do resto. Ela aperta meus dedos, mas muito levemente, e sei que estou mentindo para mim mesmo.

– Alex! – grito o seu nome bem alto, porque preciso falar pelo menos uma coisa. – Eu não fiquei com ela, não fiquei com a Branley. Jamais faria isso com você.

Fico gritando bem na sua cara, e um fantasma de um sorriso aparece em seus lábios.

– Eu sei – ela fala e sua voz mal chega aos meus ouvidos, apesar de eu estar bem em cima dela. – Você é uma pessoa boa.

E aí ela se vai, e os centímetros que nos separam se tornam nada, porque ela se esvai, e eu fico segurando apenas o que restou.

60. EFEPÊ

Minha vida é uma lista de coisas que eu deixei de fazer.

Não mandei cinco dólares para uma menina da África.

Não liguei para a polícia depois que o Ray Parsons tentou me estuprar, e ele tentou fazer isso com outra pessoa.

Não falei para a Branley que ela é muito mais do que peitos, bunda e pernas, então ela continuou acreditando nisso.

Não impedi a Alex de ir à igreja, apesar de ter certeza de que era uma má ideia, e agora estou aqui parada, com as mãos vazias ao lado do meu corpo, olhando para o sangue espalhado na parede. Dedos vermelhos apontando acusadoramente para baixo, para um corpo escondido atrás do altar.

A Branley está com a bunda na terra, se balançando e chorando, com a calcinha enrolada nas mãos e lágrimas escorrendo pelo corpo. Tem um cara encostado na parede falando "merda, merda, merda" sem parar, como se essa fosse a única palavra que ele conhece. Consigo ver o alto da cabeça do Jack por cima do banco, mas a Alex não levanta, e não quero saber por quê.

Ainda ouço o zumbido da explosão do tiro de rifle, e vou até a Branley, mas mal consigo levantar os pés e tropeço em uma garrafa de cerveja; ouço-a rolar, vazia e oca. A Branley levanta o rosto e olha para mim, mas não para de se balançar. Sento do seu lado e tiro o fio-dental das suas mãos.

– Desculpa – diz ela, e a palavra mal sai, entre uma lágrima e outra. – Desculpa, desculpa, desculpa.

– É melhor você colocar sua calcinha – digo. Não sei o que mais posso falar, e me parece a coisa mais certa neste momento.

O cara lá do canto continua falando "merda, merda, merda". Entre ele e os "desculpa" da Branley, que tomam conta do ambiente, não consigo formular minhas próprias palavras. O Jack também não diz nada, fica só debruçado sobre a Alex, que não se mexe, segurando a mão dela encostada no seu rosto. Está pesada e sem vida, e tento não olhar para a poça de sangue perto dos meus pés quando me abaixo do lado dele.

Não restam dúvidas mas, mesmo assim, quero fazer perguntas. Quero dizer "Ela morreu? Ela se foi? Ela vai ficar bem?" para o Jack poder responder "não, não, sim". Mas as palavras não saem da minha boca porque sei que pronunciá-las é inútil, mesmo agora, quando estico o braço e encosto minha pele quente contra a sua, que começa a esfriar.

A ladainha do "merda, merda, merda" parou, e o cara encostado na parede olha para mim.

– Ei, eu te conheço – diz ele.

E acho que minha própria mãe poderia estar na minha frente agora, que eu não a reconheceria.

– Acho que não – falo, mas ele voltou a dizer "merda, merda, merda".

Hoje à noite, fui muito burra, muito devagar, fiquei muito parada. Não fiz nada do que deveria ter feito. Minha mão pega o celular, mas meus dedos tremem demais para conseguir ligar.

– O que você está fazendo? – pergunta o cara.

– Ligando para a polícia – respondo.

Como eu deveria ter feito, caralho, meses atrás, quando eu estava exatamente nesse lugar, mas não fiz, e agora a Alex matou uma pessoa e não sei o que aconteceu com a Branley, e tem uma poça de sangue no chão e, caralho, acabo de me dar conta de onde é que esse cara me conhece.

E agora só consigo falar "caralho, caralho, caralho", e ele pega o celular da minha mão e faz a ligação. Desabo do seu lado, sentido as pedras geladas nas minhas costas.

– Toma – diz, me oferecendo um chiclete. – É melhor você não estar cheirando a cerveja quando a polícia chegar.

Eu aceito, amasso o papelzinho e jogo no chão, junto com o resto do lixo.

– Eu não teria feito nada – diz ele. – Com você, naquela noite, nem com essa menina, agora. Você precisa saber disso.

E eu não sei se é culpa, medo ou choque que faz sua voz tremer, ou talvez seja a verdade mesmo, que ele quer tanto acreditar que precisa dizer isso justo para mim. Mas não estou interessada nas suas palavras, porque não posso perdoá-lo neste momento. Não agora que o sangue da Alex está se espalhando e quase chegou onde estou.

– É o Ray, cara – fala. – Ele é um rolo compressor. Ou você entra na dele ou o cara passa por cima de você.

E penso "Sim, esse cara teria me estuprado, e a Branley também, por que quem é que quer ficar embaixo do rolo compressor quando se pode passar por cima dos outros?". Mas, quando ele devolve meu celular, suas mãos estão tremendo mais do que as minhas, e quase que não consegue me devolver o aparelho.

Então não falo nada. Não falo que ele é um cuzão que prefere estuprar meninas do que enfrentar o amigo, pois não consegui nem fazer uma porra de uma ligação para denunciar que tinha sido molestada porque fiquei com medo dos meus amigos que estavam bebendo ficarem putos comigo, então, que porra que eu sei?

– O que vamos dizer? – pergunto. – O que vamos falar para a polícia?

– A verdade – responde ele. – Não tem outro jeito. Vamos contar a verdade.

A verdade é que vi minha amiga matar uma pessoa sem pensar duas vezes. A verdade é que eu fiquei parada e não fiz nada, enquanto ceifavam sua vida. A verdade é que a Alex acabou de me falar que a nossa amizade é do tipo que não tem fim.

A verdade é que ela não tinha como saber que estava enganada.

61. JACK

Falo a verdade. Toda a verdade.

O guarda Nolan aparece no meu quarto de hospital e escreve até sua caneta ficar sem tinta, levanta o dedo, sinalizando que já vai voltar, e volta com outra caneta que pegou no posto de enfermagem, que tem propaganda de uma marca de antidepressivo.

Ele não disse uma só palavra e não faço ideia se acredita ou não em mim, mas, quando me perguntou o que tinha acontecido, eu tive vontade de responder, e não falar só sobre hoje à noite. Porque, quem sabe, se eu falar da Alex – da Alex de antes de eu conhecê-la –, ela não vai me abandonar. Estou mantendo a Alex viva com palavras, contando o que aconteceu anos atrás até agora.

A cidade vai explodir, tenho certeza. O nome da Alex vai estar por todos os lugares, os anuários do colégio serão abertos só para que as pessoas possam apontar para a sua foto e dizer que a conheciam. O nome dela e o meu ficarão ligados para sempre, o nome e o rosto de um serão a primeira coisa que virá à mente quando falarem do outro. E é exatamente isso que eu quero.

Falo com toda a calma, empilhando as palavras umas em cima das outras para não ter que ouvir a voz dos meus pais no corredor, exigindo me ver. Peço para o Nolan deixar a porta fechada para eu poder contar a versão factual, a que tem datas e horários, conversas e locais. Vou contar para a minha mãe e para o meu pai a história do meu coração, que inclui a Branley e sangue, o cheiro de fumaça no meio da noite e lágrimas escorrendo por cima de sardas.

A enfermeira disse que estou em estado de choque e que é por isso que ainda não senti nada. Por mim, tudo bem, porque tenho certeza de que, quando a ficha cair, vai ser um trem descarrilado que vai me esmagar, me deixar sem ar, de joelhos, com a boca aberta para sempre sugando o ar, até que o soluço que vai fazer meu corpo inteiro tremer consiga sair.

A Branley já veio para cá. Está tendo um surto no quarto ao lado. Consigo ouvi-la através da parede, sua voz aumentando e diminuindo, que conheço tão bem quanto a minha, só que truncada de emoção, arrastando todo mundo como se fosse uma maré inundando o corredor. Ela começou a gritar quando nos separaram, a chutar e falar um monte de palavrões. Precisou de dois assistentes para controlá-la, mas devem tê-la soltado em algum momento, porque estou escutando os caras gritando para ela parar quieta na cama e parar de sacudir o soro.

– A sua amiga não está cooperando – diz o Nolan, pondo um ponto final na minha frase e fechando o bloco de anotações.

– Acho que isso não vai acontecer tão cedo – falo.

– Seus pais já podem entrar?

Faço que sim e, em um segundo, eles passam pela porta, com uma enfermeira no seu encalço. Minha mãe está se debulhando em lágrimas, seu rosto parece uma máscara que se desfaz com a pressão da raiva e da dor, e o nome da Alex é uma palavra que seus lábios ainda não conseguem pronunciar. Ela simplesmente diz "sua namorada", com um ponto de interrogação no final, e eu sacudo a cabeça. Meu pai é mais parecido comigo, um muro de tijolos contra o qual sei que vou ter que bater assim que chegar em casa, com todas as perguntas e repercussões que vão me deixar paralisado assim que eu passar pela porta.

– Queremos que ele passe a noite aqui por causa do choque – diz a enfermeira.

Meus pais tentam argumentar que vou ficar melhor se estiver em casa, mas a verdade é que prefiro ficar aqui e não só porque ainda não estou preparado para contar tudo a eles. Assim que eu chegar em casa e ficar olhando para o teto do meu quarto, vou ter que voltar para a minha vida normal; vou ter que olhar para a flâmula da Hancock que minha mãe pendurou atrás da minha cama e admitir que a fantasia criada por Alex e eu, com apartamentos e empregos de meio-período e pastores irlandeses, era exatamente isso: uma fantasia. Que se evaporou bem na minha frente, transformada em um jato de sangue.

Sei que os segundos estão passando, se transformando em minutos, que viram horas, que se tornam dias, que vão se acumular em semanas e anos. E, a cada pôr do sol, a Alex vai ficar um pouco mais distante de mim, seu rosto um pouco mais embaçado; sua voz, um eco; nosso tempo juntos, uma lembrança. E ainda não quero esquecer. Neste momento, a vida está dando uma pausa, e é assim que eu quero que fique, porque ela não pode se esvair de mim até eu começar a andar para a frente.

A Branley vem me ver no meio da noite, cheirando a hospital e a lágrimas. Eu a ouvi tomando banho através da parede, e a sua pele ainda está quente. Um pouco da vermelhidão passa quando deita do meu lado, e seu corpo começa a esfriar. Mas tem pontos que esfregou até ficarem em carne viva, que continuam em um vermelho vibrante e aparecem por baixo das mangas da sua camisola de hospital, que vai até a altura dos seus joelhos.

– Desculpa – diz de novo, com a voz rouca.

Eu a abraço, e ela se aninha no meu corpo, o nariz se encaixa entre minhas clavículas, e pouso o queixo na sua cabeça. A gente ficou assim tantas vezes, como amigos e algo mais, que mais parece um instinto. Nossa respiração chega ao mesmo ritmo e sinto seus movimentos sutis por baixo do cobertor. Com a minha mão, seguro o braço de Branley que se esfrega em mim, para fazê-la parar. Ela suspira de dor porque meus dedos passam por cima de três calombos que tem por baixo da pele, de estilhaços de bala.

– Não deixei eles tirarem – fala, com os lábios encostados no meu peito.

Aceno com a cabeça, para demonstrar que entendi, e ela volta a passar a mão nos calombos, em um movimento hipnótico que deixa nós dois exaustos. E, apesar de ter me procurado por força do hábito, sei que encontrará mais conforto nessas feridas do que jamais poderei oferecer.

62. EFEPÊ

Estou em um lugar que jamais deveria estar.

A cova da Alex já assentou, e a terra baixa um pouquinho toda vez que chove. A grama em volta da sua lápide está pisoteada e lamacenta, marcada pelos saltos altos e pelos tripés de câmeras. Mas não vieram só as equipes de reportagem. Vim aqui todos os dias da semana, desde o enterro, limpar o lixo.

Lá estão as flores, como de costume, que eu tenho levado para casa e colocado em vasos, até minha mãe dizer que nossa casa está fedendo a funerária. Depois, ela bateu na própria boca, como se quisesse fazer essas palavras voltarem lá para dentro. Levei as flores de plástico para o Exército da Salvação, até que a menina do centro de doações me disse que eles não queriam mais. Agora só jogo tudo no lixo.

Tem outras coisas, mas não sei o que fazer com elas. Bilhetes com nomes e datas, páginas arrancadas de diários e presas com pedras. Algumas são bem dobradas, outras abertas, e as bordas ficam batendo ao vento. São para a Alex, não para mim. Li só algumas, nos primeiros dias, as abertas, que ficavam implorando para serem, finalmente, descobertas. Queria parar, porque não conseguia suportar o peso ardente que as palavras causavam no meu estômago. Mas, mesmo assim, eu as lia. Li até entender a Alex e o que ela fez.

Seu túmulo se tornou um santuário, e os peregrinos vêm, protegidos pela escuridão, se livrar do peso dos seus segredos. Dos bilhetes, eu me desfaço, mando as acusações pelos ares em chamas, com fumaça, sentada perto da fogueira, na frente da cadeira vazia onde a Alex deveria sentar. Tem coisas que demoram mais para queimar: um colar quebrado, um fecho de sutiã desfiado, uma calcinha com a frase "Eu tinha 14 anos" escrita com canetinha permanente.

Meu pai fez a cerimônia do funeral, e não me olhou nos olhos quando citou Romanos 12:19 ("Não vos vingueis a vós mesmos, amados, mas dai lugar à ira, porque está escrito: Minha é a vingança; eu recompensarei, diz o Senhor"), mas olhou direto para mim quando mandou Miqueias 7:19 ("e tu lançarás todos os teus pecados nas profundezas do mar"). Não sei se ele estava falando dos pecados da Alex ou dos outros. Ou, quem sabe, dos meus.

Não tinha conversado com o Jack sobre o que ele contou para a polícia até que nos encontramos no túmulo da Alex uma noite, eu carregando um monte de flores murchas, e ele trazendo novas. Quando ele tentou conversar comigo, dei um soco no seu peito, e ele deixou eu fazer isso, amassando as pétalas e afundando os espinhos na sua pele.

– Sério que você não sabia? – perguntou, me olhando fixo de um jeito que deve ter aprendido com a Alex. Não consegui falar nada, só sacudi a cabeça e fui embora, mas a sua pergunta ficou comigo.

Não, eu não sabia. Todo mundo quer ficar falando da Alex que arrancou o nariz do Ray Parsons porque ele tentou me fazer mal, da Alex que torturou o homem que matou sua irmã, da Alex que queimou um pedófilo vivo e acabou com a vida de um estuprador com um tiro de rifle. Ninguém quer falar da menina que segurava gatinhos na palma da mão, cantarolava para eles enquanto os alimentava, ou da menina que era capaz de ficar catando pulgas em um cachorro por horas e horas. Porque ninguém mais a conhecia.

E tenho que passar pelo meu luto sozinha, o luto por alguém que não consigo encaixar na pessoa que enterraram, sobre quem as equipes de reportagem querem que eu dê entrevista. Não sei como me despedir de alguém que só compartilhou metade do que era comigo.

Voltar às aulas é a parte mais difícil. A diretora faz um belo pronunciamento, falando que ainda temos tarefas a cumprir apesar de só faltarem dois dias de aula, e que não podemos deixar "os últimos acontecimentos interromperem nossa educação". O nome da Alex ecoa pelos corredores, apesar de ela não estar mais aqui, e os sussurros são tão altos que quase não escuto o gemido da Branley, no armário ao lado do meu.

Alguém desenhou um pau no armário dela. Anônimo. Ereto. Altivo.

– Sério? – diz a Sara, quando vê.

A Branley só fica lá parada, com as bochechas vermelhas. Procuro um lápis no meu escaninho, e finalmente encontro um com uma borracha em cima. A Sara procura o dela na mochila, e nós duas transformamos aquilo em um borrão em questão de minutos. Mas os olhos da Branley ainda estão cheios de lágrimas quando ela nos agradece e vai embora, porque o sinal tocou.

A Sara sacode a cabeça.

– Filhos da puta – diz, entredentes.

– Isso aí – concordo.

– Pau.

– Quê? – pergunto, levantando as sobrancelhas.

– Pau.

Ela aponta com o lápis para o outro desenho, na parede perto da sala de ciências. O segundo aviso toca, e trocamos olhares.

– Vamos precisar de uma borracha maior – digo.

– Posso deixar, com gosto, os últimos acontecimentos interromperem a minha educação, se você também deixar.

Passamos o resto do período fazendo uma caça pelos corredores, apagando até a borracha virar um toquinho, depois buscamos outra no armário. Dou risada pela primeira vez em muito tempo quando a Sara explica para outras meninas que somos o que apelidou de Patrulha do Pênis.

– Não entendo – diz a Marilee Nolan. – Eu não fico por aí desenhando bucetas.

– Talvez você deva começar a fazer isso – alguém diz, e a Sara cruza o olhar com o meu, o garfo pairando perto da sua boca.

No dia seguinte, a entrada do colégio está coberta de tinta bege, e o único jeito de entrar ou sair do prédio é passando por uma vagina gigante. Quase me engasgo no estacionamento, de tanto rir. A Sara vem até o meu carro.

– O que você achou?

– Aqui não tem câmeras de segurança?

– Tem, mas valeu a pena. Aposto que metade dos meninos não vai querer passar pela porta.

E ela tem razão. A diretora precisa obrigar uma manada de machos ofendidos a passar pela porta, gritando que estão atrasados para a aula. A Sara é chamada na diretoria na metade do período da manhã e, para minha surpresa, a vejo sentada na cantina na hora do almoço.

– Tinha certeza de que você ia tomar uma suspensão – falo, colocando minha bandeja em cima da mesa.

– Nããããão... A professora de artes disse para a diretora que a pintura fazia parte do meu trabalho final, que era um pêssego. E que se alguém enxergou outra coisa, a culpa era da pessoa, não minha. E aí me deu um livro sobre a pintora Georgia O'Keeffe.

No banheiro, tiro do rosto o sorriso falso que tenho dado em público. A dor toma conta de mim quando estou sozinha, entrando pelas frestas das paredes que levantei para contê-la. A Alex se foi, mas continua aqui, não só nos meus pensamentos. Eu a vejo na determinação com que a Sara mata aula para apagar paus comigo; nos gritos de protesto que uma caloura dá em vez de só revirar os olhos quando um formando dá um tapa na sua bunda; no "Isso não é legal, cara" do Park, quando um dos seus amigos faz piada de estupro. E ela está aqui, dentro da cabine do banheiro comigo, sua mão por trás de cada escrito na parede, mesmo que seus dedos não tenham segurado a canetinha.

fiquem longe de Blake C. – data do estupro 26/3

eu também – 2/4

Chad dá boa-noite-cinderela, não saiam com ele

Tem outras coisas também: *Branley Jacobs é vagabunda* e *Alaina é uma puta que rouba o homem das outras*, mas estão borradas, como se alguém tivesse tentado apagá-las, e a frase sobre a Branley está meio riscada.

Entro escondida no armário do faxineiro com os olhos cheios de lágrimas. Estou armada com frascos de detergente, toalhas de papel e uma canetinha permanente quando entro de fininho no banheiro masculino no intervalo entre as aulas, meio esperando ficar completamente chapada antes de sair de lá. A luz do sensor de movimento se acende e, apesar de estar no banheiro dos meninos, vejo a Alex encostada na pia enquanto eu lavo o rosto, me explicando por que dar um soco na Branley não vai trazer nada de bom.

Quando começo a limpar a primeira parede, estou chorando, a porta da cabine se fecha, e mando ver no detergente, preparada para limpar tudo o que me deixar puta. Só que acabo sentada na privada, lendo coisas que jamais esperava encontrar.

Eu amo a Jessica

Sua mãe me chupou, seguido de

Minha mãe morreu

E *foi mal, cara*

A Efepê regula

Cerro os punhos, mas vejo que está escrito embaixo, com a letra do Adam:

Você não merece ela

E, atrás da porta da cabine, com letras do tamanho do meu braço:

DESCANSE EM PAZ, ALEX

Tiro a tampa da canetinha, e o cheiro forte toma conta da cabine, fazendo meus olhos arderem. Embaixo, escrevo:

Amém

A luz do sensor se apaga, mas ainda consigo ver a mensagem impressa na minha retina.

E acho que, talvez, quem sabe, ela também consiga.

AGRADECIMENTOS

Todos os livros que escrevi me levaram a lugares sombrios, mas este tinha cantos especiais onde as sombras eram muito intensas. E, como de costume, arrastei outras pessoas para lá comigo. Meus efusivos agradecimentos vão primeiro para meus parceiros de crítica, os escritores R.C. Lewis, Kate Karyus Quinn, Demitria Lunetta e S.L. Duncan. Obrigada por terem lido sem se encolher de medo... ou quase.

Fui tendo muitas perguntas à medida que me entreguei a esse manuscrito, a maior parte sobre a decomposição de cadáveres e mais especificamente sobre os ferimentos que eu infligiria às pessoas vivas. Um agradecimento especial para Scott Blough e Lydia Kang pela ajuda com os mortos e com os vivos, respectivamente.

Esta é minha primeira tentativa de escrever sob um ponto de vista masculino, e preciso agradecer a Geoffrey Girard e Jordan Nelson por responderem minhas perguntas em relação aos homens, incluindo como cerrar os punhos do jeito certo, e também por não entrarem em pânico quando, de repente, recebiam minha mensagem "Me fala de novo onde é que o dedão tem que ficar?", sem dar nenhum tipo de contexto.

Como sempre, obrigada à minha incrível equipe no selo Katherine Tegen: Katherine, Ben Rosenthal, Stephanie Hoover e Erin Fitzsimmons. E também à querida Margot Wood, do Epic Reads. Publicar livros é um negócio, mas eles fazem parecer um negócio amigável. E uma menção honrosa para a minha agente implacável, Adriann Ranta, que reagiu bem quando contei que eu tinha um manuscrito na gaveta há 15 anos e estava querendo retomar.

Por fim, obrigada à minha família, que tanto sofre, principalmente à minha mãe, que tem medo do que as pessoas da igreja vão pensar dos meus livros. E ao meu namorado, que faz o jantar com tanta paciência e assente ao receber uma enxurrada de hipomania criativa vinda do chão, que é onde eu costumo estar quando isso acontece.

Sua opinião é muito importante

Mande um e-mail para **opiniao@vreditoras.com.br**

com o título deste livro no campo "Assunto".

1ª edição, jul. 2017

FONTE Birth of a hero 36/43.2pt, ITC Garamond Std 10.5/16.1pt

PAPEL Lux Cream 60 g/m²

IMPRESSÃO Geográfica

LOTE G73690